アルバトロスは羽ばたかない

七河迦南

海を望む街に建つ児童養護施設・七海学園に勤めて三年目となる保育士の北沢春菜は、毎日多忙な仕事に追われつつも、学園の日常に起きるささやかながら不可思議な事件の解明に励んでいた。そんな慌ただしくも幸せな日々に、学園の少年少女が通う高校の文化祭の日に起きた、校舎屋上からの転落事件が影を落とす。警察の見解通り、これは単なる不慮の事故なのか？　だが、この件に先立つ春から晩秋にかけて春菜が奔走した、学園の子どもたちに関わる四つの事件に、意外な真相に繋がる重要な手がかりが隠されていた――鮎川哲也賞受賞作『七つの海を照らす星』に続く清新な本格ミステリ。

アルバトロスは羽ばたかない

七　河　迦　南

創元推理文庫

ALBATROSSES NEVER FLAP

by

Nanakawa Kanan

2010

目次

アルバトロスは羽ばたかない

七海西高校平面図

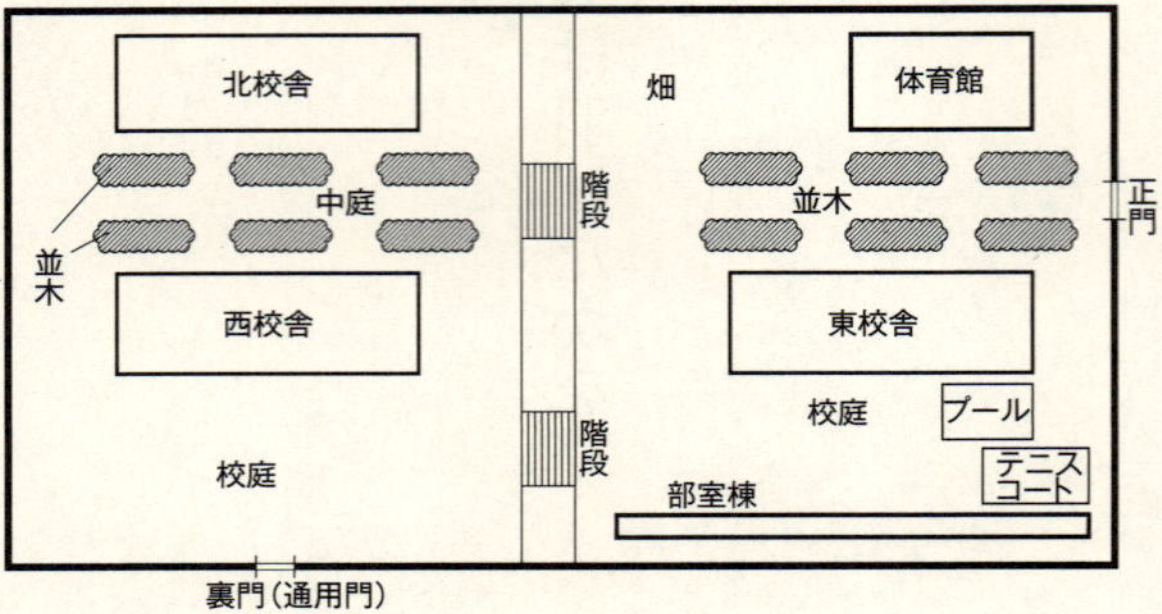

七海西高校西校舎（文化祭当日）

屋上

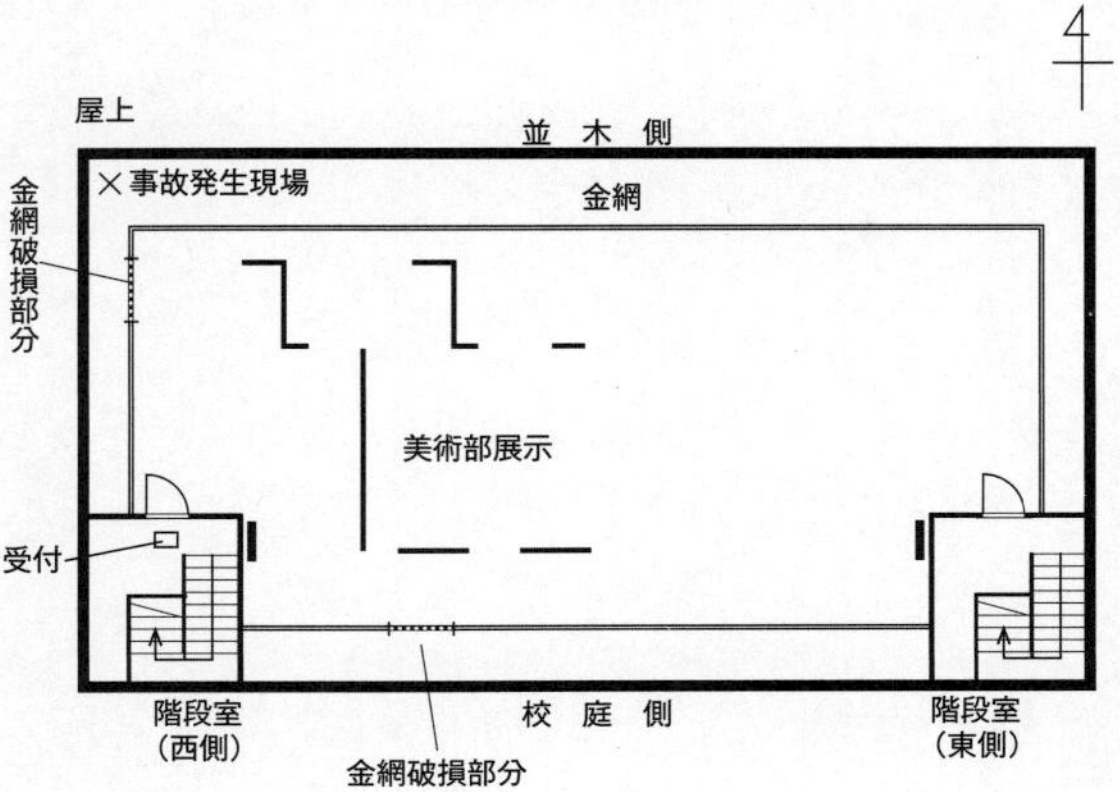

3階

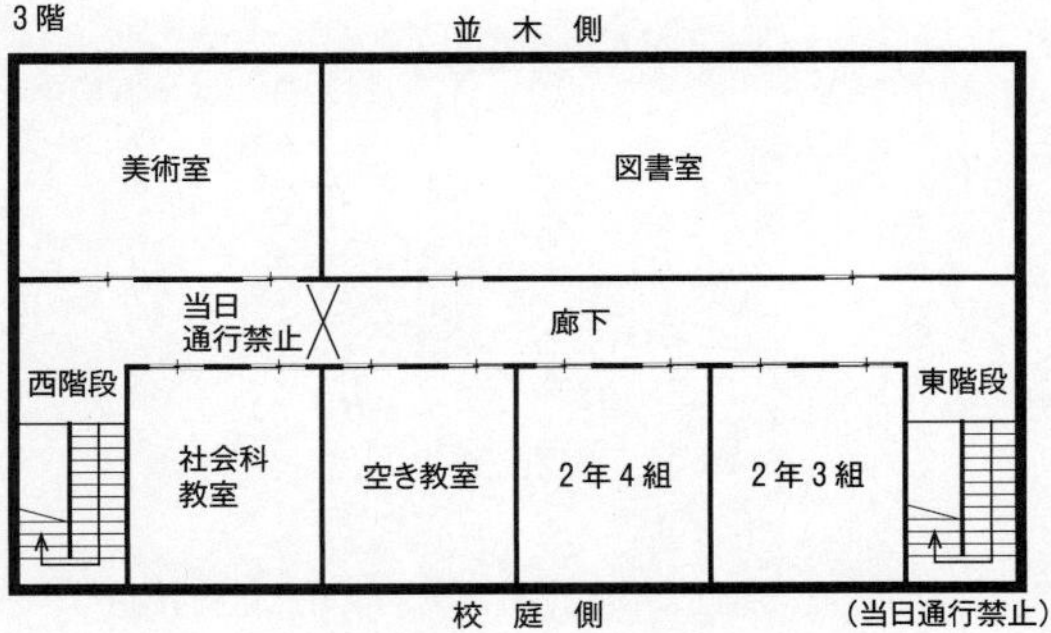

プロローグ

「瞭《りょう》」

少女の名を呼ぶ声がした。怖れつつも半ば予想した相手の声が。

校舎の屋上の端に足を投げ出し座っていた少女は身を硬くした。

甘美な夢想は破られ、現実が迫っていた。

少女は地上を見下ろした。真下の中庭はとても遠く、死は今や目の前にあった。

「なぜわたしを？」うわずった声が口から出る。

「わたし、あなたの――じゃないのに？」

彼女に触れてこようとする腕の力の強さに、相手の逆らいがたい意志を感じておののいた。

運命に追いつかれてしまったんだ、と少女は思った。

激情にかられた手に押されて、そのやわらかな身体は、あっけなく屋上から地面へ墜落していった。

冬の章 Ⅰ （十二月八日 土曜日）

1

七海《ななみ》警察署の入り口の階段を上り、わたしは三階の刑事課を訪ね、担当の石田《いしだ》さんを呼んで下さい、と言った。カウンターの向こうで不審気な表情をした窓口の男性の問いに、北沢春菜《きたざわはるな》です、と答えると、ああ、とあちらも納得した顔で手近なソファに案内してくれた。現場で事情聴取された刑事さんはいなかったが代わりに出てきた三十代くらいの刑事さんに訊かれた。

「県立七海西《にし》高校の墜落事故の件ですね。あなたはあの、子どもさんの施設――七海学園の先生？」

表現に抵抗はあったが、ええ、とうなずく。

割合と丁寧に話は聞いてくれたが、やはり見解は変わっていなかった。

不慮《ふりょ》の事故、というのがその見解だ。十一月二十三日、七海西高校の文化祭。その最中に彼女は西校舎屋上の破れたフェンスから抜け出て、そして地上に転落した。

その瞬間を見た者はいない。少なくとも公《おおやけ》には。落ちた先はキャンパスの端《はし》の方で人気《ひとけ》がなかった。悲鳴と大きな音で、近くにいた子たちが駆けつけ、地面に倒れている彼女をみつけたのだ。

でも、とわたしは言った。

「屋上には人の気配がありました。彼女は一人じゃなかったんです」

相手は困ったような顔になり、言った。

「そのお話は伺ってます。しかしその相手はどこへ行ったんですかね」

「わかりません。あの時はそれどころじゃなかったんですから」

わたしはムキになって言った。

あの日は、最初から胸騒ぎがしていた。わたしたちはずっと瞭《りょう》の姿を捜していたが、人波にまぎれ、手間取っていた。最後に行き着いた場所が西校舎の屋上だった。わたしは階段を駆け上がった。屋上に出る非常口の前に出した机の向こうに座っていた佐奈加《さなか》が、

「名簿に名前を――」

と言いかけるのを無視して非常扉に手をかけた。

遠ざかるような悲鳴が聞こえたのはその瞬間だった。聞き覚えのあるその声に、一瞬頭が真っ白になった。わたしは重い扉を必死で押し開けて屋上に飛び出した。

屋上は一応美術部の第二展示場という建前になっており、いかにも本来の美術室の展示からは外されたのがわかるような、やる気のなさげな彫刻らしきものや、投げやりな未完に見えるスケッチが、ところどころに据え付けられていたが、監視する者は誰もいなかった。わたしは真直ぐ正面に走っていった。右手の大きな展示物に視界が遮《さえぎ》られたその向こう側に誰か人の気配を感じた気がしたが、そちらにはほとんど目もくれなかった。

フェンスによじのぼるようにして身を乗り出し、そしてわたしは恐れていたものを見た。遙か地上に投げ出されたその身体を。

まさか——瞭？

一瞬目眩《めまい》がした。しかし倒れそうな自分を励ましながら振り向くと、佐奈加がおっかなびっくり近づいてきていた。

「落ちたの。誰か、先生でも、誰でもいいから呼んで。お願い」

佐奈加はわけのわからない様子だったが、わたしの形相を見てただ事でないのはわかったのだろう。あわてて身を翻《ひるがえ》し非常口から階段を駆け下りていった。わたしもその後を追った。

「屋上に出入りするのを目撃された人は他にいません」

刑事さんがそう言った。

「西階段の非常口の前で受付をしていた女の子——お宅の施設のお子さんですよね——も他に誰も上がってきていないと言っているんです。受付にあった屋上に出た人の名簿にも記載はありませんでした」

そう。鷺宮《さぎのみや》瞭も田後《たご》佐奈加も七海西高の二年生であり美術部員であるのと同時に、七海学園の入所児だ。

二人は交替で午後一時まで受付をするはずだったが、瞭の体調が悪かったので、結局ずっと自分が受付の席についていた、という話は佐奈加本人からも聞いていた。しかし。

「そんなはずありません」

わたしは答えた。

「屋上には反対側の東端にも非常口があったじゃないですか」

「この日は基本的に各校舎の屋上は立入禁止で、西校舎だけが例外でしたが、東階段は当日二階と三階の間で通行禁止になっており、障害物が置いてありました。その近くには監視役の生徒もいて上り下りする人がいれば目撃されたはずです。三階も校舎の真ん中より東はこの日使われておらず立入禁止になっていて、廊下に障害物が置いてありました」

「誰かが通るだろうとずっと見張ってたわけじゃないでしょう。見逃したのかもしれません」

「そうはいってもねえ。それ以外に屋上に出たことが確認できているのはあなただけです」

わたしは一瞬言葉を失った。相手はたたみかけるように、

「殺人を疑うに足る根拠がないんですよ。もし事故でないとしたら、我々としてはまず自殺を考える状況ですね」

「そんなことあり得ません。自殺なんて」

「本当にそう言えますか」

刑事さんはやや意地悪い表情になって、

「他人の心のうちなんてわかるはずがない。たとえどんなに親しくたってね。わたしの知ってるところでは、翌日の旦那さんとの二人分の朝ご飯を準備して冷蔵庫に入れてから、団地の十一階から飛び降りた奥さんがいました。その後喧嘩したわけでもなんでもない。旦那はわけがわからなくて呆然としてましたよ」

わたしがショックを受けしょんぼりしたように見えたのだろう。実際は悔しさで頭が一杯になり言葉が出なかったのだが、彼は少し同情するような口調になり、

「まあ我々も自殺と決めつけているわけではないんです。ご家族や周囲に聞いてもそんなことを感じさせるものは何も出てきてないんでね。あんな若さでね、考えられないとは思うんですが——まあご本人が意識を取り戻してくれれば何もかもはっきりするんですがねえ。言ってもしょうがないことですが」

そう、彼女は死んではいない。屋上から墜落したその身体は一度並木の枝にひっかかり、バウンドしてから地面に落ちた。そのため、大手術の末、奇跡的に生命はとりとめたのだ。

しかし全身、特に頭部を強く打ったためだろう、その意識は、事故から二週間以上経った今でも回復しない。

本人が意識を取り戻してくれれば？　それはわたしの方こそ一番願っていることなのだ。

その後もいろいろ訊いたが、それ以上の内容は聞き出せなかった。小説の中の探偵でも何でもないわたしに、警察がより詳しい情報を摑んでいたとしても話すはずもない。

わたしはその足で七海中央病院に廻った。

病院のベッドに横たわり、全身に何ヶ所も管をつけられて眠り続けている彼女。痛々しいその姿はかいま見るだけでも辛くなる。しかし家族の苦しみはわたしよりずっと大きいに違いない。

わたしは病室で彼女のお母さんに会った。見舞いに通うわたしに一見普通に接してくれるお

母さんだが、以前に会った時とは打って変わったその憔悴《しょうすい》ぶりは痛々しかった。わたしは、できることは何でもやりますから、と重ねて話し、初めは遠慮していたお母さんが、そんなに言って下さるなら、といって幾つか挙げたことを引き受けた。

病院の外の階段を下り、街に出たわたしは元気なく見えたかもしれない。日は射していたが、わたしの目には、大きな雲が七海の街全体を覆っているかのように、世界は色褪《あ》せた灰色に映っていた。十一月のあの日以来。

それは七海学園全体にとってもそうだっただろう。事件は子どもたちにも職員にも大きな打撃を与えている。衝撃のあまり発熱し、その後登校もできず園内の静養室にほとんど籠《こも》り切りのようになっている子もいる、と児童指導員の山根《やまね》さんは報告していた。

しかしわたしはあきらめるつもりはなかった。彼女が自殺なんかするはずがない。事故でもない。警察が力になってくれなくても、わたしはきっとこの事件の真実を突き止める。そうしなければわたしの心に日が射すことはもうないだろう。

わたしはふと海王《かいおう》さんのことを思い出した。

去年は、七海学園の子どもたちをめぐるたくさんの小さな事件があった。その多くにわたしと海王さん、そしてわたしの一番の親友が深く関わっていた。そこで出逢ったたくさんの不思議な出来事。そして今年もまた……。

驚くべき知恵で多くの秘密を解き明かしてくれた児童相談所の海王さん。あの人に頼ることができたなら。わたしは首を横に振る。これは海王さんを頼るべきことじゃない。これはわたしの事件なのだ。

そう思いつつもわたしの思いは過去を遡《さかのぼ》り彷徨《さまよ》う。

秋冷の夜の凍《い》てつく雨。爽やかな笑顔の高村《たかむら》くんがいた真夏のスタジアム。ハナミズキの真っ白な花。わたしの愛する土地、七海の春、夏、秋を。戻らない季節を。

春の章　――ハナミズキの咲く頃――

1

風薫《かお》る、というにはやや強すぎる風が寮舎を囲む木々をざざあっと揺らし、幾重にも重なる新緑の葉が躍る。その合間に射し込む陽光は南東の、海の方角から届いている。

初夏《しょか》、という言葉が好きだ。響きも、字面も。まだあまり暑くないうちに夏の清々《すがすが》しい部分だけを先取りした気分になる。もっともそう言い出せば、どうかすると十月の中頃まで暑さが残る昨今《さっこん》では、ほとんど一年の半分ぐらい夏とも呼べそうで、そうなるとわたしの名が由来する「春」っていったいいつなんだ、ということになるけれど。

仕事の合間にそんなことをふと考えるわたし、北沢春菜《きたざわはるな》は二十五歳。七海《ななみ》――どの大都市圏からも適度に離れた地味な我がY県のさらに南端の田舎町――の、海を遠く見下ろせる高台に立つ児童養護施設「七海学園」で働き出して三年目の保育士だ。

わたしの心の暦《こよみ》は初夏でも、学園のカレンダーでは五月はまさに春の嵐が吹く季節のただ中である。何らかの事情があって自らの家庭で暮らせない子どもたちが生活するこの施設でも、年度替わりは一年中で最も子どもたちの入れ替わりが激しい時期だ。高校を卒業し、卒園していく子。学年の境目を目処《めど》に家庭に引き取られていく子。そして席の空《あ》いた後に、児童相談所の一時保護所や乳児院から移ってくる子どもたち。普通でもクラスが替わり担任の先生や友達も替わるのに、生活の場所まで全て一からスタートしなければならない。新しい子たちが慣れるまではその子自身も、周りの子も職員も大変だ。

四月にはまだ緊張のせいで抑えられていたその子たちの個性が、この五月の連休ぐらいから表に出てくる。そんなこの時期、子ども同士、あるいは大人と子どもが互いを知る機会として、わたしたちは例年ピクニックを企画していた。つばめ、ひばり、かもめ。学園の三つの寮合同で、どちらかというと年齢の低い子をターゲットに、あくまでも自由参加ということにしているが、意外と多くの子たちが参加する。

「はるのん、準備できたよ」

つばめ寮の小学生の女子たちが次々リュックを背負《せお》って部屋から出てくる。

「うん、園庭に出て待っててね」

返事をしたわたしは急いで読み捨てられた新聞を片づける。「本県でも『出会い喫茶』増加。都市部を中心に」――やだなあ。うちの子たちが首突っ込まなきゃいいけど。「山頂はどちらの管轄？　ゴミ処理の責任をめぐり二つの町が対立」って、役所って本当に仕事を押しつけ合うよね。

ついつい見出しに目が行ってしまうわたし。そこへおそるおそる、という感じの囁くような声が。

「あの、春菜先生――」

「ん？　どうしたの小泉《こいずみ》さん」

おっかなびっくり、遠慮しいしい話しかけてくるのは新入児童ではない。四月から新採用になった職員の小泉ときこさんだ。保育短大を出たばかりの彼女はほっそりとした和風の顔立ち、楚々《そそ》として生真面目な性格みたいで、何でもわたしに訊いてくるのはいいんだけど、必要以上に気を遣って遠慮しているのがかえってまどろっこしくなることがある。こんな毎日が戦場みたいな所で働いてるんだから、遠慮してたら何にもできないよ、と言っているのだけど。そんな彼女が口を開いて言うには、

「あの、界《かい》くんに、行くよって声かけたんですけど、返事してもらえなくて」

「ああ、いいよ、わたしが行くから。あなたは園庭で小さい子たちを見てて」

そう指示してわたしは界の部屋に向かった。

界は部屋に一人残ってぼうっとしているようだったが、出かける服装になっていること、中味の膨らんだリュックが脇に用意されているのを見定めてわたしは、声をかけた。

「界くん。そろそろ行くからね」

彼はやっと気づいたようにわたしの顔をぼんやり見上げた。わたしはもう一度言った。

「自由参加だから留守番でもいいんだよ。もし行くんだったら、十五分までに園庭に集合ね」

どうかな、と思ったが、界は少しの間の後、「行く」と言って立ち上がった。わたしはほっとした。

一之瀬《いちのせ》界は小学六年生。四年前Y県の南端近い崖下の道路に倒れているのを発見された。幸い彼は気を失っているだけだったが、当時二十六歳の母親はもともと病気だったらしく、崖の途中で倒れたまま亡くなっていた。母親と界は二人家族だったが、住む家も失いホームレス状態だったらしい。そんな状態で母親がどうしようとしていたのか、どこへ行こうとしていたのかはわからない。意識を取り戻した界から後で聞いた話でも、母親は自ら人里離れた方向に歩いていったようだった。

界は母親との生活について多くを語らなかったが、顔や身体のそこここに古い痣《あざ》があり、暴力を受けていたことを窺《うかが》わせた。本人もそれを否定しなかった。

彼は他児と同様児童相談所の一時保護所でしばらく生活した後、七海学園にやってきた。彼が当初入寮したかもめは三つの寮のうちでは、比較的情緒的な問題や医療的な課題を抱えている子たちを多くみている所だ。

入所してしばらくすると彼の激しやすい性格が前面に出てきた。ほとんど前ぶれもなく、あるいは些細なきっかけで逆上し暴れることがたびたびだった。他の子に訊くと、ふだんはごく普通に他の子と交わっているのだが、不意に変なことを言い出すことがある、という。学園には秘密のお仕置き部屋があって、職員は優しそうなふりをしているが、いざという時はそこに子どもを閉じ込めるんだとか（もちろんそんな部屋はない）、管理棟の屋上に上がる階段は十二段だが、夜一人で行くと一段増えて十三階段になっている、とか（そんなバカな）。他の子が、嘘つくな、と言うと彼がかっとする、というのが一番よくあるパターンだった。入所時はまだ小二だったので大人の抑えも簡単だったが、年を経るに従って荒れ方も激しくなり、かもめの職員も苦慮していた。一度は大暴れする彼を年配の看護師が押さえ切れず、助けを呼んでいるのに気づいて駆けつけ、必死で抱え込み制止したことがある。その時彼に思い切り蹴られた痕《あと》がわたしの左腰に未《いま》だに残っている。落ち着いてからわけを訊くと、彼はそのことを全く覚えていないようだった。

かもめの職員もいろいろ工夫して彼の安定を図った。その甲斐《かい》あってか彼自身の成長か、昨年度は少し暴力の回数は減ったようだ。担当職員の退職も重なり、かもめではこの機会に他の寮への転寮を提案してきた。

本人の行動の安定ということもあったが、どちらかといえば大人しい子の多いかもめの中では界が暴れると他児のダメージが大きいということもあった。

彼はつばめ寮に移ってくることになった。そして担当は——。年度末で高三の女の子を一人外に送り出し、ちょうど担当児童が一人減ったわたし、ということになったのだ。

今のところ彼は特に問題を起こしてはいなかったが、一触即発の緊張感を漂わせつつ、子どもたちとも職員とも距離を置いていた。だから彼を誘ってはいたものの、このピクニックに参加すると彼が言ってきたのは正直意外だった。いい機会だから彼の行動をよく見た上で、関係を作るきっかけがあれば、と思った。

メンバーは総勢二十名程度になった。大人は、かもめから児童指導員の林《はやし》さん、ひばりから急に人が出せなくなった分、つばめからわたしと小泉さんの二人、それにこの四月から、学園の学習ボランティアとして週一回、主に高校生の勉強をみてくれることになったわたしの学生時代からの親友、佳音《かのん》ちゃんが今日は応援で参加している。

たおやかで優しくて、誰からも評判がいい彼女だが、少女期には家族関係でかなり苦労しており、結構芯は強い反面、意外と抜けたところもあってなかなか面白い人である。

2

正門を出て学園の外周沿いに歩いていくと青空の下、並木道に立ち並び眩《まぶ》しいくらい真っ白に咲き誇るハナミズキに目を奪われる。住宅地の間を少しだけ上っていく道を辿るとやがて家がまばらになり、唐突に七海の街を他から断ち切るかのような一直線のバイパス道路が眼下に姿を現す。

バイパスをまたぐ大きな陸橋を渡る。子どもたちは三々五々集って歩いている。小学生たちがキャーキャー言いながら、わたしの腕を摑んで見て見て、と欄干《らんかん》のそばまで連れていく。谷間を切り裂いて一直線に県境に向かうバイパスを走る車は多くない。見下ろすと意外なほどの高さに身がすくむ。振り向くと界が一人、道のど真ん中をうつむき加減で足早に歩いていく。

陸橋を渡り終えるといよいよ山道だ。七見峠《ななみとうげ》——ここは「七海」ではない。由来は「登山道が曲がりくねって七回振り向くから」とか「見晴らしがよくて見所が七ヶ所あるから」とか諸説あるらしい――に向かう登山道はよく整備されていて歩きやすい。しばらくは両脇が藪《やぶ》に囲まれた暗く曲がりくねった道を行くが、やがて藪の隙間から徐々に視界が開けてくる。

少し大人しくなった低学年の子たちの面倒を小泉さんがみてくれているので、わたしは少し先を行き、界に追いついた。彼はわたしの方をちらりと見たが無言だ。こちらもそれほど声かけはせず、ちょっと励ます程度でただ一緒に歩く。

前方の、高校二年生女子二人について佳音ちゃんがいた。スレンダーでさして丈夫そうにも見えない彼女だが、上で遊ぶためのバレーボールまで持ってくれているのに、疲れもみせず涼しい顔をして歩いている。

「気持ちいいね」

わたしを振り向いて爽やかな笑顔をみせる佳音ちゃん。

「本当だね」

職員として、疲れたなんて口に出せないわ、と意地になるわたし。何か人間が小さいような。

しかし意地になるまでもないのだった。うーん、と小動物のように気持ちよさげに伸びをした佳音ちゃんは網に入れていたボールを手放してしまい、あれ？　あれ？　待ってー、とやや間の抜けた声を出しながら弾むボールを追いかけて坂道を引き返していった。

「春菜さん、まだー？　あたしもう疲れたんだけど」

そういう田後佐奈加《たごさなか》は幼児の時からいる子なので、七海学園では最古参の一人になる。やや小太りの体型、人なつこいが特に目立つところはなく、可もなく不可もなく、という印象を与えがちな子だ。

「まだ山道に入ったばかりでしょうが。こんな所で疲れた疲れた言ってる人は置き去りにするよ」

えーっ、職員がそんなこと言うなんてひどくない？　という佐奈加を聞き流し、

「瞭《りょう》、あなたは大丈夫？」

わたしが声をかけたもう一人の少女はこちらを見ずに、ああ、とええ、の間くらいの小さな声で短く答える。

高二の鷺宮《さぎのみや》瞭はこの四月に学園に入ってきたばかりだ。県の北東部にある偏差値の高い私立高校に通っていた彼女は成績優秀で品行方正な子、母親もいかにも知的で品があり、どんないいとこの奥様だろうと近所で噂だったらしい。しかしある深夜に母親の悲鳴が響き渡り、同じマンションの住人の通報を受けて駆けつけた警察は、失神した母親と、そばで虚脱したように立ちすくむ娘を発見した。母親は殴られて鼻を骨折しており、救急車で運ばれ入院となった。家庭は離婚母子世帯であることがわかり、母を殴ったことを認めた瞭は警察から児童相談所に身柄付通告として連れてこられ、そのまま一時保護となった。

退院してきた母親は、喉元過ぎれば、とばかりにすぐ引き取りを求めてきたが、瞭自身が家に戻りたくないと述べた。母親にも詳しく訊くと、家庭内暴力は初めてでないことがわかり、

既に再婚している暸の父親の長友《ながとも》氏も引き取りは困難とのことで、児相は母親を説得して児童養護施設への入所に同意させた。さて、通常なら、元の高校に通うところだが、入所先に決まった七海学園から学校までが遠く、通学が大変なこと、事件のせいで高校が暗に退学を勧めてきたこと、何より、暸自身が学校をやめたがっていたことが重なり、かつ県立七海西《にし》高校――佐奈加を始め、我が七海学園からも成績のぱっとしない子どもたちがかなりお世話になっている――が定員割れで編入の受け入れに門戸を開いていたこともあり、暸はこの四月から学園と学校両方で新たなスタートを切ることになったのだ。

しかし彼女もまたなかなかの難物だった。不眠の症状があるにはあるが、睡眠薬を処方されている以外に特に精神科的な診断名がついているわけではない。表面的な最低限の挨拶はし、登校もきちんとしている。だが、周りに心を許さぬ様子は顕著《けんちょ》で、彼女を受け入れたひばり寮の職員たちも苦慮していた。同じ寮で、年も学校も一緒ということで、喜んだ佐奈加が何かと声をかけ、行動を共にしようとするのを、あからさまに突っぱねることはなく、誘われるままに同じ美術部にも入部したが、あまり嬉しがっているようにも見えなかった。だから今日ここに来たのも正直意外で、ゴールデンウィークといっても例年行き場のない佐奈加がかなりしつこく誘ったのではないかという心配もあった。

見晴らしのよいなだらかな稜線《りょうせん》に出る。足下の草が風に流れ波打っている。振り向くと森に囲まれた、学園のある風見《かざみ》が丘《おか》一帯が見下ろせる。ここまで来ると道も風景も心地よく、不平を言う子どもたちも減った。もう一度森に入り最後の急坂を登り切ると山頂広場だ。わたしたちは七海市の南半分と七海湾一帯を見渡せる、東南向きの緩やかな斜面の草地に腰を下ろし、お弁当にした。

子どもたちは思い思いに集まってシートを広げる。小学校低学年の子たちは若い小泉さんのもとに集まり、彼女がやや戸惑いながらも指示を出して食べる準備をさせているのを見てわたしも安心する。佳音ちゃんは中学生の女の子たちに関心を持たれたらしく、引っ張られて向こうの方で一緒に座っている。

男の子たちはほとんど散らばらず、大きな楕円形を描いて早々に食べ始めている。メンバーでは最年長で唯一の高校生男子であるショーヘイがリーダー役になって座りやすい場所などを皆に指示しているようだ。界だけがぽつんとその群れから離れて座ろうとしていて、ショーヘイが声をかけても知らんぷりをしている。わたしは彼に声をかけ、隣に陣取った。界はシートの上で微妙にお尻の位置をずらし、わたしから少し距離を置いた。

わたしは小六の茜《あかね》が一瞬立ち止まっているのに気づいた。茜は学園の同じ年の子たちの中でも一番のしっかり者で頼りになる性格だ。昨年まで割にまとまっていた小学校高学年女子のグループは、最年長のエリカや舞《まい》が中学に上がったことで少し距離ができ、茜はリーダー的存在として皆に目を配り、集団登校の日は班長でもある。しかし今日はつばめの高学年は彼女一人。ひばりやかもめで年齢の近い子が何となくまとまって腰を下ろそうとしているのに数秒出遅れたようだ。どのグループに、入れて、と声をかけても彼女ならすんなり受け入れられるだろう。しかし彼女は動かなかった。わたしは心の中で、一、二、三、と数えてから、できるだけさりげなく聞こえるように、ここで食べる？　と声をかけた。茜は、うん、とうなずいた。

何かわけがあったのかもしれないし、一歩足を踏み出しそこねた、ただそれだけかもしれないが、茜のことだ、あまりこちらから立ち入ろうとしなくてもいいだろう。彼女が学園に来る前にいた所にも何回か面会に通い、そのキャラクターを皆より幾分よく知っているわたしはそう判断した。

女子高生コンビの佐奈加と瞭はショーヘイの方には行かず、わたしたちの近くに場所を決めたらしく、何となくにわかグループらしきものができあがった。

他の子どもたちにはやや遅れたが、お弁当箱を開きペットボトルの蓋を開けるとほっとする。何かと話しかける佐奈加に、瞭があまり気のない様子で相槌《あいづち》を打っている。界はほとんど無言で皆と反対の、山の方を見ながら黙々と食べている。

珍しいほどよく晴れた日だった。眼下には旧七海町――昔から「七海」の名で呼ばれてきた一帯が、両脇を低い山で遮《さえぎ》られるように囲まれてまるで箱庭のようだ。その南端にはわたしたちの風見が丘。真ん中に目を移していくと、小川や古い県営団地やわたしの住んでいる小さなアパートのある桜ヶ丘《さくらがおか》を経て、丘陵を下り切った先にローカル私鉄の終点七海駅とその周辺の鄙《ひな》びた商店街。その向こうは小さな家々が連なる港町だ。

ほぼ平地と山の境目を縫うように七海を横断する県道に沿って左側に視線を動かすと駅からバスで七、八分の辺り、佐奈加たちの通う県立七海西高校の校舎が傾斜地に点在する。東に向いた正門を通ると、まず職員室や校長室もある東校舎と体育館が中庭をはさんで向かい合い、一段上がった所に西校舎と北校舎が同じように向かい合っている。土埃の舞う校庭は東西校舎の南側だ。校舎はいずれも味もそっけもない四角い鉄筋コンクリートの三階建てだが、土地の高低差から、西校舎の屋上が最も高い位置にある。

高校からさらに北に目を向けると、トンネルを抜けた山の向こうには開発の進む新七海の街並み、さらには田園地帯を経て大きく海に張り出す岬が見えている。その辺りはもう七海市ではなく、緑の中に点在する家々は、県内でも随一の高級住宅街なのだと佳音ちゃんに聞いたことがある。

それらすべての向こう側に広がる海はいつにも増して青く、見渡す限り続いている。

船、と茜が言った。え、どこどこ？　ときょろきょろしたわたしは茜の指さした先を追い、目を凝らしてようやく船影らしき小さな白い点をみつけることができた。

「どこまでが七海市なの？」

茜が右側に顔を向けて言う。

「段々畑の先に森があるでしょう？　海沿いの県道を行くと、あの森をちょうど越えた辺りに県境の標識があるよ。駅伝の折り返し点になってる所」

ああ、とうなずいた茜は森の向こうに見え隠れしながら隣県につながっていくバス道路を目で追っていたが、あれ、と言って、緑の森に覆われた岬の先端にある白い塔を指さした。

「あの崖の下の、海に突き出した場所にある灯台、遠足で行ったけど、あそこ七海じゃないの？」

「七海崎灯台ね。あそこは七海市よ。飛び地なの」

「飛び地って？　飛び込みができるとか？」

界の背中が少し揺れた気がしたがそれ以上の反応はなかった。気のせいだろうか。

「違う違う。自治体の一部だけが本体から離れて別の自治体に囲まれていることなの。昔は――ここが市になるずっと前のことだけど――あの灯台までが七海町だったんだって。お隣のS県の住宅地が内陸側で延びて、岬のこっち側までつながっちゃった関係で、境界線変更があってあの辺りがS県に編入されたんだけど、灯台とその周りの小さな公園は七海町民に馴染み深いものだったから、お隣には譲れないって話になってね。灯台自体は海上保安庁が管理してるものだけど、結局岬の先っぽの部分だけY県七海町として残ったそうよ」

茜はふーんと言って空を見上げ、あ、ツバメ、と言った。

「ほんとだ」

わたしの声が弾んだ調子だったせいか、佐奈加と瞭がそろってこっちを見て、つられたように空を見上げた。見ると、なんと界も顔を上げていた。

「なんでつばめって名前にしたの？」

界が問いかけてきた。彼の方から話しかけてくるのは珍しいことだ。

鳥の名前ではなく、わたしたちの寮舎のことだと気づくのに少し時間がかかった。

「前はね、一寮とか二寮っててただ呼ばれてたんだって。十年くらい前に呼び名をつけようってことになって、当時の子どもたちが話し合ったんだけど、小学生の中に『ツバメ号とアマゾン号』っていう本が大好きな子がいて――アーサー・ランサムって人が書いた、イギリスの大きな湖で夏休みに子どもたちがヨットに乗って冒険する話なの――そこからとったの」

瞭の目が少し見開かれたように見えた。わたしは続けて、

「十二冊もあるシリーズで、探検したり、宝探ししたり、いろんなエピソードがあるの。中に出てくる遊び方とかの真似が学園で一時流行《はや》ったそうよ。わたしも子どもの頃読んでた。一番好きだったのは山でキャンプしながら金鉱を掘る――金を探す話で、木の枝で湧き水のある場所を占ったり、ハトに手紙をつけて連絡をとりあったりするの。題名は、うーんと――」

「『ツバメ号の伝書バト』」

独り言のように瞭が呟いたのでわたしはびっくりした。

「そう、それよ。あなたも好きだったんだ」

「――別に」

視線を逸らして無愛想に瞭が答えた。

そうなんだ、あたし学園にずっといたのに知らなかった、と佐奈加が言い、あたし読んだ、加奈子《かなこ》さんに教えてもらったの、と茜が言った。

この三月に卒園した加奈子は長く学園にいた子で、なかなかの読書家でもあった。小学生の頃は、弟のように面倒をみていた現在高三の明《あきら》によくよい本を教えていたようだ。ランサムの本は厚くて、明はちゃんと読めなかったようだが、お話を真似してハトの足に手紙をつけて送ろうとしたり――訓練したハトじゃなくてその辺のハトを捕まえて無理矢理やったから勿論成

功しなかったけど——井戸を掘り当てると言って庭のあちこちに穴を掘ったりして職員を困らせたらしい。ただ、両手で旗を持って、様々なポーズで遠くにメッセージを送る手旗信号は、加奈子と明から派生して学園の他の子たちの間でも共有されたようだ。伝えられる文字はOKとかNGとか極めて簡単なものだったが、含まれる意味内容は「今夜抜け出せる」とか「大隈《おおくま》さんが泊まりなので今日は大人しく寝よう」とか結構複雑だったらしい。

そんな話を紹介して、

「そんなことがあったから、つばめの担当になってとっても嬉しかったんだよね」

そう話したが、瞭は既にこの話題に関心を失ったようにそっぽを向いていたので、わたしもこの辺で切り上げることにした。

男の子たちがやってきて、界を誘う。彼も食べ終わっているようなので、わたしも、一緒に行ってみれば、と促《うなが》した。界は大して気乗りしない様子だったが、立ち上がってついていった。やれやれ、と少しほっとしたわたしだったが、くつろげると思ったのは大間違いだった。林の中、南側の斜面の方から叫び、というより野生の獣が吠えているような声が聞こえた。その荒々しい響きは、一度聞いたことがある界のものだった。わたしは跳び上がり、そちらへ走っていった。

界と、小六、中一くらいの男子数人が睨み合っている。界の目は血走っており、身体がぶるぶると震えていた。危ない、と思った。男の子同士、多少のケンカは仕方ない、と思う方だが、界の様子は通常の興奮とは既に違っていた。

わたしが声を出す前に、不用意に挑発しようと近づいた中一の男子が目を押さえてうずくまった。界が思い切り振った拳《こぶし》が眉間《みけん》に当たったようだった。

「界くん！　だめ！　止まって！」

わたしは後ろから彼を抱きかかえ、とにかく地面に座らせようとした。彼は振りほどこうと暴れ、わたしは振り飛ばされそうになりながらしがみついた。

男の子たちが呆然としながら、手を出すべきかどうか逡巡していた。そこへショーヘイが走ってきて何か言いながら近づいてこようとする。わたしは「いいからあんたたちは離れなさい！」と叫んだ。

前に逆上した彼に蹴られた経験からわたしは闇雲に制止しようとしてもだめだということがわかっていた。この状態の子どもたちに対応するには技術が必要だ。すぐに言葉は入らない。いくら抑えるためとはいえ、こちらが殴ったりしてもいけない。身体を抱え込んで、パンチやキックを受けないようにしながら、気持ちを受け止める言葉をかけ、ある程度エネルギーが発散され、落ち着くまで待つしかない。研修で学んだことを必死で思い出すが、言うとやるとは大違い、彼の暴れ方は凄まじい。手足が使えないとわかると頭をぶつけてくるので、こっちの唇が切れそうになる。それがだめなら噛みつこうとする。わたしは必死でその攻撃を避ける。二人して倒れ込みゴロゴロ転がった。

顔に泥がつくのがわかり、ああ、すっぴんでよかったかも、と思ったわたしは急に視界が開けてはっとした。

そこは切り立った崖だった。安全のため張られている低い柵が一部壊れてなくなっており、そこから転がり落ちたら、死なないまでもそれなりの怪我はしそうな高さで、覗き込むとちょっと目眩がしそうだった。わたしは恐怖心を押し殺しできるだけ冷静な声を作った。

「界くん、落ちるよ。危ないから、じっとして」

意外にもわたしの声を聞いた界はピタリと止まった。身体を激しい震えが走るのがわかった。少しずつ彼の身体から力が抜けていくのが感じられた。もう大丈夫、と思えたところでわたしも力を緩め、彼から離れて身を起こした。二人這うようにして崖から離れ、息をつく。

他の職員がようやく駆けつけてくる。林さんに事情を訊かれた男の子の一人が、この切り立った崖がスリル満点なので界にも見せようと連れてきただけなのに、と説明していた。

わたしは当事者となった男の子たちを林さんに任せ、その他の元気のありそうな高学年児の相手を佳音ちゃんにお願いし、さらにショーヘイにも、しばらくの間、下の子の面倒よろしく頼むね、と声をかけた。二人は心得た様子で、佳音ちゃんが持ってきたボールを取り出すと子どもたちに声をかけ、木立の中の広場でバレーボールを始めた。皆の注意が逸れたのを確認して、わたしは界を連れて、お弁当を食べた草地に戻った。界は大人しくついてきて、わたしと並んで腰を下ろした。

何を言おうか。実はわたしに大して考えはなかった。考えているうちに、彼がさっきと違って、海の方を見下ろしているのに気づいて、おや、と思った。それを口にする前に界の方が口を開いた。

「さっき、茜が、あの崖の下の灯台に行ったたって言ってたでしょう」

「どこまでが七海？　と茜が訊いた時の話？」

そう、とうなずいた界は続けて、静かに言った。

「あの崖で、俺、母さんに殺されそうになった」

3

界には父親の記憶がない。夕暮れの保育所で、皆お迎えを待って過ごしていると、日が落ちるにつれ、一人ずつ親がやってきて、支度をして帰っていく。界はたいがい最後に残る数人に入っていたが、時折、迎えに来た男の人に、パパ、と嬉しそうに抱きついていく友達を見て、お母さん以外の人がいる家もあるんだなあと不思議に思ったことを覚えている。

しかし運動会などでは、ふだん現れない父親たちも一緒に応援に来ているのを見て、だんだん、他の家ではたいがい父と母と二人揃っているんだとわかるようになった。

界の母は周りに比べて若かった。十八で界を産んだんだと言っていた。言葉は乱暴ですぐ手が出たが、明るく元気で綺麗で、界は内心自慢だった。気分が変わりやすく、ちょっとのことで不機嫌になったが、界がお父さんのことを訊いた時もそうだった。

しょうがない人だったのよ、と母は言っていた。

「界には似合わないお父ちゃんだったの。だから別々に暮らすことにしたんだ。あんたの面倒はぜーんぶあたしがみるから、心配しなくていいの」

母はそう言うだけあって、よく働いていた気がする。掃除や片付けは苦手で家の中は雑然としていたが、柄の緩んだ黒焦げの大小の鍋で何でも調理していた。しばしば失敗して中味も黒焦げにしてしまい、界は内心、時々は保育園の友達みたいにスーパーのお弁当を買ってきてくれるんでもいいんだけど、と思っていたが、人間食べるもののことだけはしっかりやらなくちゃ、というのが口癖の母には勿論言えなかった。

元気そうにしているが、母があまり丈夫でないのは界にも察せられた。休日は寝込んでいることも多かったし、保育園の終了時間ぎりぎりに駆け込んできて、大きな声で、いつもすみませーん、と挨拶して廻っていた母が、帰り道他人の家の生垣に倒れ込んでしばらく動けなくなるようなこともあった。

それでも基本は明るい母なので、界はそんなに心配していたわけではなかった。仕事がなくなるまでは。

母は自動車の部品工場で働いていたが、景気が悪いとかで工場は人員を大幅に減らすことになったのだという。派遣社員だった母はあっさりクビになり、安く借りていた寮も出なければならなくなった。

もともとあんな古くて狭い寮出たかったんだよ、せいせいするわ、と言っていた母は海の見えるちょっと小綺麗なアパートをさっさと借りて引っ越した。整理するのが面倒だから、と荷物もほとんど捨てずにそのまんま運び込んだ。さあ、バンバン稼ぐからね、と彼女は言った。

しかしなかなか二人の生活を支え家賃を払える仕事はみつからなかった。何でも口に出すたちの母は求人広告を見ては、今度はここに行ってくるよ、と界にいちいち宣言していたので、断られることが重なっているのもよくわかった。

母はとうとう役所にも相談に行ったようだった。

「ボシセタイだからお金がもらえるはずなんだって」

そう言って出ていった母だが、憤然と帰ってきて、

「オヤジにヨーイク費出すよう頼めとか言うんだぜ、ふざけんなってんだ。そんなことするくらいなら苦労しないんだよ。それにあたしの化粧のことまでとやかく言いやがって。人にもの頼みに行くんだから綺麗にしてくのが礼儀ってやつだろ。貧乏人は見た目から哀れっぽくしてろっていうのかよ、あたしは役者じゃねえんだよ」

界は、自分の父親は自分たちを見捨ててお金もくれないような人なのか、と思いながら怒りまくる母の声を聞いていた。しかし、はっとしたのはその後だった。

「その上言うにことかいて界を施設に預ければ働き口ももっとみつかるだろうって。冗談じゃないって。あたしはオッサンの机に唾吐いて出てきてやったよ」

施設って？　保育園みたいな所？　界が訊くと、母の表情は複雑になった。

「ヨーゴシセツって所があるの。保育園と違って夜もずっとそこで暮らすの。家には帰れないんだよ」

界は前に母の昔の友達という人から電話がかかってきたことを思い出した。確か「なんとか

ガクエンのスギヤマ」とかいう女の人だった。母に伝えると、嫌な顔をして電話を替わり、いいのかなと思うほど素っ気《そけ》なく電話を切ってしまったのでそれ以後かかってくることはなかった。界はそのことを言って、もしかしてシセツってそこのこと？　俺がそこに行けば母さん働けるの？　そう続けると母は、だめよ、そんなの、とかぶりを振った。そこはいろんな子がごちゃまぜに暮らしてていじめられたり、職員のいうことちょっと聞かないと怒鳴られたり殴られたりするとこなのよ。

母さん見たことあるの？　そう訊くと母は強い口調で言った。

よく知ってるの。お母ちゃんシセツで暮らしてたんだもの。そりゃあひどいもんだった。よくベッドで一人で泣いてたよ。夕日で真っ赤っかに照らされた部屋がなんかもの悲しくてさ。でも一人になれる時間だってそんなにないから、泣ける時があるだけありがたいぐらいだったんだ。

とにかくシセツには入れないから心配しないで、と母は言った。それからも時々シセツでの生活の話は母の口から出た。不思議なことに母の口から出るのは嫌だったことばかりではなかった。友達と遊んだこと、職員に優しくされたこと、遠い山にキャンプに行って楽しかったこと、そんな記憶も交じっていた。話の中で母は草むらを駆け廻る小さな女の子だったり、髪を銀色に染めて始終学校をサボる不良中学生だったりした。

界が小学校に上がってしばらくすると、母は夜仕事に行くようになった。華やかな化粧をした綺麗な母を見るのは好きだったが、一人で夕食をとって片づけてお風呂に入って寝るのは嫌だった。母はよく夜遅く酔って帰ってきた。席を陽気に盛り上げるのは得意なようだったが、本当はお酒が強くない母は、帰ってくると玄関で苦しそうにうずくまっていることが多かった。

お金は前よりずっともらえているようで、仕事を替えてからしばらくはとても暮らしは楽になった。しかし母はまもなく体調を崩しやすくなり、いらいらすることが多くなった。前だったら大声で叱りつけられておしまいになるところで、あっと思う間に頰を叩かれたり蹴られることがあった。大して痛くはなかったが、母が沈んでいることの方が気になった。母はかっとなって手を出してもすぐに後悔するみたいで、そんな時は界を抱いて「ごめんねごめんね」と何度も繰り返した。

「『相手が悪いことをしたとしても、叩いてよくなることはない。よいことをした時にほめたり、喜んでみせたりする方がよくなる』って言われてたんだけどねえ」

落ち着いた時はそんなふうに反省している母に、誰が言ってたの？　と訊いたら、母は、えへっと小さい女の子のように笑って、「お父さん」と言った。

母さんのお父さん？　そう言う界に母は、

「――みたいな人。本当にお父さんだったらよかったけどね」

と言った。

しかしいつかそんな笑顔が見られる日もなくなっていた。冬が近づくにつれ母の具合は急激に悪くなって、仕事は休みがちになり、しまいには全く行けなくなった。堅実とはいえない母は儲かっている時もまるで貯金をしておらず、すぐにお金は底をついた。家賃も払えなくなり、水道屋さんや電気の集金が来ると息を殺して通り過ぎるのを待った。

母がどこかに電話で相談しているのを聞いたこともあった。そちらにしばらく置いてもらえないか、という内容だったが電話の向こうの人はひどく冷たいようだった。母が「そんなの――お母さんでしょ?」と弱々しく言ったので、本当の親にかけているんだとようやくわかった。祖父母は県内で何回か引っ越しをして、今は大きな家に住んでいるらしいが、界は一度も会ったことがない。母と自分は厄介者だと思われているのだろうか。

しかし弱気な母の声を聞くのはそれが最初で最後だった。電話の終わりには、

「あたしは――違う。あの子を絶対見捨てたりしない」

怒ったようにそう言うとガシャンと音を立てて受話器を置いた。

他にもあちこちに電話していたが、界に知られたくないのか声を落として早口で話していることもあった。

それから母は家の中のものをビニール袋に入れてどんどん捨て始めた。片づけられない母がどうしたんだろう、と界はいぶかった。大事にしていた思い出の品も、黒焦げの鍋も皆捨てた。界が赤ちゃんの時からのおもちゃも大きな絵本もとってあったのに皆ゴミ袋に入れてしまった。あっという間に家の中は空っぽになっていった。

その朝、今まで寝ていた布団を無理矢理ビニール袋に詰め込んでゴミ置き場に持っていってしまうと、母と界の二つのリュックサック以外に残されたのは作り付けの棚とシステムキッチンだけになった。母は大家に電話をかけた。大家は母に同情してくれていて、急がないでいい

よ、と言ってくれていたが、母は、今日を退居日にしてほしいんです、と強硬に主張し、大家は仕方なく訪ねてきて、中のチェックをした。これからどうするの？　と訊かれても母は素っ気なく、大丈夫です、と言うだけだった。

それから、母は界を連れて歩き出した。きっとまた役所に行くのだろうと思っていたが、母は役所に曲がる道をちらりとも見ずに通り過ぎた。

警察署、病院、界が思い当たるところは全て素通りだった。やがて道は海のそばに出て、人のいない海辺を右手に見ながら、母は無言で歩き続けた。本数の少ないバスがそれでも時々は通り過ぎていったが、バス停に立ち止まることもなかった。

母は明らかにひどく具合が悪いようで、冷たい海風が少し強まるだけでもよろけるくらいだったが、決して足を止めようとはしなかった。たまにすれ違う地元の人が心配した様子で声をかけてくれたが一言も返事をしなかった。

空腹で泣きたくなり、不平を言うと母は苛立たしげに首を横に振り、もう嫌だと思い、足を止めると頬にビンタが飛んできた。界が頬を押さえて母を見ると、母は冥《くら》い目で彼を見ていた。手のひらよりも、母のその目に逆らえず、界は再び歩き出した。

天気は下り坂に向かっていた。空はいつのまにか一面雲に覆われ、世界は灰色に包まれていた。

海沿いをただ大きく蛇行していくばかりの単調な光景の中で、界は顔を上げ、標識が、北隣のY県まであと数キロの所まで来ているのを知らせているのがわかった。いったいどこまで行くんだろう。そう思った時、母の動きが変わった。これまで延々と歩いてきた海沿いの車道を離れ、左手の山に入っていく細い道に入ったのだ。波の音が遠ざかり、視界の悪い森に囲まれた、アップダウンが多く足場の悪い道に、最初はためらいのなかった母の足取りも鈍った。折しも日暮れ時となって、みるみるうちに辺りは暗くなっていった。母は何度も立ち止まって喘いでいたが、休もうとはしなかった。左手の上の方には灯《あかり》が少し固まって見え、何軒か民家らしいものがあるようだったが、母はそちらには脇目もふらなかった。

道に迷ってしまったのでは、と思う頃、右手に道が分かれており、その角に汚れた木の道標があった。掠れた文字に「ななみがくえん」とふりがなが読めた。真直ぐの矢印の方向を見ると、山のさらに上の方にぽつりぽつりと立つ街灯が、どうやら道が続いていることを示し、そのずっと先の方に少し明るい所があった。あれが七海学園だろうか。

界の気持ちを読み取ったように母は呟いた。

「あれが七海学園。あたしがちっちゃい時暮らしてた所」

もしや母はあんなに嫌がっていたシセツに、自分を連れていこうとしているのだろうか。

でもこのままじゃ母も倒れてしまう。「がくえん」がどんなにひどい所でも死にそうな人を休ませてくれるぐらいのことはしてくれるだろう。きっと水の一杯ぐらいはくれる。距離はまだだいぶありそうだけど、とにかく灯の方をめざせば——。

界は母の顔を見、そして言葉を失った。母は道標を見据えたまま固まってしまったかのように動かなかった。やつれたその表情は望みを奪われた人のように見え、界は何も言えなかった。

母はしばらく遠い灯をみつめていた。それから思い切るように首を振ると、行くよ、と言った。

母が指す方向は右手の方だった。でも、と言う界を睨むと、あたしたちが行くのはこっちなのよ、と低い声で言った。

界はわけがわからないまま従った。森の中を彷徨《さまよ》っているとしか思えない道程だったが母は行く道に確信があるようだった。

不意に母が立ち止まった。一緒に止まった界は愕然とした。そこは行き止まりだった。先に道らしきものはなく、未だ森の木々に囲まれてはいるが、切り立った急斜面の先は闇に包まれてはっきりと見えない。その静かな闇の中に、打ち寄せる波の音が聞こえたので、再び海のそばまで来ているのがわかった。

どうするの、と言いたくて母の顔を見上げる。

母は無表情だった。

長い沈黙の後、母は口を開いた。

「ここから行くのよ」

界は耳を疑った。

「この道しかないの」

つかまる所もないこの崖が道？

「あたしが先に行くから、ついてくるのよ」

界は母にしがみついた。母は振りほどこうとして界の顔を見、そして腰に手を廻した。一緒に飛び降りるんだ。今度は界が身をよじって母から離れた。見捨てないってそういうことだったの？　そして母の顔を見て戦慄した。

母は恐ろしい顔をしていた。

「それならあんたが先に行きなさい」

そしてなおもためらう界の背を突き飛ばした。

その後の記憶は夢うつつの中だった。崖の上を見上げ、そこに覗き込む母の顔を見て、必死で這い上がろうとした気がする。それを見た母は、「来んな！」と叫び、何かを投げつけた。それは小石だったかもしれないし、千切った草だったかもしれない。ただ自分を拒絶する母の怖い顔を直視できず界はうずくまり、また意識を失った。

界は海沿いに続く道路の端に倒れているのを発見された。早朝ジョギングに来て、灯台のある公園で体操をしていた地元の老人が泥まみれで草むらの中に転がっている男の子の姿に気づいたのだ。母は崖の中途に倒れたまま凍死していたと後で聞いた。もともと身体が弱っていた上に、夜になって十二月にしても珍しいほど気温が下がったことが災いしたのだろう。涙は出なかった。

警察の人に訊かれた時は、家を片づけて母と歩いてきたこと、気がつくと倒れていたことだけを答えた。崖の上での出来事については言葉にできなかった。夜になると母の夢を何度も見た。大好きな、若々しい母の笑顔が、突然最後の時の顔に変わり、彼は何度も夜中に目を覚ました。一時保護所から七海学園に移り、時が経つにつれ、夢の回数は減ってはいったが、完全になくなることはなかった。

4

「あの道標を見た時はてっきり七海学園に行こうとしてるのかと思ったけど、そうじゃなかった。それにしても死ななくたってよかったのに。学園に行かせるくらいなら死なせた方がって思ったのかな」

わたしは答えることができなかった。ただこう言うしかなかった。

「その七海学園に来ることになるなんて、あなたにはショックだったでしょうね——あなたが学園で荒れたとしても当たり前だよね」

界は、そんなことない、というように首を少しだけ横に振った。

「別にここはそんなひどい所ってわけじゃないし、母さんだって悪いこと結構したんだろうし、それはいいんだ。

高い所が怖かった。特に崖っぷちが。でも去年くらいから、いつまでもそうも言ってられないと思うようになった。俺はここで暮らしてるんだから。それで今日はピクニックに来たんだ。

でもあいつらに無理に引っ張っていかれて崖を見せられた時、頭の中が真っ白になっちゃった」

「あなたは立派よ」

心の底からそう思って口にしたわたしの言葉もどこまで耳に入っただろう。界は独り言のように呟いた。

「父さんと母さんはなぜ別れたんだろう。父さんは今何をしてるんだろ。生きてるのかな。俺たちが暮らせなくなってもお金も払わない親父なんてどうでもいいんだけど、母さんが死んだことも、俺がここにいることも知らないでいるのかな。それともそんなことに興味もないのかな。

そうして、母さんはなぜあんな所で死のうとしたんだろう？　考え始めるとわかんないことだらけで頭の中がまた真っ白になっていく気がする」

職員も子どもたちも、気を遣ってこの草地から離れてくれているようだ。

だいぶ時間をとってしまったのでわたしたちはとりあえず皆の所に戻ることにした。

少し上の方に行くとほぼ平らな小さな広場があり、そこで皆が試合形式でバレーボールをしていた。男子中学生たちも既にそこに加わっている。小さすぎて参加できなそうな子は小泉さんのそばで女子高校生の二人とともに観戦している。ショーヘイが審判役になって双方に指示を出しており、皆もそれに従っているようだ。

ショーヘイは愛想がなく、口数もどちらかといえば少ない少年だが、学園生活が長く、皆の信頼をそれなりに得ているらしく、こういう場面をうまく保たせてくれるので頼りになる。今日も、もしかしたらひばり寮の職員が参加できないのがわかって、気を廻して加わってくれたのかもしれない。同じ高三男子でも、調子はいいがマイペースな明とは対照的だ。実際二人は反《そ》りが合わず（明の方はあまり気に留めてないようだが、ショーヘイが嫌っているのだ）、唯一の高三女子である道子《みちこ》がいつも気を揉んでいる。

あ、はるのん戻ってきた。界も。誰かが声をあげる。口々に、あっちが強すぎるからこっち入んなよ、というので、わたしと界は手前のチームに加わった。

「なによあなたたち、だらしないねえ」

声をかけると、中学生たちは、だってうますぎるんだよ、と佳音ちゃんを指さす。見ると佳音ちゃんは難しいボールもさらりとレシーブし、あるいは子どもたちに上手にトスを上げてやり、控え目ながら明らかにチームの核となっているようだ。

ここはちょっと正規職員の意地をみせなくちゃ。わたしは、気合入れろーっとチームに活を入れ、いささか力任せのスパイクを連打して、追撃した。

敵陣から中二の勤《つとむ》が、春菜さん大人げねー、と茶々を入れる。わたしは、真剣勝負に大人も子どももないのよ、と言い返す。

運動神経のいい界も好プレーをみせてチームに貢献し、たちまち点数は僅差となった。

ショーヘイが、そろそろ終わりだよ、と言う。不平の声とともに、もうすぐマッチポイントだから、と答えが返り、ちょうど勘がいいトスをタイミングよく上げると同時に、野中《のなか》さん決めちゃって！　と声をかけた。

　うん、とうなずいた佳音ちゃんが高くしなやかにジャンプすると、完璧なフォームでとらえられたボールはわたしたちのコートの真ん中に綺麗に突き刺さった。まるでスローモーションのようだったのにわたしたちは誰も一歩も動けなかった。

　歓声をあげて集まる子どもたちに囲まれて、困ったような顔をしている佳音ちゃんに拍手を送り、自分のチームに、よーし皆よくがんばった！　と言葉をかけ、ショーヘイにはありがとう助かったよ、と礼を言っておく。

　これをもって遊び時間はおしまい。わたしたちは帰路につくことになった。

　大きなゴミ袋を二つ背負いかけて、誰か一つ持って、と言った。そばにいたのは茜と界だけで、茜の方が、わたしが、と言った時、強い風が吹き、茜はあわてて目を押さえた。目にゴミが入ったみたいだ。

「ちょっと顔洗っといでよ」

　と言うと、茜はトイレの方に走っていった。界は、無言のまま茜が持とうとしていた袋を取り上げ、ひょいと背負うとさっさと歩き出した。わたしはちょっとあわてて、ありがとう界くん、と言うともう一つの袋を摑んで彼の後を追った。

　下り坂をめいめい勝手にとっとこ下りていく小さな子たちを小泉さんが、ちょっと待ってー、気をつけてー、とおおわらわで追い廻す。佐奈加は暸に並んでなにやら話しかけ、暸は気のない様子で相槌を打っている。後ろの方から、あ、あ、誰か、とってー、と気の抜けた声が聞こえ、振り向くと、佳音ちゃんが、待ってー、と転がるボールに無駄なお願いをしながら駆け下りてきた。わたしは足下で弾んだボールを引っ摑み、ちょうど真横まで到達した佳音ちゃんに、はいっ、と渡したが、彼女は、ありがとうっ、と受け取ったまま目の前から消えた。

「どうしたの？　どこ行くの？」

「どい、てー、と、ま、れ、ない、のー」

バレーボールを抱きかかえたまま、びっくりして道を空ける子どもたちの間を飛び跳ねるようにして下っていく佳音ちゃんの姿はあっという間に見えなくなった。

「野中先生って運動神経凄いのに、なんか抜けてるよね」

と追いついた茜がクールに呟く。眼鏡をかけた彼女はさっきより一段と理知的なオーラを出しており、とても小六とは思えない奴である。

空の弁当箱とペットボトルで一杯のゴミ袋を背負ったわたしと界は、黙ったまま並んで歩いた。行きと変わらないような道中だが、帰り道の界は決して行きと同じではない。

そしてわたしもまるで同じではいられない、そう思った。

5

翌日、泊まり明けで勤務時間が過ぎても帰らずに、事務室から電話をかけたりパソコンを操作したりしていたわたしは、つばめ寮の同僚である河合《かわい》さんに、まだ残ってたの、と声をかけられた。

「うん。ちょっと児相に電話してたんだけど、界の担当の人いなくって」

「そう。北沢さん本当にいつもがんばってるね。でも、やりだせば切りがない仕事なんだから、どっかで一線引いて自分の生活も大事にしなよね」

わたしと同じ年だが職員としては先輩の河合さんは、その名の通り見た目は可愛く仕事はしっかりできて、公私の別もしっかりつけられる人である。

「わたしもそうしたいんだけど、なかなかできなくてさ、どうしたら上手に線引きできるのかなあ」

と訊くと彼女曰《いわ》く、

「まあ彼氏を作るのが一番ね」

「そりゃわたしだって欲しいけどね。こんな仕事しててどこに出逢いがあるって――え、もしかして河合さんいるの？」

河合さんは答えずにただ、うふふ、と妖しく笑う。

これを追及せずにいられるか、と勢い込んだところに、春菜さーん、と呼ぶ界の声。仕方ない、今日は見逃してあげましょう。

「あ、わたし、それじゃ上がるね。失礼しまーす」

荷物を引っ掴み、目を丸くした河合さんを置いて事務所を飛び出したわたしが向かったのは、谷町商店街へ下りていくいつもの帰り道ではなかった。本日、小学校が午前授業で下校した界とわたしは、学園の南側の森を抜け、星と海がよく見える小さなベンチの脇を通り過ぎ、県境の方向に向かった。再び森に入り、一日二回ぐらいしかバスが通らない林道をまたぐ小さな陸橋を渡ると、まもなく隣県との境を示す道標があった。

「七海ってほんとに県の端っこなんだね」

と界が言った。

進路を右手——西南方向にとり、けものみちかと思うほどの藪の中の道をかなり歩くと、道標があった。わたしたちが来た方向に「ななみがくえん」の文字を見てわたしはどきりとした。わたしたちはカタカナのトの字の上から入って分かれ道にぶつかったのだった。

界の母はここで立ち止まり、苦しげな表情をして、そして分かれ道を進んだのだ。

界がそちらに歩き出した。鬱蒼《うっそう》と茂る森の中、ほとんど道なき道を行く感じだった。昼でも薄暗い場所だが、進むにつれ、両側から波の音が微《かす》かに聞こえてきて、次第に細くなる岬の先端に近づいているのだとわかった。

わたしたちはまもなく海沿いのバス道路を見下ろす崖の上に立った。

弧を描いていく道路の脇、岬の先端にあたる部分のその突端に今はもう使われていない小さな白い灯台が立ち、その手前がいくつかの花壇がある小さな公園になっている。海を見ながらお弁当を食べるにはちょうどよい場所のようだ。

界はしばらく黙っていたが、ぽつりと、大して高くないんだ、と呟いた。

確かに崖といっても、実際見るとそれほど切り立っているわけでも高いわけでもなく、事故の後つけられた木の階段がバス通りまで折り返しながら続いている。墜落して即死するような所ではなく、実際界も転げ落ちていったわけだが、幼い界にとっては、暗く下が見えなかったこともあり、恐ろしい高さに思えたに違いない。真直ぐに海に落ちていくんだと思ったかもしれない。

もういい？　とわたしは訊き、彼はうなずいた。

「じゃあわたしはこのまま下の道に下りてバスに乗るから、あなたは一人で帰れるよね」

当たり前だろ、とあきれたように答える界に手を振り、わたしは階段を下りた。

この場所に行きたいと言ったのは界だった。長いこと避けていた場所を見ようと思ったのは彼なりに期するところがあったのだろう。

そしてわたしも思うところがあった。下の道に出て見上げると既に界の姿はなかった。わたしは七海駅方面に向かうバス停ではなく、車道を渡った先の公園の入り口前にある反対側のバス停に立った。

バスは十分くらいでやってきた。わたしが乗り込む前は空気だけを乗せていたらしい。動き出すとすぐに隣県を示す標識が通り過ぎていった。

ここから県境を越えたのは初めてだった。わずかな間だけど、何となく職員であることからも大人であることからも解放されたような気がしてほっとする。

大きくうねる海岸線に沿って走るバスの車窓から、左手の海をぼんやりと眺めたわたしは、ふと高校時代、部活の合宿で行った島のマラソンコースを思い出した。

「北沢先輩、男子がもう後ろに来てます！」

「ほんとだ、高村《たかむら》先輩が見える！」

「あんたたち、わーわー言わないの――あんなにハンディつけて出たのに、もう追いついてきたの？　ほら皆ちょっと気合入れてくよ。簡単に男子に追いつかれんな！」

後輩を叱咤激励しながら走り続けた、島の海沿いの道。

誰もいないこの海岸道路の風景に、そんな高校生だったわたしたち、冬の駅伝大会を走る七海学園の子どもたち、そして、過去の歩道を歩き続ける若い母親と幼い男の子の幻が脈絡なく重なっては通り過ぎていった。


午後、道路が海岸を離れ、町中に入ってから、ターミナルでさらに電車に乗り換えたわたしは、隣県第一の都市の駅前から少し入った静かな通りの一角にある三階建てのビルの前で当惑していた。

界の担当の児童福祉司と連絡がとれなかったので、職場のパソコンからインターネットで父親の勤務先の名前を検索したところ、それらしい名前がこの街にあったのだ。電話では簡単に切られてしまうかもしれない。わたしは直接、父親を訪ねてみようと思ったのだった。

こうして勤務時間外で動くのは決していいことではない。勤務時間内に行きたいと言えばきっと園長は了解してくれただろう。でもローテーションで廻っているわたしたちの職場では、誰かに負担をかけることになる。誰にも無理のない日程をと思うと先になってしまう。ええい、今回は行かせてもらっちゃえ（事後承諾ってことで）。

というように、思い立つとすぐ行動に移してしまう性のわたしだが、ここではちょっとためらった。今まで通り過ぎてきた建物に比べるとちょっと古くて、窓が小さい上、物が積み上げてあるらしく中の雰囲気が全くわからず、会社名もどこにも書かれていない。何となく訪問者を拒否しているような雰囲気だ。

その割に隣の駐車場には黒塗りの高級車がずらりと並んでいるし。

エントランスの前に二人の男が立って低い声で何か話している。両方とも黒いスーツを隙なく着こなしているが、目つきが鋭く険しい顔をしている。わたしが近づいていくと、年長と思われる方がギロリとこちらを見た。

「荒鷲《あらわし》興業さんはこちらのビルですか？」

そう訊ねると、男は、「そうだけど何か？」と不審気にわたしの顔を凝視した。

「いえ、それならいいんです」

わたしはあわてて飛び込むように建物の中に入ってしまった。エントランスには「二階　荒鷲興業」という案内だけが出ていて、一階と三階は何だかさっぱりわからない。さっきの男たちの視線から逃れたくて、目の前のエレベーターにわたしは飛び乗った。扉が閉まる前に、外では無言だった男が動きかけたのをもう一人が止めて、携帯電話を取り出したのがちらりと見えた。

二階でエレベーターを出ると、「荒鷲興業」とだけ書かれた表札が貼られた扉が右手にあった。いかにも素っ気なく、人の気配も感じられない。わたしはまたためらったが、ここで引き返してさっきの男たちの前にすぐ出ていくのもいかにも変だ。ここまで来たんだし、ままよ、とわたしは扉を叩いた。

いきなり扉が内側に開いて、わたしは転がり込むように中に入ってしまった。

そこは異様な雰囲気の空間だった。

一応は広いオフィスのように机が並んでいて、パソコンやら書類の束やらがそれぞれに置かれている。しかし今時の企業には珍しく、煙草の煙がもうもうと渦巻いているし、奥の方にあるむやみに大きくて派手な紫の応接セットのそばにあるショーケースには、これまたやたらに大きな金ぴかのトロフィーが並んでいて、その中にどう見ても、本物なら銃刀法違反という感じの時代劇か博物館で見るような日本刀が飾られている。そして壁には、紋付袴《もんつきはかま》で正装し、笑っているのにさっき外にいた男の三倍くらい目つきが鋭い中年男性の、国技館の横綱もかくやと思うほど大きな写真が飾られていて、その下には何とか会第何代会長誰の誰兵衛と書いてあった。それから――いや、これ以上説明するまでもないだろう。わたしが入った途端オフィスにいた十数人の、誰も彼も負けず劣らず人相の悪い男たちが一斉に立ち上がってこちらを睨みつけていたのだから。

これは、どう考えても、噂に聞く、その筋の方々の、組の事務所？

最初に考えたのは、ごめんなさい間違えました、と言ってただちに引き返す、という選択肢だった。でも背中を向けた途端剣呑な男たちが一斉に懐《ふところ》から拳銃を取り出す、という光景が目に浮かび、わたしは硬直した。

扉を開けてくれたと思しき、中では一番若そうないかにもチンピラ然としたお兄さんが、ドアを支えたまま、「何の御用でしょうか」と口調だけは丁寧に、でもこちらをバカにするようにニカッと笑って言った。シンナーのやりすぎかチョコレートの食べすぎか原因はわからないが、歯が何本か溶けてなくなっているのがよくわかるぐらい大口を開けていた。

後には引けない。用件を話すしかない。

「あの、天堂《てんどう》さんという方はこちらにいらっしゃいますか」

わたしがそう言うと、お兄さんは驚いた顔になり、「どちらさん?」と反問した。

「北沢といいます——七海学園の」

相手は七海学園の何たるかはまるでご存じない様子だったが、首をかしげながら、後ろを向いて、「マネージャー。七海学園の北沢さんって方がお見えですが」

そう言われて、一番奥の、一段と立派そうな椅子から立ち上がったのは五十前後に見える痩せた男性だった。男たちが椅子を引いて道を空ける様子から、この「マネージャー」なる人物が今このオフィスの中では一番格上らしいことが窺えた。

特に背が高いわけではないが、正面に立たれると、小柄なわたしを見下ろす感じになる。彼は頭を下げ、

「わたしが天堂ですが、どんなご用件でしょうか」

口の利き方は至って慇懃《いんぎん》なのになぜか凄みのある声。ドラマの中でしか見かけないような白いスーツ、腕につけた金の鎖。改めてどう考えても堅気の人でないことは明白だった。

わたしは後悔で一杯になりながら、懸命に声が震えないよう抑えて、

「わたし、児童養護施設の七海学園から来ました」

不思議そうな顔でわたしを見る天堂氏に、ここで言っていいのか悪いのか、でも他にどう言っていいのかわからず、

「あの、界くんのお父さんですよね」

天堂氏は一瞬意表をつかれた表情を見せたが、それはすぐに消え、「どうぞお入り下さい」と丁重にわたしを奥の別室に差し招いた。

入っていいんだろうか。勿論選択の余地なんかなかった。

奥の部屋は応接室のようで、外国製らしい巨大な革張りのソファが置かれていた。お父さんはわたしにそこにかけるよう促した。

「先生に飲み物をお持ちしろ」

お父さんが一言言うと、男たちは大慌てでわらわらと動き出し、手分けして何やら準備しているようだ。いえ、本当にどうぞ全くお構いなく、というわたしの言葉は小さすぎて誰の耳にも入らなかったようだ。

お父さんはわたしに向かい合って座った。やがて芳香を漂わせた珈琲が二つ、全く似つかわしくない強面の男によって運ばれてきた。カップも明らかにわたしが今まで触れたこともない

高価なものだ。どうぞ、と勧められて口に運んだ珈琲はとても素晴らしかったが、カップを落っことしてしまったらどうしよう、と思うととてもじっくり味わうどころではなかった。

それで、息子は今どうしているんですか、とお父さんは口を開いた。

彫りの深い顔に刻まれた皺《しわ》、相変わらず鋭い眼光だが、その目の奥には憂愁《ゆうしゅう》というべき色が見えた気がした。

わたしは簡単に事情を説明した。お母さんが亡くなって彼が学園に入所したこと、今になって自分の過去を振り返り、お父さんのことを知りたがっていることを。

「そうでしたか」

話を聞き終わったお父さんは嘆息した。

「彼女――真知《まち》は、自分が以前に経営していた店で働いていました」

しばらくの沈黙の後、お父さんは静かに話し始めた。己のことを「自分」と呼ぶのを聞いて、お父さんは体育会系の部活の経験があるのかな、とわたしは思った。

「彼女は何も隠さなかったので、ふつうの家庭で育っていないことは知っていました。『学園』の話もよくしていました。あたしはずっと学園で育ってきた、と。それでよかった。親よりはよっぽどましだ、と」

わたしは意外に思って、おそるおそる口をはさんだ。

「お母さん――真知さんは、学園のことを嫌っていた、と界くんは言ってます。だから自分のこともずっと入れたがらなかった、と」

「いや、そんなことはないでしょう。夏は山で川遊びをしたり、冬は駅伝の選手にえらばれて、ちょうど海のそばの灯台の所を走ったんだって懐かしそうに話してたことがありました」

「でも、『よくベッドで一人で泣いてた』って。『夕日に照らされて真っ赤っかな部屋が悲しかった』って——」

わたしは突然の違和感に言葉を切った。

「それは後からの方でしょう」

とお父さんは言った。

「真知は『学園』という所に二回入っていましたから」

もっと早く気づいていいはずだった。東南にある海を見下ろし、西側に山を背負った七海学園の、しかも屋内には、赤々とした夕日はまず射し込まない。七海学園に存在しない十三階段も、お仕置き部屋も、もう一つの施設のものだった。お母さんの話が断片的で、七海学園の話ともう一つの施設の話が入り交じっていたから、幼い界の頭の中では混同されてしまったのだ。

「真知は最初の施設——七海学園さんですか——を小学校を卒業する少し前に出て親に引き取られたようです。それからこっちの県に引っ越してきたんですが、親と一緒の生活は長続きしなかったようで、結局何年も経たないうちにこっちで施設に入ったそうです。あまり親のことは言いたがらない子でしたが、酔った時に、『大嘘つきな親なんだよ。どうせ無理なら最初から引き取るなんて言わなきゃよかったんだ。そしたら元の所にいられたのにさ』と愚痴《ぐち》ってたことがありました。どうも前の所と比べて嫌なことが多かったようです。本人も中学に上がって、あまりマジメにはやってなかったようなので目立ったんでしょうがね。学校から始終学園に連絡があって、よく反省するように、ってそのための部屋に入れられて、最初は大人しくしてたけど、そのうち毎回窓から飛び降りて逃げるようになったんで、先生たちもあきらめたみたいだって言ってました。

居心地は悪いし勉強はできないし、一応高校には入ったけれど進級もできそうもないし、つまらないしで、施設を飛び出して友達の所に転がり込んで、そのまま学校も中退になったそうです。年をごまかして転々と水商売で働いてるうちに自分の店にやってきたというわけです――うちに来た時は十八は過ぎてましたがね。

娘といってもおかしくないくらい年の離れた女に手を出すなんて大人げない男とお思いでしょうね。最初はそんな気は毛頭ありませんでした。ただ向こうっ気が強く危なっかしいところはありましたが、二十も年上の自分にも思ったことは口にする率直なところが気に入っていました。若い者同士で楽しくやってくれればいいと思ってましたが、年の近い男は子どもっぽく見える、と言ってどうも自分のそばが居心地がいいようでした。自分もいつのまにか真知が近くにいるのを快く思うようになっていました。

彼女が界を妊娠したので、入籍の話をしたところ、彼女はためらっていましたが応じました。自分は不在がちで親としても夫としても十分なことはできない人間ですが、できるだけそばに置いて面倒をみてやりたかった。

名前をつけたのは真知です。昔世話になった人の名前にあやかったと言っていました。ただ彼女としては本当は船を漕ぐ『櫂《かい》』という字にしたかったらしいのですが、この字は名前には使えない、と届出に行った役所で言われ、怒って窓口の人と大げんかして帰ってきました。何とかなだめるのにえらく苦労したもんです。

界はよく笑う元気な赤ん坊で、わたしにとってもこれまでにないほど和《なご》やかな日々でした。しかし彼女は結局それをよしとしませんでした。生まれてきた界の世話を実際にするようになって彼女の気持ちは大きく変わったようでした。子どもとあたしのことを考えるって言うならこの稼業をやめてくれ、と言われましたが、それはできるはずのないことでした。彼女は子どもを連れて家を出ると言いました。自分は離婚には応じませんでしたが、それは受け入れました。どのみち言い出したら自分がなにを言おうが誰が言おうが聞く女ではありませんでした。

責任は自分にありますから、口座に生活費はずっと送金していましたが、やがて口座も解約されてしまい、連絡がとれなくなっていました。そんな時、突然電話がかかってきて、やはりどうしても離婚してほしい、と言ってきました。事情は話したがりませんでしたが、別の道を行くことにしたからと言うので、もしかしたら新しい幸せをみつけたのかもしれないと思い、離婚届に判を押すことにしました。捜そうと思えばできたでしょうが、彼女が望まないことはわかっていましたから。そんなことになるなら、何としても捜し出すべきだった」

「その時捜し当てていたら彼女は死なずに済んだ？」

お父さんは一瞬固まって、それからゆっくりと首を横に振った。

「いえ。きっと同じだったでしょう。一度決めたら変えない女でした。また自分の前から姿を消すだけだったと思います。

　自分が引き取ればいいんでしょうが、あいにく、今の自分の女には別に子どもが三人いて、中には難しい病気を抱えた子もいて手一杯の状態です。育てるのは勘弁して頂きたい。金なら、いくらでも都合をつけますが」

「学園では界くんの生活は公費で全部みていますので、お金のご心配はいりません」

　お父さんは顔を上げてわたしを見た。

「で、自分に何をしろと」

　わたしは少し腹を立てていた。お金なんか問題じゃない。そんなことのために来たんじゃないってどうしてわからないんだろう。お父さんの口調はずっと丁寧だったが、言い表せないような迫力がずっと水面下にあって、わたしは内心緊張しながら、気を悪くさせないように、と言葉を慎重に選んでいた。でもどういう生業の人だって何だって、お父さんには変わりない。わたしは仕事として子どものお父さんたちに言わなきゃならないことを言うだけだ。

「彼に会ってもらえませんか」

　お父さんは驚いたようだった。その淀《よど》みない口調が初めて揺らいだ。

「いや、それは――」

「会いたいって思わないんですか。彼はひとりぼっちなんです。わたしたち職員は一所懸命に関わってるし、子どもたちも仲良くしようとしてるけど、わたしたちは親の代わりにはなれません。引き取ってほしいとか、お金出してほしいとかそんなつもりはありません。彼は親のことを知りたがってる、それに応えてやりたいんです」

わたしはお父さんの目をみつめた。何と言われるかと思ったが、お父さんは静かな目でわたしを見返していた。やがて目を落としたお父さんは口を開いた。

「息子のことを本当に考えて下さっているのは有り難く思います。しかし、自分のような父親と会って息子は本当に喜ぶでしょうか」

反問されてわたしはなぜかためらった。

「だって、それは――お仕事のことなんかは何とでも言えるでしょうし――」

「自分も息子に嘘はつきたくないんです」

お父さんは言った。

「自分にはこの生き方しかありません。人様からはどう言われようと。もし訊ねられれば誤魔化しはできないと思います。しかしそれとこれとは話が違う。勝手な言い草かもしれませんが、息子に自分と同じ生き方はしてほしくない。界にとっては、少なくとも今の年では、わたしのことを知るのがいいことだとは思えません。年がせめてもう少し――大人になっていれば、自分の話を聞いて、わかってはくれないまでも仕方がないこと、と受け止めてくれるかもしれない。今は――もう少しお時間を頂けませんか」

数秒考えて、わかりました、とわたしは答えた。お父さんなりの真摯《しんし》な答えだ、と思えたから。

「あの子には何とか話してみようと思います。でもどうしても会いたいと言ったら――それから、もう少し大きくなって、彼が望んだら、その時は会ってくれますか」

「ええ。その時はどうぞ先生のご判断で。自分はそれに従います。不本意に命を落とすようなことがなければ自分はずっとここにいて逃げ隠れはしませんので。それまで先生、息子を一つよろしくお願いします」

お父さんは立ち上がって深々と頭を下げた。

わたしもあわてて立ち上がりへこへこお辞儀を返した。

辞去しかけてわたしはお父さんに会ったら渡そうと写真をプリントアウトしてきたことを思い出した。写真の中で少しはにかんだ笑顔をみせる男の子をお父さんは無言でじっと見ていた。お父さんは少し迷ったようだったが、結局そっと写真を返してよこした。万一のことがあった時、自分の懐からこの子の写真が出てくるようなことがあったら迷惑をかけると思いますので、とお父さんは言った。

そうですか、さしあげるつもりだったんですけど、と言うと、いや、もう目に焼き付けましたから、そういうお父さんの表情は少し淋しそうに見えた。

お父さんがドアを開け、ありがとうございました、ともう一度頭を深く下げたので、そこにいた一同が皆立ち上がり、かくて人相の悪い男たちがずらりと並んで四十五度の角度で頭を下げる間を通り抜けて、わたしは事務所を後にしたのだった。

6

翌日は遅番勤務だったが少し早めに学園の前まで来たわたしは、純白の花を咲かせる緑の並木に目をやり、しばしそこに佇《たたず》んだ。無心の時間が流れた後、わたしは人の気配に気づいて振り返り、よく知った人の姿をそこに見いだした。やや大柄で横幅も広めの体格、きちんとしたスーツとネクタイ、常にしゃんとした姿勢。それは児童相談所の海王《かいおう》さんだった。

児童福祉司である海王さんは、他の施設同様七海学園でも何人かの子どもを担当していて、時々、子どもと会ったり、わたしたち施設職員と打ち合わせをするためにやってくる。それは他の児童福祉司さんたちも同じなのだが、海王さんという人が少し他の人と違うのはそのずば抜けた洞察力だった。子どもたちの抱える様々な謎や不思議を海王さんに話すと、わたしたちの見過ごしていた些細な手がかりから、隠された真実を解き明かしてくれることが幾度もあった。そこでわたしは、本来海王さんの仕事とは直接関係のない別の子どものエピソードについても、困るとついつい相談してしまうのだった。

「ハナミズキがお好きなんですね」

海王さんは訊いた。

はい、わたしはうなずいた。

「毎年の今頃、この真っ白な花を見ると心が洗われる気がして、つい足を止めてしまうんです」

「清々《すがすが》しい色ですね」

海王さんは同意したが、つけ加えて、

「ただ、ちょっと細かく言うと、この白いところは花ではありませんが」

「え？　そうなんですか？」

わたしはびっくりして訊き返した。

「これは総苞《そうほう》といって、つぼみを包んでいた葉です。本当の意味での花は真ん中の緑の部分です」

わたしが近づいてよく見ると、確かに花に見えた白いところは微妙に葉っぱのような筋が入っていて、それに囲まれて緑色の小さな花の集団が中にあるようだ。わたしって本当に何にも知らない。自分の好きなもののことでさえ。

海王さんはひばり寮の用事で来ていたが、約束の時間までまだ余裕があるということなので、わたしは管理棟の面接室に案内した。前は職員室の隣に応接室と園長室があったのだが、取り壊して、代わりに心理療法や親子の観察を行えるプレイルームとワンウェイミラー越しにその様子を観察できるモニタールームを造ることになり、現在工事は最終段階に入ったところである。そこで今は狭くて老朽化した面接室が客間を兼ねている。

お茶を淹れてから、わたしは界の話をした。

海王さんはいつものようにうんうんとうなずきながらわたしの話を聞いていたが、まず口を

開いて、

「北沢さん、いきなり一人でお父さんの所に乗り込むのはちょっと無謀だったと思いますよ。組の人だから危ないということだけでなく、子どもによくない結果につながる可能性も考えた上で、行くと判断されたのなら園長先生に報告した上で児相の担当者と同行するなり、いろいろ方法があったんじゃないですか」

「すみません」わたしは素直に頭を垂れた。「児相には電話したんですけど、担当の人がご不在だったんで……。ちょうど時間があったし、まさかその筋の方だとは思わなくて……」

「まあ、お父さんという人もそれなりに子どものことを考えてくれているようだし、あなたの思いが通じたようで結果はよかったと思います」

わたしのシュンとなった様子を見て、少し口調を変えた海王さんはつけ加えた。

「でも……。よかったんでしょうか。お母さんのこと――殺されかけたなんて重すぎて、わたし、彼とどう話していいかわからなくて。せめてお父さんのことがわかればと思ったんですけど、結局お父さんと彼を会わせることはできなかったし」

「彼は、自分で自分の運命を受け止めようとしているのではないですか？」

「ええ。七見峠に登ったのも、わたしに話してくれたのも、自分が突き落とされた崖を見に行ったのも、そうなんだと思います。彼の運命は結局彼自身が引き受けるしかない。でもまだ十二歳の彼には重すぎる荷物のような気がして、わたしには何もしてあげられないのかと思うと辛いです」

海王さんはしばらく黙っていた。それが答えなのか、答えのない現実を受け止めるしかないのか、そう思いつつも、わたしは暗い気持ちだった。

長い沈黙の後、海王さんはようやく口を開いた。

「もしかしたら、あなたが思うようには、重くはないのかもしれない」

言葉と裏腹に、海王さんの口調は重い気がしたが、わたしは飛びついた。

「どういう意味ですか？」

彼の児童記録を持ってきてもらっていいですか？　と言われて、わたしは職員室から、書類を抱えてきた。

経過を熟読するのかと思ったが、海王さんは、初めの名前や住所や家族欄が載っているフェイスシートのページに目を落としたまま、しばらく動かなかった。それから、界のファイルを閉じると、言った。

「界くんのお母さんはなぜあの場所まで来たのだと思いますか」

「結局そこなんです」

わたしは言った。

「ただ死ぬつもりだったのなら、わざわざ七海まで来なくてもって気がします。思い出の場所で、と思う人もいるでしょうけど、あの崖はそんな所じゃないと思いました。そう考えると、やっぱり学園に――七海学園に来ようとしてたんじゃないかって気がしてなりません。お父さんの言うように、お母さんは七海学園のことをそんなに悪く思ってなかったんだとしたら。でも……」

海王さんは無言のままわたしの顔を見て、続けるよう促した。

「彼女——お母さんは森の中の分かれ道で道標を見て、七海学園が近いことを知ったのに、そちらの道には行かず、代わりに崖に突き当たる道を選んだ。なぜそこまで辿り着いたのに学園をあきらめ、死のうとしたのだろう。それほど遠くない所に民家の灯も見えて、助けを求めることもできたかもしれないのに」

「きっと真知さんはそのまま歩き続けたかったでしょう。学園まで辿り着く体力があれば。でも彼女の体力は尽きかけていた」

「なぜ助けを求めなかったんですか?」

「もしそこで、その近くで倒れてしまったら、あるいは最寄りの民家まで辿り着いて助けを求めたとしたら、どうなったでしょう」

「人通りもないあんな所で動けなくなったとしたら、そのまま何日も気づかれないことだってあったかもしれませんけど、なんとか最寄りの民家まで行けばそこの人が救急車を呼んでくれたんじゃないでしょうか。できないとしたら、界くんが誰かを探したか、もう少し後になって誰かに発見されることになったか——」

「その連絡はどこに入るでしょうか。急病人と幼児の行き倒れが発見された時、対応する責任があるのは」

「それはもちろん——」

言いかけてわたしは固まった。Y県ではない。

わたしは三月に卒園していった一人の少女のことを思い出した。彼女が胸に秘めていた秘密が明らかになった時、わたしは教えられていた。児童相談所の管轄は原則として保護者の住所地。住所がないと考えられる時は現在地となる、と。

「救急で病院に搬送されたとしたら、それはどちらの県になったかわかりません。しかし搬送されることになるかどうかさえわからなかった。そして福祉行政が関わるとしたら、福祉事務所にせよ児童相談所にせよ、現在地が基準になることは痛いほどわかっていた。今倒れてしまえば、あるいは助けを求めればそこが現在地になる。事実上Y県の中に入り込んでいるとしても、隣県——自分が今まで住んでいて、逃れてきた県の行政で扱われることになる」

「でも、命が危ない時にそれどころじゃあ——」

「彼女は隣県の福祉事務所に生活保護や児童扶養手当の相談をして随分嫌な思いをしたようでした。その時はまだ、離婚が成立していなかったこと等理由はあったにせよ、かなり厳しい対応をされたのでしょう。福祉行政のあり方は本来全国一律であるべきですが、実際には自治体の運用は少しずつ違いがあることは否定できません。Y県に比べ隣県の運用はやや厳しい印象を受けます。少なくとも、真知さん自身はそう感じたのでしょう——しかしそれ以上に重要なこと、それは界くんのことでした」

「それは——」

「真知さんは自分がもう界くんを育てられないことを知っていた。必死で避けようとしてきたけれどかつての自分と同じように児童養護施設に入れざるを得ない。北沢さんが推測されたように、できればよい思い出のある七海学園に入れたいと願ったと思います。しかし隣県の児童相談所の扱いになれば、ここがどんなに近くても、原則として隣県が管轄する児童養護施設のどこかに行くことになります。七海学園には入れないのです。おそらく彼女が中学時代、願ったけれどかなわなかったように」

「まさか、それで――そのために――」

「実際にはこんな微妙な場所で、それほど強い願いを保護者が持っていたことがわかったとしたら、どんな判断が下されたかはわかりません。しかし問題は彼女自身が役所というのはそうした、杓子定規で一切の融通はきかない所、と考えていたことです。どこまで山道を登ればY県に入れるのかわからない。たとえ彼女だけを行かせて学園に辿り着いたとしても、彼女が隣県で倒れてしまっていたら、扱いはどちらになるかわからない。もしかしたら隣県に引き戻されてしまうかもしれない。でも真知さんは一つだけ確実にY県に足を踏み入れられる方法を知っていました。灯台に行くことです」

「あっ、飛び地？」

岬の突端、少なくとも崖の下の灯台を囲む公園と脇を走るバス通り。そこだけはY県に属していた。森の中で、二人は県境を越えたかもしれない。しかしそのままでは誰にもみつけてもらえない可能性があった。崖を越えて海沿いの道まで下りれば遅くても朝には必ず誰かがみつけただろう。

「彼女が絶望していた、とわたしは思いません。彼女は残された最後の力で自分が界くんにできる最善のことだと信じたことをした。崖づたいに彼を連れて安全に少しずつ下りていく力はもうなかった。

無茶で乱暴なやり方だったが、殺すつもりなどもちろんなかった。多少傷を負っても、下の道路端まで転がり落ちればいい。駅伝で灯台のそばを走った彼女は思い出していた。崖の下が海でなく道であることを、そしてそこは七海の一部であることを、駅伝で灯台のそばを走った彼女は思い出していた。そして自分自身も死ぬつもりではなかった。少しでも彼の後を追って、Y県の管轄区域に自分の身を置ければ、そう思い、近づこうとして力尽きたのではないでしょうか」

「じゃあ、アパートを引き払って荷物を捨てたのも」

「隣県に住所がある、ということ自体が隣県の行政の対象になることを彼女はわかっていました。まず居住実態がない状況を作るために、彼女は大事にしてきた荷物も片っ端から捨て、アパートの契約も急いで解約しました。意図的にホームレス状態を作り、現在地でしか行政が扱えないようにしたのです」

「でも、Y県の児相が扱っても、親は施設を選べないのだから、七海学園になるとは限らないわけじゃないですか。それにY県の施設だって、児相の職員だって、お隣に比べていい人ばかりとは限らない」

おっしゃる通りです、と海王さん。

「しかし真知さんは白か黒かはっきりしてグレーゾーンのない性格でした。彼女はY県の福祉職はいい人、隣県の福祉職は冷たい人たち、と一括《ひとくく》りにして強く思い込んでいたかもしれません。Y県に辿り着きさえすれば、きっと親切にしてくれる、自分の願いを受け止めてくれる、と。その思いが最後のひととき、彼女の身体を動かしていたのかもしれない——これはわたしの思い込みかもしれませんが」

「いえ、きっとそうだったと思います」

わたしは言った。

わたしの心の中で、界のお母さんは少し違った姿で見え始めていた。物事は一見した通りとは限らない。つい今しがたも、外の並木道で教えられたことだった。

「海王さんまるでお母さんの心を読み取れるみたいですね——それにしても、そんなふうに思い込んじゃうなんて、彼女がY県で出逢った福祉職の人ってよほどいい人だったんでしょうね。そういえば彼女だって児相から措置されてうちに来たんですものね」

そう言ってわたしは海王さんを見やり、そのいつになく憂《うれ》いの濃い表情に少し驚き、そしてようやく気がついた。よく知っているかのようにお母さんを語り、一方で自らの推理を語ることにはいつになく慎重な海王さんの真意に。

「海王さん、もしかしてお母さんを——」

海王さんは沈痛な面持ちでうなずいた。

「かつて真知さんを七海学園に入所させたのはわたしです」

「今さら真知さんが学園に入った理由を細かく語る必要はないと思います。ただ非常に厳しい家庭環境にあった、とだけわかっていてもらえればいい。

激しい性格だった真知さんは七海学園でもよくケンカしたり、職員に食ってかかったりしていましたが、それは裏表のない素直な性格の表れでもあり、職員の皆さんも子どもたちも彼女のことを嫌ってはいませんでした。そして真知さん自身も、学園の生活を嫌がってはいなかったと思います。わたしが会いに来ることもとても喜んでくれていたようで、行くたびに嬉しいこと、悔しかったこと何でも片っ端から話してくれていました。

わたしが別の児童相談所に転勤になったため、担当を外れた後、新しい担当福祉司と会った時、彼女が自宅に引き取りになったこと、他県に転出したことを聞きました。彼女の親は現実認識が乏しく、その場その場の感情に任せて行動しがちで、言うことがコロコロ変わりやすい人だったので、家庭引き取りについては慎重に考えた方がいい、と新担当には引き継いでおいたのですが……。真知さん自身も、何度も親に裏切られながらもやはり親を求める気持ちが強かったのでしょう。今度はうまくいってくれるよう願うことしかできませんでした。

その後の経過を今になって知ってしまうと、当時の自分の見通しの甘さが悔やまれます。担当を離れたとはいえ、自分にもう少し何かできなかったのか、引き継ぎの仕方はどうだったのか、もっと強く前職場に対して意見すべきではなかったか、そんな思いがあります」

海王さんのことだ。組織の中で許される最善のことをしていたに違いない。誰にもどうしようもないことだったのだろう。そう思っても、かつて自分が担当した少女の死に突然直面することになった海王さんを慰める言葉をみつけることは、わたしにはできなかった。

児相に連絡してこのいきさつを伝えた上で、界の担当児童福祉司さんとわたしは彼に父親と母親の話をした。界は驚いた様子だったが、落ち着いて聞いており、これといって感想は言わなかったが、最後にはとてもいい表情になっていて、わたしたちの説明を受け入れてくれたようだった。そしてこれからも七海学園で暮らしていくということも。

もちろん、七海学園はいい学園で、お母さんが中学時代を過ごしたその施設は悪い所だった、とわたしには言えない。その後短く厳しい人生を辿る中で、白黒はっきりつける性格だったという真知さん自身はそういう整理をしていたのかもしれないけれど、それほど簡単なことでないことは界もわかっているようだ。もう一つの施設にあって七海学園にはないものもあったかもしれない。全てがよいとか全てが悪いとか、そんなことは現実にはあまりない。

真知さんが生活苦の中、必死で働きながら界を育てたことも、短気で、界に不適切な対応があったことも、どちらも本当だろう。最後の時の真知さんは、絶望の中で界を死に向かって突き落としたのではなく、いささか手荒なやり方だったけれど生に向けて、自分が信じられる安心な人がいる場所、と彼女が思っていた所に向けて、背中を押したんだ、とわたしたちは信じている。でも本当のお母さんの思いを我々がわかるわけではない。きっとこうだっただろう、と考えるだけだ。実のところわたしたちの話だけなら、界が本当に納得したかどうかはわからない。彼をうなずかせたのは、たぶんお父さんからわたし宛に送られてきた一枚の写真だった。

「真知が界を連れて出ていった時、忘れていったものの中に、この写真が残っていました。わたしが持っているより、北沢先生にお渡しした方がいいと思います。もし先生がそうした方がいいと思われるようでしたら、界に見せてやって下さい」

手紙が添えられた色褪《あ》せた写真には十八年前の五月の日付が記されている。七海学園の正門のそば、他の二人の女の子と一緒に、ニカッと会心の笑みを浮かべ、両手でピースサインを出してポーズをとっている十二歳の真知さん。子どもたちの後ろには今よりはだいぶ若いけど、やっぱり貫禄十分のベテラン保育士大隈さんと真っ白なハナミズキが背景に映っている。

学園の生き字引のような大隈さんは、既に退職した指導員がシャッターを切ったその日のことをつい昨日のことのように彼に話してくれた。

その写真が残っていたことは幸運だったのだろうか。もしたまたま残されていたのが暗い表情の写真だったらどうだったろう？　それとも実はお父さんの手元には他にも写真があって、あの一枚を選り抜いたのはお父さんなりの彼へのメッセージだったのだろうか。いずれにしても、大隈さんから真知さんの思い出話をひとしきり聞いた後、写真を大事そうにしまった時、界はその写真を彼の新しい物語の一ページを飾るものとして選んだのだ。

お父さんのことは「遠くで自分にとってこれしかないという仕事についていてすぐに会いに来ることはできないけれど、お母さんのことも界くんのこともずっと気にかけている」と言っていた、と話してある。彼がどう反応するか心配だったが、界はふーんとうなずいて、大きくなったら会いに行くから今はいいんだ、と言っていた。

界はできたばかりのプレイルームを使って、しばらくの間児相の児童心理司さんのセラピーを受けることになっている。過去の記憶や誤解、恐怖心や傷つき、そういうものをもう一度棚卸しして心のそれぞれの引き出しにしまい直すために、もう少し特別な時間と手助けが必要だろう、ということだったが、心理司さんは、初回面接の後「一番大事な最初の整理はもうかなりできているようですよ。学園の皆さんの対応がよかったのだと思います。セラピーはあくまで念のため、彼と学園の作業にほんの少し後押しをするという感じです」と言ってくれた。

海王さんが次に学園に来た時、わたしが園庭でその経過を報告していると、界が管理棟の屋上を見上げながら、両手を広げて何かポーズをとっている。彼の視線を追うと屋上には茜がいて、こちらは目まぐるしく両手を動かしていた。

「あなたたちいったい何やって——」

言いかけてわたしは気がついた。

「もしかして手旗信号？」

界はこっちを見てうなずいた。

「茜に教わってんだ。俺も——つばめのメンバーだから——ちょっと茜、よくわかんない、速すぎ」

そう言って彼は駆け出した。

海王さんは穏やかな目でその様子を見送っていた。わたしは今さらながら気づく。界のお母さんが、お父さんだったらよかった、と言っていた人はきっと海王さんだ。そしてきっと、その名前にあやかって、広い海を漕いで行く「櫂」の字を彼につけたいと願ったのだ。

「いつものことですけど、ありがとうございました。お母さんの本当の思いをわかって下さって、界くんの救いになったと思います。本当によかったです」

海王さんは静かに少しだけ首を横に振った。

「彼自身がとても力のある子だったからです。それに――」

「はい？」

「救われたのはわたしたちではありませんか？」

「え？」

海王さんは優しい表情をしていたが少し哀しそうに見えた。

「界くんは真知さんの思いを信じて自分の新しい物語を創ろうとしている。彼の場合はそれでよかった。わたしやあなたにとっても。でもわたしたちが出逢う子どもたちの中には本当に、親に殺されかけた子もいます。解釈しようのない事実から逃れることのできない子たちがいるのです。どんな経験も善意と愛で強引に説明しようとするならそれは危険です。まぎれもなく親のエゴや怒りから行われたとしかいいようのない行為までも、皆親が自分を愛するが故にしたことだったのだ、自分は傷ついてなどいない、と思い込めばどこかに無理が生じ、ひいてはパーソナリティーの歪みを生むことになります」

「運がよかったのはわたし自身だったんですね。もし、事実がそのままだったとしたらやっぱりわたしには荷が重すぎたかも――」

でもそれこそが本当の仕事、なのだろうか。肩を落とすわたしに、海王さんは言った。

「事実を否定し見ないふりをすることはできない。でもそんな中でも、どこかに何かしら希望につながるものを彼らと一緒に探していくのがわたしたちの仕事かもしれません」

「なんだか凄く難しいことのような気がします」

「そうですね。大変難しいことでしょう。ただ——『希望』というものはもともと、『物事がそうだから』持つ、というものではなく、『そうであるにもかかわらず』持つものだ、と言った人がいました。わたしもそのようにあれたらと思っています」

そう海王さんは言った。


海王さんを正門で見送ってから、少しだけ並木道に佇んで、今しがた聞いた言葉——それは『モモ』や『果てしない物語』の作者ミヒャエル・エンデの言葉だそうだ——を思い返す。わたしはそんなふうでいられるだろうか。「にもかかわらず持つもの」を信じ続けていけるだろうか。

わからない。そんな自分でいたいけれど、自信はない。でも今はそれでいいことにしよう。明日はもっと大きな困難に立ちすくむかもしれないけれど、今日は、愛の物語に出逢えたことに、真実は確かにそこにあったと信じられる幸運に感謝していよう。

わたしは眩しいほどに真っ白なハナミズキの色を目に焼きつけると、踵《きびす》を返し、つばめ寮に、わたしの仕事に向かって走り出した。

冬の章Ⅱ（十二月十日　月曜日―十二月十二日　水曜日）

1

何の糸口もみつからずどうしていいかわからなかったわたしに、動き出すきっかけが訪れたのは、月曜の夜、学習の時間の後だった。

解放された途端ノートやプリントを抱え飛び出していく子もいるが、名残惜《なごり》しげにうだうだとその場でおしゃべりを続ける子たちも少なくない。

「今日の泊まり職員またコマチだよ――消灯時間うるさくてやんなっちゃう」

「野中《のなか》先生さっきのところもう一回だけ教えてよ」

しばらくは賑やかだが、それぞれが自分なりの締めくくりをつけて、学習室を去っていく。職員やボランティアも散っていき、いつもより時間はかかったが部屋は静寂を取り戻した。片付けをしていたわたしは、他の子が誰もいなくなったのを見定めて、何か決然とした表情でこちらに近づいてくる茜《あかね》に気づいた。

「どうしたの？」

「話したいことがあるの」

わたしは椅子にかけるように言って、自分も再び座った。茜は前置きもなくいきなり本題に入った。

「あの日——高校の文化祭の日、わたし瞭《りょう》さんが屋上にいるのを見たの」

顔が熱くなるのを感じた。

「あなた、あの時高校にいたんだ？」

「中学生のお姉さんたちに誘われて、一緒に行ってた」

わたしははやる気持ちを抑え、静かに訊いた。

「そう——見たっていうのはいつのこと？」

「ちょうど十二時頃かな。過ぎてたとしてもほんの少し。わたし途中で一人はぐれちゃって、皆を捜してた。東校舎の正面の時計で時間を確かめたら、十二時二分前だった。それから歩いていって西校舎にさしかかった時、顔を上げて、瞭さんを見た」

「どこに？」

「西校舎の屋上のフェンスの外、反対側の角っこの所に、座ってた」

「そう……」

わたしはひと呼吸置いて、それから核心に触れた。

「瞭は一人だった？」

茜はわたしの顔を見返した。

「誰かそばにいたような気がしたの。けどよく見えなかったから自信はない」

瞭がいたのは屋上の北側の端、北西の隅だ。茜からは死角になった西側の辺にもう一人誰かがいて二人で話しているように見えたが二重のフェンスに遮《さえぎ》られよく見えなかった、という。

「あなたは見なかったの……その、彼女が落ちたところを?」

茜にもわたしの言っている意味はわかったようだった。

「ううん。わたしなぜ暸さんがあんな所にいるのかわからなかった。でもとにかく心配で、遠くから騒ぐとかえって危ないかもと思って、そばに近づこうと思ったの。それで西校舎に入って東側の階段を上がった。でも二階と三階の間の踊り場に椅子が積んであって通れなくなってた。そのうち外で騒ぎが大きくなって——その時は何が起こったのかわからなかった。ようやくエリカさんや舞《まい》さんと会うことができて、他の人からも聞いて——でも最初とても信じられなかった」


「この話誰かにした?」

茜は首を横に振った。

「あんな場所だし、もう誰かが同じ話をしてるって思ってて——わたしだけだって気づくのに時間がかかった。誰もわたしたち小学生に質問しなかったしね。それに——」

茜はうつむいた。

「大事なことだから、軽々しく言えないって思って、迷ってた」

「そうね。大事なことだと思う。でもそれをなぜわたしに?」

「一番、大切に考えていると思ったから」

「彼女のことを？」

「うん」

「ありがとう」

わたしはうなずいた。

「他の人に話すのをもう少しだけ、待ってくれる？　考えさせてほしいの」

茜はうなずいた。抱えていたことをわたしに委《ゆだ》ねられて、少しほっとしたようだった。


わたしが次に行ったのは、佐奈加《さなか》の所だった。

「あの日、屋上に暸がいるのを見た人がいるの。誰かと一緒だったみたいだって」

わたしがずばり言うとそれだけで佐奈加は動揺しているようだった。

「あたし——知らない。誰かって誰のこと？」

「あなたが受付してたんだからわかるでしょう？」

「わからないよ」

佐奈加はわたしの目を見返した。

「どうして？」

「——だって——」

言い淀む佐奈加を見てわたしは考えた。彼女は多少の誤魔化しはできたとしても嘘をつき通せる子ではない。まして警察の事情聴取に対してならなおさらだろう。そこでわたしは気づく。

「佐奈加、あなた受付は一人でやったように言ってたけど、本当は予定通り暸が前半やって交替したんでしょう。暸が受付してる間に通った人もいたんじゃないの？」

問いただすと、佐奈加はうつむいて小さくうなずいた。

「あの日のこと朝から教えて」

そう言うと、佐奈加は困った顔で、

「そう言われても、朝のことなんかほとんど話すことないんだけど——暸は朝ぎりぎりまで寝てて、朝ごはんもほとんど手をつけてなかった。文化祭だし同じ所に行くから一緒に出ようと思ってたのに、暸は一人でさっさと学校へ行っちゃった」

「学校では会ったんでしょう？」

人のあまり来そうもない屋上展示場の受付は美術部の誰もやりたくない仕事で、くじ引きで当たった佐奈加としても気がめいった。ほとんど幽霊部員の暸に一応と思って声をかけると、引き受けてくれたので、時間で分担することにしていた。

ホームルームを終えて、美術部の部室に顔を出しても暸の姿がなかったので、本当に来るかどうか心配だったが、受付の場所に行き、先生が屋上の東西の扉を解錠して去った後、まもなく、暸は一人で静かに階段を上がってきた。いつもの紺のブレザー姿だったが、見たことのない白い花柄のブローチをつけていた。

最初は暸の番だったので、受付簿にするノートを置いて、佐奈加はしばらく羽をのばしていたが、どこまで当てにしたものかやや心配だったので約束の十一時半より少し早めに戻ってみると、暸はどことなく気分の悪そうな青ざめた顔をしていた。

「誰か来た?」

佐奈加が訊ねると、

「うん。三人」

ノートに視線を落とすと、一番上にお手本のように暸自身が名を記しており、少し行を空《あ》けて確かに七海西《ななみにし》高に通う三人の生徒の名がおのおの違う筆跡で残っていた。

「ちょっと気分が悪いから、もう代わってもらってもいい?」

すぐ了解した佐奈加に暸はつけ加えた。

「わたしがここにいること誰にも言わないでね」

なんで? と思ったが佐奈加はうなずいた。

階段を下りてどこかで休むつもりなのかと思ったが、暸は階段を上っていった。屋上で外気を吸って気分を治そうということかと佐奈加は納得した。


「だから、そのちょっとあと、はじめに春菜《はるな》さんが階段の下から『暸いる?』って訊いてきたときは『いないよ。暸体調悪いっていうから、あたしがずっと受付してるの』って答えちゃったんだ」

「その後、あなたが受付してる間、他に誰か来た? わたしが行く前に」

「ううん、他の人は誰も通らなかった。春菜さんだけだよ。でも」

「どうしたの？」

「十二時のチャイムが鳴ってお腹空いたなあと思った時、屋上から暸の声が聞こえたの。あたしはっとして、でも覗いていいかどうかわかんなくて」

「暸は何を言ってたの？」

「うーんと『わたしはあなたのものじゃないのに』みたいなこと」

「相手の人の声は？」

「聞こえなかった。それからちょっとして、悲鳴が聞こえて――後は知ってるでしょ」

「どうして今まで黙ってたの？」

できるだけやわらかく訊いたつもりだが、佐奈加は非難と受け取ったようだ。

「だって、暸が」

「暸が言わないでって言ったからなの？」

佐奈加は目を伏せて、そう、と言った。

いくら約束したといってもこんな場合は無効だろう、そう喉から出かかった言葉を抑え、

「でもノートのページは？　名前が載ってたはずでしょう？　警察の人に訊かれたでしょう？」

「ページごと破ってとっちゃってたから」

そんな他愛のないことで屋上に出入りした人間がいないことになってしまったのだ。

「それでそのページは？」

捨てちゃったのね、と言おうとしたわたしに佐奈加は、

「持ってるよ」

と答える。え、と驚くわたしに構わず、カバンをあさると、はいこれ、と無造作に折り畳んだ紙を突き出した。

わたしはそれを受け取った。三人の名前がそこにあった。

芦田《あしだ》　将《しょう》
西野《にしの》　香澄美《かすみ》
松平《まつだいら》　士朗《しろう》
「やっぱ、まずかったかな。どうしよう」

佐奈加は困惑した顔でわたしに訊く。わたしははたと考えた。常識的な答えは決まっている。警察に届けるのだ。勿論その前に学園のスタッフに報告した上で。

しかし何かがわたしを押しとどめた。

わたしは佐奈加に言った。

「わたしがいいって言うまでこのことを他の人に言わないで」

驚いた顔の佐奈加に、たたみかけるように続ける。

「大丈夫、責任は全部わたしがとるから。あなたはわたしに強く命じられたって言えばいい」

「あの子熱がまた上がってるみたいで……」

「今夜はこのまま静養室に寝かせましょう。よく眠ってるようだから、夜勤者が時々覗いてくれれば、わたしも明日早く出てきて対応する」

玄関で病児の対処をあわただしく打ち合わせているひばり寮の保育士と看護師の松川《まつかわ》さんに一応挨拶をして外に出たわたしは考える。

七海署で訴えた時の素《そ》っ気《け》ない反応。これを見たところで果たして本当に捜査を真剣にしてくれるのだろうか。

してくれるとしても、これまで黙っていた佐奈加を散々叱った上で、ノートに署名した子たちの心に無神経に踏み込んでいくだけではないのか。

わたしはあなたのものじゃない、と言われた相手は誰なのか。

無謀なことに違いない。でもわたしは自分でまず確かめてみたかった。勿論そんなに時間は空けられない。せいぜい数日の猶予。それ以上になればいくらわたしのせいだと言っても茜も佐奈加も立場が悪くなるだろう。

わたしは自分に期限を切った。一週間。あり余っている有給休暇を少し有効に活用して、その間にできることをしよう。

2

西校舎の三階廊下に入った時、チャイムが鳴り出した。週半ばの水曜日。県立七海西高校はちょうど四時限目が終わったところだった。ドアが開かれた二年三組の教室を覗く。教師は去ったが、何か書き写さなければならない課題があったのか皆まだ席について机に向かっている中、真ん中辺の窓際の席が一つだけ空席になっている。瞭の席だ。文化祭以来ずっと主のいない席。

わたしは妙に思われないように身を引っ込めた。やがてやるべきことを終えた生徒たちが次次席を立ち、ざわめきが広がっていった。

ちょうど何人かが廊下に出てくる。わたしはその一人をつかまえた。

「芦田くんって子を呼んで」

わたしの口調が切り口上に感じられたのだろう、当惑した顔の少女は逃げるように教室の中に戻り、一人の少年の所に飛んでいって、こちらをちらっと見ながら話しかけていた。廊下にいてわたしたちのやりとりを耳にした何人かは好奇の目でわたしを見ていたようだが、わたしが見回すと気まずいのか離れていった。

やがて不審気な表情をした、にきびの目立つやや小柄な少年が出てきた。

「芦田くんね」

わたしの声に警戒心をあらわにうなずいた彼は訊き返した。

「七海学園から来たの？」

わたしはうなずいた。

「俺に何の用？」

わたしはストレートに訊いた。

「あなたあの日屋上にいたでしょう？」

「——何のことさ？」

そう言いつつ彼の動揺は明らかだった。

「文化祭の日のことよ。あなたは西校舎の階段から非常口を通って屋上に出た。そのことを警察にも先生たちにも黙ってたでしょう？」

「俺——俺は関係ない」

わたしは逸る気持ちを抑えた。ここで追いつめても仕方ない。

声を落とし、囁くように少しソフトに言う。

「わかってる。瞭のことを訊きたいだけなの」

「——鷺宮《さぎのみや》のこと？」

芦田は上目遣いにわたしを見る。

「だってそっちの方がよっぽどよく知ってるはずじゃない」

「ええ。でも学園の中だけでは見えないことがたくさんあると思うの。学校での彼女について教えてほしい。そうしたら、先生には黙ってるわ」

芦田は迷っているようだったが、小さくうなずいた。

「じゃあ、行きましょう。ここでは目につきすぎるもんね」

促《うなが》すと、彼はわたしと並んで歩き始めた。

人通りの少ない校舎の端、美術室に入る。美術の授業があるのは午後からのようで、人はおらず静かだ。

「でも、何を話せって言うのさ？　俺鷺宮のことなんてそんなに知らないよ。編入してそんなに経ってないし、全然仲良くないし」

「何でもいいのよ。あなたの目から見た彼女がどんな子だったか教えて」

芦田は厭《いや》そうな顔をしていたが、

「……暗くて変な奴だと思ってた」

ぼそっと呟いた。

「どうして？」

「休み時間いつも本読んでて他の子とあんまり口きかないし、そのくせ他人のこと見下《みくだ》したみたいな感じだし」

「見下してる？　どうしてそう思ったの？」

芦田はうるさそうに首を振った。

「何となくだよ。だから感じなの」

わたしがじっと彼を見ると、芦田は仕方なさそうに、

「あいつ勉強ができるじゃん？　前の学校いいとこだったんだよね。クラスでトップだった西野と同じくらいできてた。それに、顔もまあ、綺麗っていうか」

「瞭のこと嫌いだったのね」

「嫌いっていうか――」

芦田は言い淀んでから、

「編入してきてクラスで紹介された時に西野が『モーリ？』って呼んで。おしとやかな西野にしちゃ大きな声だったんでびっくりした」

「モーリ？」

「一年の時、そう呼ばれてる子がいたんだよ。『おりも　りお』だからモーリなんだろ？　西野は仲良かったらしいから、似てるって思ったんじゃない？」

わたしが何か言う前に、芦田は言った。

「モーリは去年自殺したんだよ」

昨年の夏のその事件のことは、わたしも知っていた。

「モーリってどんな子だったの？」

「見た目はちょっと可愛い感じだったけど、変わり者だったみたい」

「どういうこと？」

「何か家が大変で、前から死にたがってたらしい。あり得ないようなあぶないことばっかりしてたって。周りを騒がせたいだけだなんて言う奴もいたけど、結局本当に死んじゃった」

いくつか突っ込んで訊いてみたが、彼が直接知っていることはほとんど何もなく、噂話の受け売りだけだった。仕方なくわたしは話を戻した。

「あの日、瞭と会った時のこと教えて」

「会ったって言っても……。屋上に上がる階段の上で鷺宮が受付してた。俺は受付簿に名前を書いたけどあいつは何か上の空で、見た様子もなかった。全然口はきかなかった」

「なぜ屋上に？」

「美術部の作品なんて興味なかった。ただ下にいてもつまらなくて。皆それぞれ寄り集まってライブ見ようとか喫茶行こうとか言っててさ」

「仲間に入れなかったの？」

「そんなことない」

わたしの口調は冷たく聞こえたかもしれない。芦田は憮然としたが、当たらずとも遠からずだったようだ。

「それで？　屋上で何してたの？」

「別に……。ぶらぶらしてただけ」

「屋上には他に誰かいた？」

「俺が行った時は誰も。五分ぐらいして西野が来た。俺が来たのと同じ階段から。何か用事があったみたいで、通り過ぎてって東側の非常口から中に入ってった」

「口はきかなかったの？」

「西野は脇目もふらずに真直ぐ前を見て、俺のことなんか眼中にないって感じだった」

「西野さんのことも嫌いなのね？」

「嫌いっていうか……西野って場によって態度が違うっていうか、ああいう他に誰もいない屋上とかでは素っ気なくて、なんか目を向けるのも勿体ない、みたいな感じなくせに、教室や廊下や人のいる所では妙に愛想がよくて優等生ぶってて。なんかお嬢さまらしいんだ。あいつ、修学旅行で九州に行くのに飛行機がエコノミークラスで嫌だからって休んだんだよ」

「彼女がそう言ってたの？」

「直接聞いたわけじゃないけど、皆言ってる」

皆って誰よ？　わたしは思ったが口には出さなかった。

「それから？」

「西野は少しして戻ってきた。何か手にぶら下げてたみたい。俺と反対側、南側のフェンス脇で少し止まって休んでたみたいだった」

「やっぱり話はしなかったの？」

「――こっちに気づかなかったみたい」

「そんなことないでしょう？」

意外そうに訊いたわたしに、芦田は少し気が引けたように、

「俺、少しフェンスの外に出てたから。ほら、その、事故があった所。西側のフェンス。破れてる所があるんだ。角の近く」

「それで?」

「しばらくして振り向いたら、西野はもういなかった。それからフェンスの中に入って外を見てたらすぐまた足音がして、振り向いたら松平さんだった。松平さんはよく知ってるんでしょ」

うん、とわたしはうなずいた。

「松平くんも通っただけ?」

「ううん。南側のフェンスのそば——西野がいた辺りに少しいて、それから東階段を下りていった」

「松平くんは何しに屋上へ来たのかな」

芦田はわたしのことをちらっと見上げ、少しためらった後また口を開いた。

「煙草じゃないかな。前にも屋上で会ったことがある。最初俺の方ちらっと見たけど、後はまるで無視して、ポケットから煙草とライター取り出して火つけて気持ちよさそうに吸ってた」

「でもこの時は見たわけじゃないのよね」

「ああ。でもいなくなった後で、そっちのフェンスの方に行ってみた。あっちも金網が切られて、外側に出られるようになってるんだ。そこに煙草の吸いさしが落ちてた」

「ふーん」

わたしの反応が乏《とぼ》しかったのが意外そうだった。

「屋上で吸殻とかみつからなかったみたいね」

そうわたしが言うと、拾っといた、と芦田は言った。後で先生にみつかったりしたら大変だろ？

「それで、あなたはどうしたの？」

「なんか落ち着かなくて……。東階段から俺も下りた。三階の空き教室に入って」

「入って何してたの？」

「何って、ぼんやりしてただけだよ」

芦田は怒ったように答えた。

「三階で誰かに会った？」

「誰も」

「事件があった時どうしたの？」

「知らなかった。教室が並んでるのは南側だし。救急車のサイレンが近づいてきたんで廊下に出たら松平さんと会った。何かあったとは思ったけど、ケンカとか食中毒とかそんなことかと最初思ってた。屋上から落ちるなんて……」

「あなた屋上に出てから暸とは話したの？」

「話してない。さっき言ったでしょ。受付してる前を通り過ぎただけでその後全然顔を合わせてない」

そう言ってから芦田は急に気がついたように怯《おび》えと敵意をないまぜにした表情で、

「俺のこと疑ってるの？　俺が突き落としたって？」

「そんなこと言ってないでしょう」

わたしはわざとゆっくり間を置いて言った。

「ただ、誰かが彼女を突き落とした、とは思ってる。わたしはただ真実を知りたいだけ」


教室を出て芦田と別れた後、わたしは当日西校舎の東階段を二階で封鎖していた一年生の女の子に会った。

彼女たちのクラスは二階の教室でお化け屋敷をやっており、なかなかの盛況だったらしい。彼女は順番待ちでうろうろしている子たちが物置等に使われている三階の東側に紛れ込まないように、立入禁止の紙を貼った踊り場の椅子のそばに待機する要員だったという。

「まあ大した仕事じゃないんですけどね」

直接自分とつながりもないこの事件のことは既に彼女の中では風化しつつあるのか、頓着《とんちゃく》なく明るい様子でその子は言った。

「勘違いして階段を上がっていこうとする人に『こっちは立入禁止でーす』とか言ってただけですから。ただ小学生とかの小さい子が時々言っても聞かなくて、椅子に乗っかろうとしたり乗り越えようとしたりするので参りましたけど」

「上の階の様子はどうだったかわかる？」

「あんまり。でも荷物置き場だから、ほとんど人は来てなかったと思いますよ。あたしもちらりと見かけたくらいで」

「誰を見たって訊いてもわかんないよね」

「そうですね。見ればわかるかもしれないけど」

「じゃあ、その上、屋上のことなんて全然わからないか」

「はい。でも屋上から東階段に出入りがあればわかりますよ」

わたしはその答えに驚いた。

「え、どうして？」

「こっち側の屋上の扉って凄く重くてバタンって閉まるんですよ。そうすると踊り場の窓ガラスとか積んどいた椅子とかがブルブルって凄く揺れて。何か気圧のせいなのか振動が伝わってくるだけなのか、あたし理科苦手だからよくわかりませんけど」

「じゃあ、あの日どれくらい屋上の扉が閉まったかだいたいわかるの？」

期待しない質問だったが、彼女は意外にも、少し考えてから、

「あたしが持ち場についた十一時以降だったら、五回ですかね」

「だいたい何時頃？」

「あたし暇で何度も時計見てたから何となくわかるんですけど、十一時——五分過ぎが最初で、その五分ぐらい後に一回、それからしばらく間が空いて一回、また五分くらいして一回。四回ブルブルが来ました。四回目の時ちょうど時計見たら十一時二十五分だったんです。それから

しばらくなかったんだけど、十二時ちょっと過ぎにもう一度。その後何か騒ぎになっちゃってよくわからなかったけど」

西野香澄美の往復で二回。松平士朗が下りてきて一回。芦田将が下りてきて一回。そして誰かがもう一度上がっていったのが最後の一回だろうか。その誰かは騒ぎになった後扉を開けて戻ってきたので気づかれなかった、ということか。

考えながら中庭に出ると、青いジャージ姿の教員らしい人がこちらを見て、戸惑った顔をして近づいてきた。不審に見えるかなと思った時、ちょうど学園の子の一人が、向こうの校舎から出てきたところでわたしの姿を見かけたらしく、せんせー！　と大声を出して、手を振っている。わたしが手を振り返すと、

「ああ、七海学園さん」

と教員（らしい人）も納得した顔になった。わたしが、いつもお世話になってます、と無難に挨拶すると、このたびはとんだことで、と通り一遍の返事が戻り、用事があったようで早々に去っていった。

進路相談・生活相談等で、七海学園の職員が高校に出向くのは珍しいことではないし、事件の子どもに与える影響に関連しての来校だろうといいように解釈してくれたようだ。

そろそろ切り上げ時のようだ。今日は病院に早めに寄るつもりだったので、わたしは学校を後にすることにした。

3

七海中央病院の入り口で声をかけられ、顔を上げると予期しない人物をみつけわたしは声をあげた。

「高村《たかむら》くん？」

「見舞いに来たのか——顔が青いよ。大丈夫？」

「うん、大丈夫——わたしの心配までさせて、ごめんなさい」

「謝ることはないけど、だいぶ疲れてるみたいに見える」

「そんなことないのよ。ただ——」

わたしはちょっとためらったが、誰かに話したいという気持ちが先に立った。

「わたし、どうしても納得いかないから。事故とか——自殺とか。でも警察も動いてくれないし、それで自分でいろいろ調べてる」

彼は力強くうなずいた。

「そうだよな——で、何かわかった？」

「ううん、まだ大したことは——でも屋上のフェンスの外に出てる女の子の姿を見た人がいたの。それに何人か屋上に入った人がいることもわかった」

「大したことじゃないか」

高村くんは感嘆の声をあげた。

「俺も手伝うから、できることがあったら言ってくれよ」

「ありがとう。何かあったらお願いするかも」

嬉しい気持ちは本当だった。しかしそうは言っても、学園の子たちから内密に聞き出した内容をもとに単独行動をしている今のわたしが、さらに部外者を巻き込むことなどできない。婉《えん》曲《きょく》な言い方で距離を置こうとしたのが伝わったのか、彼は何か言いたげだったが口にはせず、代わりに、

「じゃ俺、仕事に戻るから。何かあったらいつでも連絡して」

そう言って手を振ると、通りに出ていった。わたしは何か言い忘れたような、でもそれが何だか思い出せないような気持ちにかられてしばらくその場に佇《たたず》んでいた。それはまるで思いがけず彼に再会したあの夏の朝と同じだと気づいたのは、見送っていた彼の後ろ姿が視界から消えてからだった。

＊＊＊

わたしはそっとドアを開けた。部屋には他に見舞う家族も友達も職員も今はいなかった。わたしはそっと後ろ手にドアを閉め、静かにベッドに歩み寄った。

清潔な白いシーツと柔らかな布団に包まれて、少女は静かに寝息を立てて眠っていた。悪夢に苛《さいな》まれているような様子はなく、一見何の憂《うれ》いも苦しみもない深く平和な眠りに落ち

ているように見えた。

その苦しみに満ちた日々を思うと、彼女にとっては目覚めが幸せにつながると誰に言えるだろうか、という気さえしてしまうけれど、勿論そんなことは言えない。とりわけ彼女のお母さんには。

連絡を受けたお母さんはほとんど半狂乱の状態で抗議し、こちらへ来た時は学園の対処にも苦情を言っていたらしい。しかしその後はこちらからの様子を知らせる電話にも反応は乏しく、口がきけるようになったら連絡させて下さいと言っているそうだ。

瞭、とわたしは小さな声で呼びかけたが勿論返事はなかった。

わたしに残された時間は、あと四日間になっていた。

何事もなかったかのように眠るその心の奥には何があるのだろう。それを知ることができたら、全ては解けるのに。

夏の章　――夏の少年たち《ザ・ボーイズ・オブ・サマー》――

1　試合前

「なんかつまんないよね」

　そう言って少女は薄汚れたサッカーボールをぽんと蹴った。ボールは行くあてもなさそうに転がって、乾ききって砂漠のようになった園庭の真ん中で止まった。

　梅雨《つゆ》明けの後、すぐに訪れた台風が通り過ぎてから、暑い日が続いていた。お盆の頃は、お正月と並んで一年でいちばん一時帰宅の多い時期だ。子どもたちが何日かでも家で過ごせるよう、児童相談所と学園は保護者たちに働きかける。しかし、虐待のリスクが高い親、全く子どもに関心のない親もいて、少なくない子どもが帰省できずに夏休みの全部を学園で過ごす。七月末のキャンプ、八月上旬の県内児童福祉施設対抗野球大会といった大きなイベントが終わり、この時期学園に残る子たちにはいささか倦怠《けんたい》の日々である。

「男の子はいいよね。皆サッカー行ってさ――ついこないだまであたしたちと一緒くたになってここでボール蹴ってて大してうまくもなかったのに、もう女は関係ないみたいな感じでさ、マックスもいくら自分が運動バカだからってあいつらのことばっかり面倒みて市営グラウンドとか連れてってずりーよ」

「大会あるんだからまあしょうがないじゃん。女はどうせ人数そろわないんだし」

おっとりともう一人の女の子が答えた。

「それにあたしなんかもうちょっと男の子たちとやるの怖いよ。身体ついていかないもん。だいたいこないだの練習試合なんて全然かなわなかったじゃない」

「あれは相手が凄すぎたんだよ。城青《じょうせい》学園だもん。凄い鍛えてる感じ、監督もめちゃ怖かったもんね。ちょっとでもミスしたら怒鳴られるし、七海《ななみ》学園なんてのんびりしてるよね」

「それにしても城青の子たちかっこよかったよね。特にあのキーパーの子。七海じゃ止められたことないウランちゃんのシュートみんな止めちゃってさ」

「ちょっとあんた、彼女来たよ——あ、ウラン、出かけるの?」

通りかかったところを急に話しかけられた安藤藍《あんどうらん》——通称ウランは反応が鈍《にぶ》く、しばらくしてから、ああ、うん、大会の準備打ち合わせでスタジアムまで行く、とようやく答えた。

少し離れた所で、掃除しながら聞くともなしに彼女たちの話を聞いていたわたしはほっとした。

中二の藍は抜群の運動神経を持つスポーツ万能少女だ。中学校ではバスケットボール部に入っているが、身体を動かすことは何によらず得意なため、球技大会などではひっぱりだこである。全く無駄についた肉がないというほど引き締まった筋肉質のスレンダーな身体と、始終寝癖で四方八方に向いていた髪を最近短く切ったら、いよいよ少年めいて見える顔立ちが際立ってきた。まだ男子たちの注目を集めるには至っていないようだが、学校の女子の間ではファンが多く、バレンタインデーには鼻血が出るほど大量のチョコをもらっている。

しかしそんな自覚もない本人の頭の中はほとんど運動のことばかりらしく、身体を動かしていない時はどちらかといえば、ぼうっとしていて、成績も下から数えた方が遙かに早い。時々洋服の裾がまくれあがってたり穴が開いた靴下を平気で穿《は》いていたり、と人の目をまるで気にする様子もなく担当の保育士にはよく注意されている。だが、幼児期から彼女を見ている大隈《おおくま》さんは、あれでも立派になったもんだよ、と言う。

彼女と二卵性双生児の兄である安藤勤《つとむ》――アトムは、四歳の頃から学園にいる。二人は親に置き去りにされたのだ。

子どもの泣き声が延々と聞こえてくるのを不審に思った近所の民生委員が鍵のかかっていないドアから入ってみると、部屋中に放りっぱなしのゴミや、死んだ熱帯魚が浮いている水槽やらの臭気で一杯の部屋の中で、痩せこけて垢《あか》だらけの男の子が、同じく痩せて弱々しく泣いている女の子をかばうようにこちらを睨みつけていたという。

両親はもともと二人を家に置きっぱなしにして出ることが多かったようだが、その時間はだんだん長くなり、一晩、二晩と不在のことが増えていった。最初のうちはまがりなりにも食事を用意していったようだが、だんだんそれもいい加減になり、子どもたちは冷蔵庫にある物を勝手に食べるようになった。

いよいよ親が帰ってこなくなっても彼らは必死で生き延びようとした。双生児ながら兄の自覚が強かった勤は、放置され湿気《しけ》たり傷《いた》みかけた食料品を臭いで嗅ぎ分けながら、少しでもましなものを選んでは妹に与えていたようだ。

栄養失調で小さかった二人は、児童相談所の一時保護所を経て七海学園にやってきて、すくすくと成長した。当時の担当者が予想した通り、勤は愛想はないが思いやりのある少年となった。一方彼の予想を裏切って、泣き虫で自信なさげだった藍は至って情緒の安定した女の子に育ち、誰も予想しなかったことだが二人とも優れた運動能力を発揮するようになった。

二人は帰る家がないので、この夏も学園残留だが、勤の方は他の小学校高学年から中学一、二年の男子同様児童指導員のマックスこと牧場《まきば》さんに連れられてよく出かけている。今年はお盆明けに施設対抗のサッカー大会があるためだ。各施設でもこのところサッカーの人気が高いようだが、指導者がいない、チームを作るまでの人数が揃わない、試合の場所がない等で野球やソフトボールのように県下で大会をするまでには至っていなかった。しかし今年はたまたま行事を担当する児童指導員にサッカー好きが多かったらしく、運良く県立のスタジアムが空《あ》いていて安く貸し出してくれることになり、と偶然も重なって急遽《きゆうきよ》一日だけの大会が開かれることになったわけである。さっき話題に出ていた練習試合というのは、大会開催の話がまとまる前に、城青学園の園庭で比較的近場の幾つかの施設が集まって先日行われたものだ。

城青学園はどちらかというと閉鎖的で、施設の合同行事にも子どもを出してこないことが多かったが、何でも実権を握る副園長が無類のサッカー好きということで、この話に嚙んできたらしい。牧場さんと一緒に子どもたちを引率し初めて城青学園を訪れたわたしは、広々とした園庭にかなり本格的なサッカーグラウンドがしつらえられているのを見て驚いた。副園長はかなりグラウンドがご自慢のようで、鼻からずり落ちる分厚い眼鏡を何度も押し上げながら、いかに設備投資をし、いかにチームを鍛えているかを力説していた。とは言っても、副園長は気の向いた時にグラウンドに行って檄《げき》を飛ばすだけで、実際に技術を教えられるわけではなさそうだった。指導の実質を担っていた児童指導員が年度途中で急に退職してしまったとのことだが、詳しく訊こうとすると副園長が露骨に厭《いや》そうな顔をするので、事情はわからなかった。

しかし自慢するだけあって直接の指導者不在でも城青学園の実力は大したものだった。この日は練習試合ということで、城青学園は全員男子だったが、七海学園や他の学園は男女混合だった。七海のキャプテンである勤が発熱で欠場しており、藍はチームの要《かなめ》になっていた。彼女と城青のエースである少年の体格はほとんど変わらず、競《せ》り合う分にはさして遜色《そんしょく》はないように見えたが、やっと摑んだチャンスに藍が放つシュートは右に左に跳躍する城青のキーパーにことごとくキャッチされてしまった。

全試合が終了した後、我々は副園長の自慢話におつきあいし、各施設の子どもたちは軽食をとりながら交流していたが、薄暗くなってきたベランダの外に目を向けると、着替えも済ませずボールを抱えたままの藍が、城青学園のキーパーをつかまえて話をしていた。彼女が、時折ボールを指さしているので、試合は終わっても未《いま》だサッカーの話が続いているのがわかった。少年は優しげで穏やかな表情だったが、藍の顔に笑みはなく、唇をかみしめているようにさえ見えた。

学園に引き揚げた後も、藍は青い顔をしていた。七海学園の中学生ではアトムに勝るとも劣らないエースだっただけに、よほどショックだったのだろう。

大会出場は男子だけと決まっていた。他の学園はもう男女の力の差がはっきりしていて、あんまり女子の希望者もいない、という話だ。本当かな、と思いわたしは抗議したが、決定事項ということで覆すことはできなかった。大会に出て雪辱《せつじょく》戦をすることもできない藍がどう思うかと心配したが、彼女は案外立ち直りが早く、大会当日は他の学園の何人かと一緒に、運営係として裏方に廻るということで、すっかり気分を切り替えたようだった。

サッカーのことが再び話題に上ったのは次の日曜日だった。午前中、つばめ寮の事務室でわたしは三人の中三女子の勉強をみていた。わたしが担当している葉子《ようこ》と裕美《ゆみ》、それにひばり寮だが始終つばめに出入りしている学園最強のおしゃべり娘の亜紀《あき》。勉強といってもご多分にもれず三人揃うとかしましく集中するどころではない。

「ああ、サッカー大会楽しみ」

「あなた受験生なんだからそんなに何でも行事に顔出さなくていいのよ」

亜紀に釘を刺しておく。

「春菜《はるな》さん、亜紀はどうせ受験勉強なんてするだけ無駄だから」

そういう葉子に、何よあんたこそ単一志向性天文バカのくせに、と亜紀が言い返し、あんたはオールマイティーのバカでしょ、と葉子が答える。

「バカを競い合ってどうすんの、競うなら学力を競え！」

そう言うと、二人はピタリと静かになり、葉子はちろっと舌を出す。つばめ寮きっての無愛想娘で知られた葉子だが、ずいぶん人並みになったものだ。反抗と不信に満ちていた彼女の心の有り様は、昨年の夏、海王《かいおう》さんとわたしが出逢うきっかけとなった一連の出来事を経て変わったようだ。しかし、相変わらず素《そ》っ気《け》ないながらも皆の中に入る場面が増えているのは、何を言われても全くめげることを知らない亜紀の存在も大きいかもしれない。

「裕美ちゃんもうすぐ誕生日だね」

早速亜紀の話題は他へそれていく。

「そうだよ。夏休み中って学校の友達に祝ってもらえなくてちょっと損な感じ」

穏やかな性格で何となく皆のまとめ役になっている裕美が答え、

「葉子は秋だよね」

と話を振るが、葉子は気がなさそうに、

「うん。まあ別に誕生日なんてどうでもいいけど」

「どうせお祝いしてくれる人もいないしね――学園以外で」

亜紀が余計な口を出し、あんただって同じでしょ、と葉子が応じる。

「まあ葉子にはこの親友のあたしが誕生日の花をプレゼントしてやるからさ、それで我慢しな」

「頼んでないし、あんたと親友になった覚えはないけど。だいたい誕生日ごとの花なんて花屋が商売で思いついたんじゃないの？」

素っ気ない当人に代わって、葉子の花ってなあに？　と裕美が訊くと、亜紀は自慢げに、

「葉子は十一月六日生まれだから、誕生花はカサブランカ。花言葉は『純潔』だよ」

葉子の目が点になる。裕美が、

「わたし、カサブランカの花言葉は『雄大な愛』って聞いたことあるけど」

「どの花がどの日とか、花言葉の意味とか、結構本によっていろいろあってバラバラなんだよ。だから自分で気に入ったの選べばいいんだ」

だからなんであんたが決めるのよ、とぶつぶつ言う葉子に亜紀は、

「でもカサブランカが『純潔』だってのは瞭《りょう》さんにもらった本にも載ってたんだ」

「瞭さんに本なんかもらったの？」

「あんたあの人とそんな仲いいの？」

他の二人がびっくりして訊く。わたしも内心驚いていた。

「まあ仲いいってほどじゃないんだけどね」

亜紀は自慢と困惑が半々の表情をした。

「あの人が珍しくリビングで本読んでたから覗いたら花の写真が一杯出てて、花言葉も載ってて、あたし興味あったからいろいろ話しかけたら、最初は厭そうに答えてくれたけど、面倒くさくなったみたいで、『あげる』ってぽんと渡されて、あたしもあわてて『いいですよそんな』って返そうとしたんだけど『どうせもらった本だから』って受け取ってくんなくてそのま

ま行っちゃった」

あんた相当うざがられてるんじゃない？　あきれ顔の葉子に構わず、亜紀はバッグからおもむろに新書サイズの薄い本を取り出し、これなのよ、とパラパラめくった。「アイスランドポピー　気高い精神」「アカネ　誹謗《ひぼう》」「アザミ　人間嫌い」「シオン　あなたを忘れない」「ハナミズキ　わたしの思いを受けて下さい」「ヒガンバナ　哀しい思い出」——どのページにも美しい花々の写真とともに花言葉が一つずつ記してある。

「ほら、カサブランカ」

「わあっ綺麗」

三人が鮮やかな写真と言葉に引き寄せられて戻ってこられなそうになったので、わたしは、ほらほら何しに来てると思ってるの、花の話は後でゆっくりしなよ、と声をかけ、勉強に引き戻そうとしたが——。

「やっぱり花よりサッカーだよね」

がっくりさせる亜紀を睨みつけ、ビシッと締めてやろうかと思ったところへ、

「でも、あたしもサッカー大会ちょっと楽しみだな」

裕美がまたタイミングよく口をはさむ。男子とついこの間まで競い合っていた中一、中二の女子と比べ、中三はすっかりミーハーモードに入っているらしい。

「あんたたちがそんなに男子の応援に力入るなんて意外だよ」

わたしが言うと亜紀は、違う違う、と首を振り、

「城青学園のサッカーチームめちゃカッコいい子たちばっかりなんだよ。顔だけじゃなくて、プレーもうまいの。特にキーパーの子が凄くて、他の学園の女の子たちも注目してるらしくて、ファンクラブとか自称してる連中もいろんな学園にいるんだよ。その子たちが互いに仲が悪いみたいで、大会の日はケンカになっちゃうかもって噂なの」

「去年野球大会で睨み合いがあったせいで、あやうく施設合同の行事みんな中止になるとこだったのを、どこの学園の子も忘れちゃったのかなあ」

わたしはあきれて言った。

「まあ女同士だから怪我するようなケンカにはならないんじゃない？　そんなわけだからあたしたちも話題の男の子たちを見たいんだよね。（「あたしも、だろ。一緒にすんな」ぼそっと葉子が呟く）ほら、城青学園ってなんかつきあい悪い所じゃない？　文科系の行事来ないし、自治会ないし、中学は部活禁止だから、こういう時しか見られないんだよ」

応援過熱のサッカー大会、何かとんでもないことが起こらなければいいのだけど。わたしは心配していた。

そしてとんでもないことは起こったのだ。それはわたしの予想とは全然違った形だったけれど。

2　試合当日

さて、話はいったん少しだけ遡《さかのぼ》る。

七月のある朝、泊まりの勤務を終えてアパートに帰ってみると、駐車場に二十年は走っていそうな、しかしどこかで見覚えのある薄汚れた車が止まっていた。悪い予感がして急いで部屋に入ると、五十年は働いてそうな、どこかで見覚えのある人が、畳にどっかり座ってわたしの湯呑みでお茶を啜《すす》り、とっておきのお菓子を食べながら、あら春菜、早かったわねえ、と言った。

「お母さん！　来るなら前もって連絡してって言っといたでしょ！」

わたしは叫んだ。

「だってあんたいつ電話してもいないじゃない。使わなきゃ合鍵作った意味ないわよ」

「万一の時に備えて預けてあるだけよ。だいたい他の人を勝手に入れちゃいけないって大家さんにも言われてるんだから」

「親は他人じゃないの。ああ、大家さんの娘さんって人に会ったから、うちでとれた茄子《なす》渡して挨拶しといたわよ」

「娘さんなんて会ったことないんだけど」

「二週間前に戻ってきたんだって。離婚して子ども連れて出戻ったみたいね」

そんなことまで訊き出さなくていい。

「まあ休ませてもらう代わりに掃除洗濯しといたから。あんた一人暮らしになってだらしないのに輪がかかったねえ。こんなんで人様の子どもさんのお世話なんておこがましいよ。少しは片づけなさいよ。万一の時とやらに他人さまに見られたら恥ずかしいよ」

「仕事は仕事なの。だいたい下着あんなに目立つとこに干さないでよ、お母さんのババシャツやデカパンと違うんだから。若い女の一人暮らしなんだからね。それにそれ、お客様用のお菓子」

「どうせお客様なんか来ないんでしょ？　少しは男の人に来てもらえるような部屋にしなさいよ。お菓子なんか用意するよりパンツ干しとくぐらいでちょうどいいんじゃないの？」

「それが女親の言うこと？　でお母さんわざわざ車で何しに来たの？」

「ああそうそう。雅春《まさはる》が車買ったのよ」

「お兄ちゃんが？　何で今なの？」

　お兄ちゃんはもうすぐ結婚して家を出ることになっている。引っ越し代がもったいないので、どっちみち購入予定の車を先に買って荷物を少しずつ運んでしまおうと考えた。ところが実家のそばは駐車場代がやたら高い。そこでしばらくの間家のオンボロ車をわたしのアパートの駐車場に止めて、実家の車庫にお兄ちゃんの車を入れてしまおうということになった。それがお母さんの説明だ。

「でもそれ図々《ずうずう》しくない？　いくらここの駐車場がら空きでタダって言っても」

「だから大家さんのお嬢さんには『娘の仕事にどうしても必要らしいんです』ってよーくお願いしてOKもらったから」

わたしのせいにしたんですか。駐車場代の代わりに茄子ですか。

「あんたも高いお金払って免許とったんだから、たまにはわたしとお父さんを乗せて温泉に連れてってくれるとかしたらどうなの？　これを機会に練習してさ」

というわけでお母さんは散々有難迷惑なことをしたあげく、言うことを言ったらさっさとオンボロ車を置いていってしまったわけだ。

置いておくだけなのももったいない。わたしは仕方なく、幾分不本意ながら佳音《かのん》ちゃんの助けを得て運転を練習した。おかげで勘を取り戻し、何とか勝手知った場所なら行けるようになってきた折も折、学園のワゴン車が故障と相成った。そこで地元在住のわたしは試合当日の選手と応援団の引率を他の職員にお願いし、自前の車を出してお弁当や飲み物やタオルやらの運搬係を引き受ける羽目になったのだ。道案内役として朝だけボランティアで来てくれる佳音ちゃん、会場係として皆と別行動をとる藍が手伝ってくれることになった。


県南スタジアムは、県の南端にある七海市から二つばかり他の市をまたぎ、もうすぐ県央地区に入ろうかという平野部に広がる広大な総合公園の一部である。擂《す》り鉢《ばち》形のメインスタジアムは結構な広さがある、最前列で見たって結局選手一人一人の顔もよくわからないぐらいだが、なかなか本格的な雰囲気のある場所だ。当日の朝、二、三回道を間違えながらも何とか会場に辿り着いたわたしたちは車を止めて荷物を降ろし始めた。

佳音ちゃんはビジネスの世界では結構有能みたいで、一般職で入ったのにプロジェクト・チームのスタッフに抜擢《ばってき》されて他の一流企業の人たちと組んで仕事をすることもあるらしいが、単純な荷物運びとかはあまり得意じゃない。とりあえずどこから手をつけ、台車に載せたり車に積み込んだりする時にどの順番で何をどこに入れるかとか、そういうことになると気が廻らないみたいだ。その辺は同じ天然系でも、せっせと身体を動かすことに向いてるらしい藍と違っている。その上立ち止まっているうちに意識が他に行ってしまうらしく、時々魂の抜けた人形状態になるので、そんな時の彼女をわたしは「ぼんやりさん」と呼んでいる。この時も佳音ちゃんは捨て場所がみつからないお茶のペットボトルを持ったまま道の真ん中でぼんやりさんになっていた。ほらほら車が後ろから来てるってば。

わたしは佳音ちゃんの肩を掴んで歩道に引き寄せた。

あ、ごめん、と彼女。通り過ぎたと思ったスカイラインがぴたっと止まって中から男の人が降りてきた。

「すみません、この子ぼーっとしてるから」

わたしの謝る声など相手は聞いていなかった。

「北沢《きたざわ》だろ？ こんなとこで何してんだ？」

何年かぶりの懐かしい声を聞いてわたしはどきんとした。

昔と変わらない笑顔でそこに立っていたのは高校の部活、バドミントン部の男子キャプテン高村駆《たかむらかける》くんだった。

「今日子どもたちのサッカーの試合があるから、荷物運びなんだ」

「子どもの施設に就職したんだったよな。北沢昔から皆に頼りにされてたしぴったりだな」

「まあそんなでもないけどさ。高村くんこそ何でここに？」

「こっちはサッカーとは関係ないけど、今度ここを借りてイベントがあるんで、職員と打ち合わせなんだ」

彼は大学を出て大手の総合商社に入社したと聞いていたけれど、そんな仕事もあるのか。どうでもいいような近況報告、友人たちの動向。もっと話したいことは山のようにあるはずなのに、なかなか言葉が出てこない。

「あのう、これも運んでいいのかな」

抱えた段ボールで顔の隠れた佳音ちゃんが遠慮がちに声をかけてきた。

「ずいぶん重そうな荷物があるんだな」

高村くんはそう言ったと思ったら、失礼、と佳音ちゃんの手からひょいと荷物を持ち上げ、あっちに置くのか？　と言うが早いかさっさと運んでいってしまった。佳音ちゃんはあっけにとられたまま静止している。

「あ、あの高村――くん。大丈夫だよ」

「いいじゃないか。俺まだちょっと時間あるし」

そう言ってる間にも荷物の山が減っていく。まるで空箱を運んでいるみたいで、わたしたちが運ぶのと大違いだ。わたしたちもあわてて箱に取り付いた。

最後の二つを彼と藍が持っていってしまったので、もうなくなっちゃったね、と顔を見合わせて、わたしと佳音ちゃんは肩を並べて歩いた。捨て場所がみつからないままのペットボトルを後生大事に握りしめた佳音ちゃんの細い肘がわたしの脇腹にあたって少し痛い。風が少し強く吹いて緑の木の葉を散らす。

「風があるからなんとかしのげるって感じだね」

「ほんと——頭に葉っぱついてたよ、ほら」

「ありがと——あれ?」

見るとなぜかその先で亜紀が高村くんと話している。

「あんたこんな所で何で知らない人としゃべってんの?」

「はるのんの高校の友達なんだって聞いたよ? かっこいい人、びっくり」

人見知りのかけらもなくしゃべりまくる亜紀に高村くんも苦笑して、じゃあ俺はそろそろ、と言う。わたしは我に返り、あわただしく連絡先を交換して手を振った。

走り去る車を見送っていたわたしに、

「はるのん? なんかぼーっとしてる?」

藍が不思議そうに話しかけてくる。夏って暑いからね、とわたしは答えた。

バドミントンって皆からどんなスポーツだと思われているのだろう。西洋羽根つきなどと陰口を叩かれたこともあったが、これがまたとんでもなく体力を使うスポーツなのだ。

おかげでわたしのクラブはラケットを握る以上にひたすら体力作りにいそしむことになり、日々ランニングと、筋トレに追われた。一年生の合宿の時などは延々四十キロも走らされ、わたしたちは陸上部に入ったんじゃない！　と訴えたい気持ちだった。そのいつも先頭に立っていた高村くんは体育祭の長距離走でも陸上部員を制してトップでゴールを切っていた。勿論本業のバドミントンでも県大会で好成績を収めるちょっとしたスター選手で、性格も本当に真っ当で爽やかないい奴だったから、高校でも大人気だった。彼には、美術部の色白でちっちゃくて可愛い彼女がいて、時々彼の帰りを待っていた。

女子部のキャプテンだったわたしは高村くんとはよく部の運営や練習メニューをめぐって頭をくっつけて打ち合わせをしていた。

そのせいで、男の子たちも彼女も一緒じゃない時、たまにだけど、遅く二人で学校を出ることがあった。いっぺん商店街の真ん中でわたしのお腹がグーと鳴ったら彼がお好み焼き屋に誘ってくれて、わたしは控え目に見せようと思ったが空腹には勝てず、広島焼にねぎとうどんとたっぷりチーズとコーンをトッピングしたのを覚えてる。そんなこと（お腹が鳴ったことじゃなく二人でご飯を食べたこと）が二、三回あった。ちょっとふだんより楽しいのに、話がたまに途切れると内心焦ったが、思いつく話題はクラブとバドミントンのことばかりだった。彼は部活の仲間として結構わたしを信頼してくれていたと思う。そしてわたしは彼女が見られないほどすぐそばで、練習に明け暮れる彼の日々を見ていた。それで十分だった。

というような思い出話は勿論一切せず、会場を去る佳音ちゃん、係の打ち合わせに行く藍と別れ、観客席の下をぐるりと一周している暗い周回通路で、亜紀と二人になる。

「さっきの人かっこいいよね。高校のクラスメイトなんでしょ？」

「部活で一緒だっただけよ——彼は何て言ってた？」

思わず訊いてしまったわたしに、亜紀は、

「あたしが『何で手伝ってくれてるんですか七海学園の関係者の人ですか誰の関係ですか』ってガーッと訊いたら、はるのんの方指さして『北沢先生と高校が一緒だったんだ。会ったのは久しぶりだけど、大切な友達なんだよ』って教えてくれたよ」

大切な友達、かあ。まあ悪くないね。

何となく弛《ゆる》みそうな顔の筋肉を引き締めて、

「それで何で亜紀だけここにいるの？　皆は？」

「サブ会場で試合。あたしは早くいい場所とらなきゃと思ってこっち来たの」

参加チーム皆がこのメイン会場でサッカーができるわけではないので、七海の男の子たちは、少し離れた所にあるサブ会場（というか単なるだだっ広いだけのグラウンド）で試合をしているようだ。それにしてもあんたは応援しないのか。

「どうせもうすぐ負けて帰ってくるし——あ！　城青学園」

城青と名前の入った青と白のユニフォームを着た少年たちがやってくる。

「真ん中がキーパーの岩井《いわい》くん。その左隣がエースでＭＦの浅見《あさみ》くんよ」

亜紀が親切に耳打ちしてくれる。背格好もほとんど変わらないし、似たような雰囲気の子たちだと思ったが、よく見ればエースだという子は確かに女の子に人気が出そうな爽やかな少年だ。キーパーの方はそこまでではないけれど、誠実そうないい顔をしている。彼は重そうなクーラーボックスを肩にかけて運んでいた。それを見てわたしは、車に飲み物を詰めたクーラーボックスを置き忘れたことに気づいた。まあ駐車場が満車のため、許可をもらって非常口のすぐ脇に駐車したので、後でとりに行けばいい。多くの子どもたちも、とりあえずは行く道々でペットボトルの一本ぐらいは仕入れてきているようだ。

四人の女の子が後からついていく。そのうちの一人がちょっと目立つ可愛い子で、わたしはかつての高村くんの彼女を思い出した。

階段を上りスタンドに出ると、既にかなりの人で賑わっている。顰蹙《ひんしゅく》を買わない程度にレジャーシートを広げ、わたしと亜紀はやっとのことで席取りをした。

「結構人来てるね」

「この辺り比較的県内の児童福祉施設が多いから、他の学園も結構人出してるみたいね。それにしちゃあんまり試合見てないっぽいけど」

「皆、城青学園目当てなんじゃない？　試合次だから」

「そんなんでわざわざ来るのかねえ。あ、佐奈加《さなか》来てたの」

そこへ高二の佐奈加がやってきて脇に座ったのでわたしはやや意外に思った。おっとり、というかちょっとぼうっとしたところのある彼女は運動が苦手で、スポーツ観戦にだって来るようなタイプではなかったからだ。ひばり寮で一緒の亜紀もそれは感じていたようで、佐奈加サッカー好きなんだ、というわたしの声かけを無視して、いきなり突っ込む。

「瞭さんがいないからこっち来たんでしょ」

遠慮のない言葉に佐奈加は少し嫌な顔をする。

両親が行方不明で、年に一度、祖母が面会に来るか来ないか、という彼女に対し、瞭は夏休みに入ってまもなく自宅外泊に入った。

多くの親に比べると、瞭の母はいかにもきちんとしている人のようだ。ただ、どうやらとても細かい人らしく、学園によく電話をしてきては、勉強をどのようにみているのか、こんな教材を準備してやらせてほしいとか、生活指導をもっと厳しくしてほしいとか要求が多い。親の思いとしては本来当然なのかもしれないが、ひばりの職員の不在時に一度電話をとった時は、口調は慇懃《いんぎん》ながら、自分の要求に対して決して引くことをせず正直対応に困った。

「入所して三ヶ月くらいでもう、こんなに長く外泊できる子なんて珍しいですね」

と、わたしが言った時大隈さんは、

「わたしはちょっとペースが早すぎるんじゃないかと思うって児相には言ったんだけどね。瞭の担当福祉司さんはまだ経験の浅い人みたいで、母親の勢いに押されてる感じだね」

「でも瞭はもう外泊から戻ってきてるでしょう？　最近彼女どう？」

わたしは漠然とした言い方で佐奈加に振った。

「知らない。あの子最近すぐ一人でいなくなっちゃうから。どこへ行ってるのか」

「ヴァーミリオン・サンズだよ、きっと」

亜紀が急に口をはさむ。

「新七海の丘の上に最近できたカフェで、雑誌とかにも載っててすごくおしゃれなの。でも〇〇館とか〇〇とかさ」と新七海にある有名私立校の名前を挙げて、「ああいうとこのお嬢さまっぽい子たちが一杯出入りしてるの。あたしも入りたかったんだけど、ちょっとたじろいじゃうんだよね」

亜紀がたじろぐというのだから相当のことに違いないが、それにしても。

「ちょっと何であんたそんなこと知ってんの」

「そこ、普通のお客が座れない予約席があって、よくグラビアとかに使われてるんだけど、瞭さんの同級生に西野《にしの》さんって素敵っぽい人がいて、仲がいいんだって。その人がオーナーのことをよく知ってるらしくて。瞭さんもその人と一緒にその予約席に座ってるの、あたしのいっこ上で西《にし》高通ってる人が見たんだって。この間もらった花言葉の本もそのお店で自費出版してるんだよ」

聞けば聞くほど佐奈加の表情は暗くなる。何か言ってやるかと思った時、ちょうどグラウンド上の試合が終わり、期を同じくして、泥まみれになった七海学園の男子チームと女子の応援団が戻ってくる。

「どうだったの?」

声をかけると、男子が話すより前に、亜紀が、コテンパに負けたんでしょ、と言う。

「しかも相手は二軍。ほとんど小学生ばっかりのメンバーなのにうちよりうまいの」

「小学生ったってあっちは皆身体鍛え上げててこっちよりでかい奴ばっかりなんだぜ」

勤が不機嫌に言った。

「こちらより背が高いのは三人」

中一の天馬《てんま》が答えた。ある種の発達の偏《かたよ》りがある子で、成績も知能検査の結果も標準以下だが、視覚的な記憶力が際立って優れている。スキャナーで取り込むように、目で見たものを写真のようにそのまま記憶できるらしく、全てのものではないが、関心の向いたものについては驚くほど正確に記憶を保持できるのだ。しかしながら空気を読まずに淡々と客観的な事実を述べるのが彼らしさでもある。勤はますます面白くなさそうに、お前そんな冷静に観察してる暇があったらもっと試合中懸命に走れよ、と言い、過去のデータから見て、今日の試合で僕が全力疾走することでボールを取り返すことができた可能性はゼロに近く効率を欠く、と天馬が答える。

「向こうのキャプテンに何でお前らが出ないんだってアトムが詰め寄ったら、お前たちなんか相手になんない、大事な試合に備えて体力温存だ、って鼻で笑われて。嫌な奴よね、桜沢実践《さくらざわじっせん》学校のキャプテンって」

中二の沙羅《さら》が憤然と言う。

「大事な試合って？」

「これからここでやる試合よ、城青学園と」

「絶対城青学園に勝ってほしいよね。あ、出てきた。桜沢の方が全体に大きいね」

「桜沢の子はほとんど中三と中二ばっかりなの。城青は中三が一人と中二が二人と中一が三人で後は小六なのよ。何か不公平よね」

七海学園の子たちは至って判官《はんがん》びいきである。しかし桜沢実践学校というのは児童養護施設ではなく、もちろん本当の意味での学校でもなく、県で一つの児童自立支援施設。昔でいう教護院で、非行を理由に入所した子が大半だ。もともと年齢の高い子が多いし、指導する側もスポーツに力を入れているため、大会にかける意気込みは七海学園などとは比較にならない。

ホイッスルが鳴り、キックオフとなった。広いグラウンド一杯に両チームの少年たちが散らばっていく。本当なら審判が三人は必要なところだが、人材がおらず、地元のサッカーチームOBだというボランティアの人が一人でやっている。かなり年配なので子どもたちの動きに全くついていけてなくて心配だ。

わたしは辛うじて基本的なルールはわかるという程度だが、両チームの戦いぶりはなかなかのものだった。先のことなんか考えない、という感じでつぶれることを怖れず走り続けている。時々激しいぶつかり合いもあるが、大事には至らず、すぐに立ち上がりまた走る。技術的には両チーム拮抗しているようだが、中でもMFである桜沢実践学校のキャプテンは言うだけのことはあって頭一つ抜けているようだ。素早いドリブルで何人もの敵を抜き去っては、囲まれても三百六十度視界が開けているかのように的確にパスを出す。彼に一番迫っているのが城青の

ＭＦの子で、執拗に食い下がってはいるがどうしてもボールは奪えない。

両チームとも何本ものシュートを放っているが、なかなか点には結びつかない。それは城青のゴールキーパーの力によるところが大きかった。何度となく桜沢のキャプテンが作り出すチャンス、というか城青にとっての危機場面で、右から左から、飛んでくるボールを的確な判断と鮮やかなジャンプでことごとくキャッチする少年の妙技に会場は沸いた。

「あのキーパーの子かっこいいね。あんまり大きくないのにね」

思わずわたしが口にすると、亜紀が、そうでしょう？　と言う。

「顔はどっちかというと浅見くんの方がいいけどね、すごいのは兄の方だよね」

「キーパーは止まってるから何となく顔もわかるけどさ――え、あの二人って兄弟なの？」

「そうだよ。名前違うけどね。三年生と二年生」

「よく知ってるな、うちのチームのことを」

急に声をかけられて亜紀は跳び上がった。見ると、少し離れた席に城青学園の副園長が陣取って腕組みしている。

「あの兄弟は一昨年の夏に入所したが、もともと地元でサッカーの経験があるということだったのですぐにチームに入れた」

「あ、あの、ベンチで応援しなくていいんですか」

さすがに声を失った亜紀に代わってわたしが訊くと、副園長は、

「教えることはみんな教えた。実際の動きは全て選手たちに任せてある。わたしはここで見物

だ」

試合は白熱したが、双方決め手がないまま、ハーフタイムから後半戦となった。さすがに両チームとも疲れが見える。桜沢実践学校は何人か選手を交替させたが、城青学園は交替要員もいないらしく、一人として引っ込む選手はいない。動きもやや鈍くなってきたように見えたがそれでも懸命に走り、ボールをキープしようとし続けていた。

きっと一点で勝負は決まるだろう。そんな予感が会場全体に広がっていた。我慢しきれなくなったのか、何人かの女の子がスタンドの一番前に駆けていき、落っこちそうなくらい身を乗り出して城青学園の声援を始める。刺激されたのか、あちこちから同様に一番前を占拠してしまう子たちが出て「浅見くーん」と黄色い声を張り上げ、はっきり言って邪魔でしょうがない。あげくぶつかりあって足をくじいたとかで「医務の先生呼んで下さーい」と叫んでいる声も聞こえる。

しかしついにホイッスルが鳴り、試合終了が告げられた。

「どうなるの？　ＰＫ戦するの？」

「ううん、この大会では十分間の延長戦」

顔も上げずに天馬が答える。藍に借りたというゲーム機に夢中で何しに来ているのかわからない。

一度ベンチに引っ込んだ両チームが再びグラウンドに出てきた。城青学園の先頭を行くキーパーの足取りは後半戦開始の時より速く、続く子たちも必死でついていく。今度こそ決着をつける、という固い意志の表れか。

副園長も立ち上がったが、眼鏡をどこに置いたのか見失ったらしく、周りを手で探りながら、でもやっぱり目は試合から離せないようだ。

延長戦にかける気魄《きはく》は城青学園チームの方が上廻っているみたいで、桜沢実践学校はこれまで持っていた緊張感を初めやや欠いているように見えた。しかしまるで試合が始まったばかりであるかのような果敢な城青の動きに、動揺し調子を取り戻そうと焦って、かえって動きが乱れているようだった。まるで止まったら死んでしまうという魚たちのように城青のユニフォームがひた走る。その先頭で両チームのMF同士が再び激しくボールを追って競り合う。

会場がどよめいた。城青のMFが鮮やかなフェイントで遂に桜沢のキャプテンをかわしたのだ。そのまま敵陣に突き進もうとするのをそうはさせじと追いすがる。悲鳴があがる。城青のMFが弾き飛ばされて転倒したのだ。笛が鳴ってプレイが中断され、桜沢のキャプテンもさすがに心配そうに見ているが、城青のMFは審判が近づく前にものともせずに立ち上がり、プレイが再開された。

一瞬敵の闘志に水が差されたのを見透かしたように、城青のMFは軽快な動きでボールをキープし、一度パスを出した後、敵陣に突入する。返ってきたボールを受け、いや、止めもせず身を翻《ひるがえ》しざまダイレクトにシュートを放った。

ボールはゴールポストの右上隅に突き刺さった。大歓声。しかし審判は首を振っている。

「オフサイドだよ」

点にならなかったとはいえゴールを許したことで桜沢の態勢も引き締まったようだ。今度はあきらめのつかない城青の方に隙があった。桜沢は本来のペースを取り戻し、パスを廻しながらあっという間に城青陣内に攻め込んだ。強烈なシュートをキーパーはぎりぎりではじいたが、DFから桜沢のFWがボールを奪い、走り込んできたキャプテンがそのパスをノントラップで蹴った。キーパーは今一度斜め後ろに信じがたいような跳躍をみせたがその右手はわずかに届かなかった。

1対0。次の瞬間審判は手を挙げ、終了のホイッスルを吹いた。

スタンドの最前列に立っていた女の子たちは一斉に身を翻すと、両チームがグラウンドの真ん中に挨拶のため集まるのも見ずに、階段に向かう。あわてて亜紀や裕美も立ち上がった。

「どうしたの」

「通路から出てくるはずだから」

言うが早いか走り出す。わたしは事故でもなければいいがと思いながらその後を追った。

グラウンドを見ると、両チームはそれぞれのベンチに向かっているが、城青学園のキーパーは負傷したようで足を引きずりながら両側をチームメイトに支えられ、医務室の方向に歩いていく。歓声が彼らを追う。

階段を下りるとスタンドの下でグラウンドを一周する通路に出る。狭い通路とベンチを経てグラウンドに続く扉の前には既に女の子たちが押し合いへし合いしている。少なくとも二十人以上はいそうだ。亜紀たちが近づこうとすると、背の高い茶髪の、というか髪をほとんど金色に染めた少女が振り向いてきっと睨みつけた。

「ここは混み合ってんだよ」

七海学園の子たちはたじろいだが、何か言う前に、近くにいた体格のいい、むやみに厚いメイクをした女の子が、

「あんたたち聖女《せいじょ》の連中こそぞろぞろ何人も来やがって幅きかせすぎなんだよ」

と凄みのある声で言った。金髪娘はぎろりと睨み返し、

「よく言うぜお前たちなんか一人で三人分幅きかせてるくせに」

なんだとやんのか、と両学園が睨み合っているところへ、

「あなたたちいい加減にしてよね。浅見くんに恥ずかしいでしょう」

とかん高い別の女の子の声。

「そうよそうよ」「下品じゃないの」

と加勢する声があがり、金髪娘は細い眉を吊り上げて、

「ぼーふらは引っ込んでろあざみ子どもの家に大日愛児園《だいにちあいじ》」

「ひっどーい。誰がぼーふらよ」

そこに「しーっ、そろそろ来るよ」という誰かの声が聞こえると、狭い出口は各学園の女子のおしくらまんじゅう状態になり、さすがの亜紀や沙羅も圧倒されて近寄れない感じだ。

「押すなよ」「そっちこそ」「まだかなあ」

「来た！」

と誰かが言うと、怒号《どごう》と悲鳴があがり、少し開いた扉から我れ先に入ろうとする子たち、抜け駆けをさせまいとする子たちもいて辺りは大混乱となった。わたしも亜紀たちを抑えながら、少年たちの姿が現れるのを待った。

「こら何してるんだ。うちの子たちが通るのを邪魔するな」

城青学園の副園長が駆けつけて、怒鳴りつけた。しかし少女たちの反応は意外だった。

「あの――来ないんですけど」

副園長は怖い顔で、そんなわけあるか、と一喝すると、少女たちをかきわけ、ベンチに続く通路に踏み出した。しかしグラウンドの方から走ってきたのは城青学園のジャージを着た中学生と思われる二人の女の子だった。

「先生、男の子たちは？　そっちへ行ったんですけど」

「こっちには誰も来てないよお」

「そう、ここは女だけよ」

副園長が答える前に、各学園の子たちが口々に言う。そこへようやく他の学園の職員たちが続々駆けつけ、ぜいぜい言っている子どもたちをわけて、それぞれ整列させる。五つくらいの学園からそれぞれ五人程度の子がここに来ていたようだ。大きい子やら小さい子やら、髪の長いの短いの、赤いの黄色いの様々だが、男の子は一人もいない。おしくらまんじゅうをやっている間にエネルギーを使い果たしたのか、目眩《めまい》を起こしたらしくかがみ込んでいる子もいる。

ベンチからさらにマネージャーらしい二人の女子を連れてきた副園長は、ベンチにもグラウンドにも誰もいない、と言い、眼鏡を押し上げようとした手が目標を失い一瞬虚空を彷徨《さまよ》うと、例の特に可愛いマネージャーが、副園長先生、みつかりました！　とすかさず眼鏡を差し出す。副園長はそれをかけて改めて、えへん、と咳払いをすると、ここを通って出ていったんじゃないのか、と皆を詰問《きつもん》した。

「出ていったわけないじゃん」「あたしたちが見過ごすわけないでしょ」ケンカ腰の金髪娘と体格のいい子が団結して食ってかかる。

「そんなわけないだろう」

紛糾しそうな気配を察してわたしは前に進み出た。

「わたしもここにいましたけど、この子たちの言う通り、この扉からは誰も出ていってません」

そう言うと、七海の子たちを始め遠巻きにしていた他施設の子たちも一斉にうなずいた。

気圧《けお》されたような副園長は、

「じゃあ、うちの子たちはいったいどこへ行ったんだ」

「出てきてないんだから中にいるんじゃないでしょうか」

わたしは扉を開け、中へ入ってみた。短い薄暗い通路を抜けると、チームのベンチがあった。ふたの閉まったクーラーボックスが地面に投げ出され、そばには十何本ものお茶やらスポーツドリンクやらのペットボトルが置かれている。

スタジアムの職員と思われる制服を着た男性が困惑顔で立っている。訊いてみるが、自分はこのチームの監視役というわけではなく、たまたま近くのグラウンドにいただけなので、皆の動きに特に注意は払わなかった、と言う。グラウンドの縁に沿って走り、医務室の入り口まで行くと会場係の腕章をした藍が立っていて、いったいどうなってるの？　と困惑顔で訊いてくる。

「こっちが訊きたいよ。ウラン。城青学園のキーパーとあと二人来たでしょ？」

と訊くが、藍はかぶりを振って誰も来てないよ、と言う。

確かにベッドが二つ並んだ小さな医務室と付属のトイレには人の気配はなさそうだ。

「誰もいなかったの？　大人も？」

「看護師さんが一人医務担当でいたけど、スタンドで急病人が出たって言われていなくなった。後は気分悪いって言ってた女の子が一人寝てたけど今さっき出てったくらい」

わたしは医務室から外の廊下に出て、そこで手持ち無沙汰そうに両手を後ろに組んで行ったり来たりしているどこかの学園の指導員に訊いてみたが、藍の言う通り女の子が一人出ていったきりだという。

わたしは医務室に戻り、何か訊きたげな藍を置いてグラウンドに出て周りを見回した。たくさんの声援があったとはいえ、人が入ったのは観客席のごく一部で、しかもかなりの数が少年たちを迎え入れに下りている。何か異変があったことに気づいた者が多いのか、奇妙な静寂がわたしを出迎えた。少年たちの姿はグラウンドになく、見上げると大きな大きな楕円を描く快晴の青い夏空がどこまでも高かった。

3　捜索

わたしは薄暗い通路を抜けて元の場所に戻った。子どもたちは今や騒然としていた。最初に人垣を作っていた女の子たちの列も乱れ、違う学園同士が口々に話し合っている。男の子たちも集まってきているし各学園の職員同士も早口で打ち合わせている。城青学園の副園長がきつい口調で何か言うと、大会のとりまとめ役になっている別の施設の若い指導員がうなずいて携帯電話をかけ始めた。

「どうなったんですか」

わたしが副園長に話しかけると、彼は険しい顔で、

「各施設の手の空いている職員にスタジアムの出入り口を全部固めてもらうように頼んだ。試合終了の合図を聞いて、スタジアムの周りに散らばっていた職員たちもそれぞれ出入り口から入ってきていたし、時間的に会場の外に出られたはずがない。中のどこかにいるはずだ」

「はあ」

うなずきながらもわたしには奇妙な感じがした。おかしな出来事とはいえ、まだそれほど深刻な問題とは思っていなかった。全ては何かの勘違いで、城青の少年チームはスタジアムのどこか別の場所にいて、着替えているか麦茶でも飲んでいるか、わかってみればなんてこともないのだろう、と。しかし副園長の態度は、それにしては大げさに見えた。

「早く解決しなければ、来賓《らいひん》や行政の方にも伝わってしまう」

彼の心配はすぐに現実になった。スタンドの方から、県の児童福祉課の職員と社会福祉協議会の会長が並んで下りてきたのだ。

「お宅のチームの子どもたちがみつからないって聞いたけどほんとかね」

「……誰がそんなことを？」

目を白黒させてとりあえず訊き返した副園長だったが、会長の後ろからさっきの金髪娘が、

「大変なのよ！　ＭＦの浅見くんもＦＷの田中《たなか》くんも、そこの通路で消えちゃったの」

「キーパーの岩井くんもそうなんです」

後から訴える体格のいい娘を、金髪娘は疑わしそうな目で睨んで、

「そんなこと言ってあんたたち仏滅学園が裏で糸引いてんじゃないの」

「うちは仏説《ぶっせつ》学園よ失礼ね。だいたいあんたの所こそ『聖女の園』とか言ってるくせに、誰も彼もケバい格好してて、あんたたちにつきまとわれたくないから皆隠れちゃったんじゃないの？」

なんだとう、と睨み合う二人にそれぞれの仲間が加勢して一触即発の雰囲気に。そこへ、

「あなたたちこんな時何やってるの？　もしあの子たちの身に何かあったらどうするの？」

さっきも二人の争いに介入したかん高い声の娘が遮《さえぎ》る。

何かって何だよ、鼻白む金髪娘に、相手は、

「事件とか、誘拐とか」

えーっ。少女たちは騒然となる。そんな、大変、もうケイサツ呼んでケイサツ。

「おいおいどうしたんだ、皆ちょっと落ち着けよ」

騒然とした彼女たちに声をかけてくれたのは、ちょうど通りがかった中央児童相談所の一時保護所のベテラン指導員だった。施設に来る子はほとんど一時保護所を経由してくるので、リーダーたちも彼のことは覚えているようで、体裁悪そうに引き下がった。

わたしは他の施設の職員たちに、

「とにかく、まず場内をきちんと捜した方がいいんじゃないでしょうか」

と言ってみた。

そこで子どもたちをスタンドにいったん戻し、動ける職員でスタジアム内を捜すことになった。わたしは周回通路を足早に歩きながら、七海学園の子たちをみつけては席に戻るように指示した。なかなかすんなり動いてくれないのを、とっとと戻って座ってろーっ、と叱り飛ばしつつ進んでいって、今度は外側から医務室の前に来るとちょうど藍が出てきた。

「ウラン、もう会場係の方はいいから、席に戻って」

と言って状況を説明し、今から中を捜すのよ、と言うと、口をポカンと開けている。

「そうだ、ウランちょうどいいや。わたしの車に積んであるクーラーボックスの飲み物皆の所に持ってって渡してやってくれる？」

「うんわかった。係の先生に断ってくるね」

一瞬固まっていた藍は金縛りが解けたように身を翻し走っていった。

わたしはその先の車のつけてある非常口の前に立っていた職員に、今その青いウインドブレーカーの子が行きますから、その子だけ通してやって下さい、と声をかけた。相手は気もそぞろな様子だったが、わかりました、と返事したのを聞いて、わたしは先へ進んだ。

子どもたちがいないのを確認してから、集まった各学園の職員は二手に分かれて、反対方向から周回通路を一廻りすることにした。彼らを知る城青の若い保育士は責任を感じているのか動揺していたが、先頭に立って歩き出した。

更衣室、トイレ、倉庫、順に見ていくが、少年たちの姿はない。

ほぼ半周したところで、逆廻りしていたもう一方のグループとぶつかった。あちらの捜索も徒労に終わったようだ。

「やはり会場外に出てしまっているんじゃないでしょうか」

誰かが言った。大会の事務局になっている年配の児童指導員は困惑した表情で、

「そんなはずはないんだが——とにかく出口で見張りの職員に確認した上で、半分は外を捜そう。まずスタジアムの敷地内。それから周辺に広げて。残りはスタンドに入って、子どもたちの中に交じっていないかもう一度確認して下さい」

わたしはスタンドに戻ることにした。歩きながら各学園の集まりを見回すが、試合前に見かけたあの少年たちの顔はどこにも見えない。

七海学園の席に来ると、子どもたちは、何かあんまり冷えてな〜い、とか文句を言いながらペットボトルをラッパ飲みしつつ、口々にこの事件？　について話し合っていた。わたしの顔

を見た亜紀が不満気に言う。

「春菜さん、あたしコーラって言ったのにぃ」

「わたしは買ってきたよ、誰かに飲まれちゃったんでしょ」

「えーっ、誰だよお、コーラコーラ。ねえウラン知らない？」

「え、わかんない」

答えた藍はくしゃみした。

「ウラン、風邪でも引いたの？」

「ペットボトル山のように抱えてきたから身体冷えたんだろ。それよりコーラは？」

自己中の亜紀に、麦茶でも飲んでろ、と言い渡したわたしはぶるんと震えた藍に、何かを羽織りなさいよ、と指示した。

気がつくと、子どもたちの間に児童相談所の人も交じって座っている。わたしはさっき少女たちを静めた一時保護所の指導員さんを見かけて話しかけた。

「さっきはどうも、助かりました」

「いやいや。皆知った子ばかりだから。あのリーダーシップをとってた子たちだって、もともとは皆保護所に同じ頃入ってて互いに顔見知りなんだけど、別れ別れになって何年も経つとやっぱり施設同士張り合っちゃうのかねえ」

泰然とした指導員さんの言葉を聞いてびっくりしたわたしは、

「え、あの子たちもともと知り合いなんですか」

「うん。ちょうど二年前の今頃保護所に入ってたよ」

「そうなんだ。全然そう見えなかったけど——ところで今日は海王さん来てませんか」

「ああ、来てますよ。海王さーん」

少し離れた所で別の施設の子と話し込んでいた海王さんがこちらに気づいて手を振った。あちらの子と挨拶をかわしてこちらにやってくる。

「何かあったようですね」

穏やかに、しかし心配そうに少し声を落として言った海王さんに、わたしは早口で事情を話した。

いつもにこやかな海王さんの表情が話を聞くうちに曇ってきた。海王さんは途中で、ちょっと失礼、と言うと、少し人から離れた所で携帯電話を取り出し、どこかに連絡をとり始めた。まもなく話が終わり、戻ってきた海王さんは、指導員さんに耳打ちすると、ちょっと急ぎの用事が入りそうなので児相に戻ります、と言った。

「え、でも……」

口ごもるわたしに、海王さんは、その件は後でお電話ででも、と言うと、滅多に見せない素早い動きで荷物をとり、あっという間に階段を下りていった。

保護所の指導員さんも、それじゃあそろそろわたしも失礼しようかなあ今日はもともと非番なんで、とのんびりした声を出すと、ふらりと背中を向けて歩み去っていき、中空に放り出されたような気持ちのわたしが残された。

4　閉会

試合はもう一つ残されていたが、観客はすっかり気が抜けていた。形式的に表彰式が行われ、桜沢実践学校が台に乗って賞状をもらっていた。会長の、どこか意識が他の所へ行ってしまっているようなピントのずれた閉会の挨拶を聞いている間に、中央児相の課長の携帯電話が鳴り、課長はあわただしく消えていった。挨拶が終わり、各々狐につままれたような気持ちで帰り支度に入り、気がつくと各学園の子どもと職員は少しずつ出口に向かって動き出していた。女子だけになってしまった城青学園の子たちも同じだ。何か気持ちの整理をつけたかのように軽々とクーラーボックスを背負って早足で歩く子もいた。

周回通路に下りると桜沢実践学校と行き合った。あちらのキャプテンはこちらを見て、おい、と急に声をかけてきた。

彼の視線の先にいたのはTシャツ姿の藍だった。彼女は怯《おび》えたように二、三歩下がると顔をそむけた。

何事かと思ったが、彼はにやりと笑うと、お前なかなかやるなあ、と低い声で言った。

藍はそっぽを向いたまま、

「——お兄ちゃんのこと？」

と反問した。他人にたじろぐことなど滅多にない藍の動揺を見て、近くにいた勤がつかつかと歩み寄ってきてこいつは俺の妹だ、と言った。

キャプテンは一瞬戸惑ったようだったが、すぐに気がついたらしく含み笑いをして、

「お前たち、双子なのか」

感心したように言うとあっさりこちらに背を向け、楽しげに口笛を吹いて立ち去っていった。

「何だあいつ」

勤が不審そうにその後ろ姿を目で追う。

わたしの頭の中で何かがぐるぐる廻っていた。

去年の夏、わたしはやはり人間消失の問題を解くはめになった。あの時とやり方は違うし規模も違う。でも、もしかしたらその原理そのものは――。

わたしの携帯電話が鳴った。出てみると相手は海王さんだった。そばに誰かいますか、という声を聞いて、わたしは皆から少し離れた。

「児相にもう着いたんですか」

「ええ、間に合いました」

「間に合ったって、いったい――」

「中央児相に城青学園の少年たちが現れて一時保護を求めました。保護所の職員は彼らに会って緊急保護の必要性を感じ、受け入れの態勢を至急とっています。わたしは今しがた児相についてその状況を聞き、課長に連絡をとって了解を得ました。職権で本日から十人の少年を中央児相に一時保護します」

「どうして彼らは……」

「城青学園の、副園長を始めとする職員による体罰、暴力が著《いちじる》しく、耐えられない、学園にはもう帰らない、と訴えています。あわせて学園の女子や年少児にも被害がないように学園の実態をすぐに調査してほしい、とも。十人の担当福祉司のうち、今日休日出勤して動いていた何人かには既に連絡が行き、こちらに向かっています」

「でも、十人っておっしゃいましたよね。サッカーチームは十一人。一人欠けている？」

「そうですね」

「足りないのは——」

「ゴールキーパーです」そう言った海王さんは、「他から電話が入りました。また改めて」と電話を切った。

出口では城青の副園長が険しい表情で出てくる子どもたちの顔を一人一人見ている。

あの様子ではまだチームのメンバーが一時保護されたことは耳に入っていないのだろう。

牧場さんに、それじゃわたしは荷物運びなのでここでと声をかけ、駆け足で非常口に向かおうとしたわたしを藍が引き止めた。

「春菜さん——あたしちょっと具合が悪くて」

そう言ったまま次の言葉が出ない彼女に向かってわたしはうなずいた。

「ウラン。大丈夫。あなたは心配しなくていいから」

「でも……」

わたしの言葉の何かが彼女に響いたようだった。藍は、じゃあ、と言って皆の中に戻っていった。

「大丈夫よ」

わたしは車のハッチを開け、しなければならない作業を終えた。それから運転席に乗り込み、エンジンをかけた。ウインドウを開け、会場係の職員に、すみません、荷物移送するんで、先に出ます、と声をかけ、アクセルを踏んだ。車はスムーズに動いた。声をかけた職員が誘導して、人々が道を空けてくれる。

「すみませーん」

頭を下げながら、わたしはじりじりしていた。公園の門を出た途端アクセルをぐいと踏んだ。幹線道路に出て北へ向かいひた走る。途中大きな交差点で信号待ちになった時、わたしは携帯電話を取り出し、稲妻の速さでナンバーを押した。電話に出た海王さんに、

「あの、今からそちらへ、中央児相へ向かいます、っていうかもう向かってます」

「どうしましたか」

「あの、さっきの続き、どうしても聞かせてほしくて」

「こちらはちょっとバタバタしているところですが、今日中でないとだめですか？」

「――ええ、どうしても今日、今からでないと」

わたしは祈るような気持ちで返事を待った。

海王さんは少し考えたようだが、わかりました、お待ちしてます、と言ってくれた。

「ありがとうございます。あ、信号が変わりそうなんで、後は後ほど」

「どうか事故のないよう、あわてずに来て下さい――ああそれから――」海王さんはもう一言つけ加えた。わたしは言葉を失った。何も言えないうちに電話は切れていた。

5　結末

一週間後、わたしと佳音ちゃんは亜紀言うところの話題のカフェ「ヴァーミリオン・サンズ」に来ていた。いつもの待ち合わせとおしゃべりの場所である七海駅近くのカフェ「マリーナ」が改装中とあって、さして気乗りしない様子の佳音ちゃんをわたしが引っ張ってきたのだ。

確かに新七海の街並みと七海湾を見下ろせる絶好のロケーションではあった。どことなく地中海風の雰囲気の白い建物は、七海の町中にあったらちょっと浮いてしまうかもしれないが、この丘の上だとあまり邪魔なものが視界に入らないせいか、違和感なく自然に見える。

装飾のついた重い扉を押し開け涼しい店内に入ると、黒いスーツを着た背の高い青年がすぐにやってきて、一番奥まで進み、角の席に案内してくれた。

わたしたちはロココ調の優美な曲線を描く脚に支えられた木の丸テーブルの前の椅子にかけた。見回すと複雑に入り組んだ壁面の角にはところどころ小さなスペースがとられ、装身具や美しい形をした貝殻などがガラス箱に入れて置かれている。背後の大きな窓からは海がよく見えた。

だいたい入り口近くとテラスはカップル席で、偏光ガラスで仕切られた店の真ん中辺に案内されているのは男の客。わたしたちのいる海側の窓に近い方が女の子席、というようにスペースが分けられているようだった。

店のちょうど東北側の角、段差を一段上がった所に、クリスタルビーズのカーテンで軽く仕切られた小さな空間があり、四方の柱に囲まれて店内でありながらちょっとしたエスニックな東屋風になっていた。外に向いた二面はやはり海を見られる小さな窓になっており、もう一つの面は鏡になっているので、わたしたちの、つまり女性の席からしかそこに座る人をかいま見ることはできないが、今は誰もいない。亜紀によれば、そこは予約席という札が置いてあるけど、オーナーが気に入った客しか座らせないらしく、有名私学の女の子たちの間でも、あの席に案内されるというのはちょっとしたステイタスになっているらしい。また、実は男性のための予約席もある、という噂もあるが、真偽は明らかでないそうだ。まあ亜紀の話だからどこまで本当かわからないが。

「それで、男の子たちは大丈夫なの？」

佳音ちゃんが大きな瞳を見開いて訊いた。

「うん。彼らが学園に戻されることはないって。彼らの一時保護所での訴えを基に、県の児童福祉部と児童相談所は学園への立入調査を実施して、残っている子どもたちと職員から話を聞いた。これまで逆らっても逃げ場はないと思っていた子たちや、文句を言うなら仲間はずれ、クビ、と脅《おど》されていた新参の職員たちから次々と証言があって、副園長を始めとする古参職員からのひどい体罰や暴言の横行が明るみに出たのよ。児童福祉審議会にも報告がされて、委員になっている弁護士や大学教員も重大な問題ととらえてる。副園長はとりあえず自宅待機の形になっているけど、警察に告発して事件化される可能性もあるみたい」

そう言ってわたしはトロピカルフルーツで彩られた青いソーダ水をストローで啜《すす》った。

「そんな児童養護施設があるなんて、信じたくないな」

わたしとは少し違った意味で施設に思い入れを持っている佳音ちゃんは珍しく少し沈んだ声で言った。

「わたしだってそうよ。でもそれが現実なの。これまでにも他県の幾つもの施設で体罰事件が発覚して調査が入り、関係者が処分されたことはある。でもきっとそれは氷山の一角。表面に出ていないことっていっぱいあるんだと思う」

「そうなのね」

佳音ちゃんは話題を変えて、

「ところで、十一人の少年はどうやって会場から姿を消したの？」

「佳音ちゃんだって何となく見当はついてるんでしょう？」

「漠然と思ってることはあるよ。でもまだよくわからない。彼らはグラウンドから通路に向かった。通路の扉の外では女の子たちが何重にも人垣を作っていたし、グラウンドに戻れば観客の目があった。会場の出入り口にも職員がいた」

「確かに脱出は不可能だった——その時はね」

「じゃあいつだったの？」

「勿論、延長に入る前、いったん引っ込んだ時よ。これから最後の決戦が始まる。誰もが固唾を呑んで彼らの再登場を待ってスタンドにいた。そのわずかな休息の間にユニフォームの上に何かを羽織ると、あっさりとベンチから周回通路に出て、出口から堂々と外に出ていったのよ。その時はまだスタンドの外に人は配置されていなかった。彼らは急いで公園を抜け出して最寄り駅までひた走り、北行きの電車に乗った。電車の本数は少ないから、すぐに追跡されるとしても延長戦の間の時間を稼げれば、そして彼らがめざしている場所さえわからなければ、捕まらずに済むだろう、そう考えたの」

「めざしている場所が、中央児童相談所の一時保護所だったんだ？」

「そう。全員ではないけれど中央児相の保護所から措置されてきた子どもたちが多くて、その子たちはそこにいい印象を持っていたのね。それで他の子にも言って、中央をめざすことにした。受け入れる側はいっぺんに対処しなくちゃならないから抵抗があるかもしれないけど、分散することで扱いが変わってしまうこともあるし、かえって一つの集団として乗り込むことで大きな事件にし、簡単に個別に処理されるリスクを下げた」

「さりげなく逃げるのではなくて、派手な演出でそちらに注目を集めたのもそのためなのね？」

「その通りよ。各施設、行政が見に来ているこの状況で思い切り異常な事件を演出し、間違ってもこの件が握りつぶされたりしないように」

「じゃあ延長戦に出てきたチームっていうのは、やっぱり――」
「そう。ぶっつけ本番、一度もフォーメーションを組んだこともない混成チームよ。八つの児童養護施設から選ばれた、女の子だけの」

「これはかなり大掛かりな、たくさんの子どもたちが関わって周到に準備された脱走劇だった。もともとは城青学園での練習試合の後、副園長が自慢話に精を出し、なかなか外部と接点を持てない城青の子どもたちが他施設の子と邪魔されずに言葉を交わせたところから始まった話なの。城青のキーパーと大会当日特に争いあっていた三施設の中学生女子のリーダーは皆二年前の夏、同時期に中央児相の一時保護所で生活をしていた顔見知りだった。短い期間だけれど通学もせず二十四時間同じ場で生活する保護所はその子によってはとても思い出深い場になることがあるの。そしてそこで出逢った仲間も。

彼女たちは彼らの話を聞いて何とか力になりたいと思った。その場にいた他の子たちも協力し秘密を守ることを約束した。この計画には仲間がかなりの数必要だから、そこにいなくても信頼できる子にさらに声をかけ、運営係の打ち合わせの機会等を通して、具体的な動きを詰めていったと思う。

スタンドからチームの一人一人の顔を見分けるのは難しい距離だった。そして延長戦に入った途端、一番見やすいスタンドの最前列には、金髪娘を始めとするグループが陣取った。彼女たちの最初の重大な役割はできる限り他の客の視界を遮ることだった。一番見破られては困る相手――城青学園の副園長もスタンドにいたし、眼鏡は都合よく見失っていた。明らかに誰かが隠したのよ。本来ならベンチに入っているはずだった監督役の指導員は副園長とそりが合わなくて退職してしまっていたし、もしかしたら城青の若い保育士さんたちはこの計画を半ば知りながら知らんぷりをしていたのかもしれない。この試合はお年寄りの審判一人でジャッジしていたし、彼は福祉関係の人ではなく、この日だけの応援だから、チームのこともよくわからなければ、仮に延長でメンバーが総入れ替えになったことに気づいたとしても、ことさらにそれを伝える必要もなかった。仮に審判の口から後でそのことがわかったとしても、少年たちが保護所に辿り着いてさえしまえば別に構わなかったのよ。

スペシャルチームに参加した女の子たちはいずれも、たぶん小六から中二くらいの間で、サッカーがある程度できるというだけでなく、二次性徴が明確になっていない、体格があまり女らしくなっていない少年ぽい子たちが選ばれたんだと思う。彼女たちはできるだけ髪を短くし、自分が代役を務める予定の男の子と似た雰囲気を出せるようにした。勿論前もって人数分の城青学園のユニフォームは別に用意されていた。延長戦が始まる直前に彼女たちは各学園の集団から抜け出してベンチに集まった。中心になったのは当然城青学園のマネージャーたち。サッカーができそうもない、いかにも女らしい感じの可愛いあの子がベンチに残って、他の三人がチームに入った。そして各学園から選抜された七人の女の子がそこに加わった」

佳音ちゃんは何度も深くうなずいてから、

「後で通路の扉の前でもみ合った五つの学園から一人ずつと別の学園からもう一人――それか

ら七海学園からもでしょう？」

「そう。ウランよ」

わたしは答えた。城青学園での練習試合の夜、青ざめた表情の藍。それは渾身のシュートを止められたからではなく、思いもかけず、脱出計画への協力を求められたからだ。

「城青のエースだったMFの代役がウランだった。体格で遙かに勝る桜沢実践学校のキャプテンと競い合い、一度はボールを奪って、無効になったとはいえゴールを決めたのは彼女」

勿論桜沢の少年たちも皆知っていたのだ。年齢も体格も上廻る彼らからすれば、女子チーム相手なら、フルに走り廻ってきたハンディがあっても十分だという気持ちだったろう。しかし思いの外《ほか》少女の混成チームは強く、少年たちは手を抜くどころではないことを思い知らされた。桜沢のキャプテンが試合後に藍にかけた称賛の言葉は本心だったに違いない。

「短い時間とはいえ、動きが止まれば誰かに見破られる可能性はぐんと増す。彼女たちは時間一杯必死で走り続けた。城青の男の子たちが逃げ切れることを願いながら」

試合が終わるか終わらないかのタイミングで、スタンドの前面に立っていた女の子たちは通路に駆けつけた。整列して挨拶するところも見ようとしないなんて、と思ったけど、必要なことだったの。事情を知らない子たちが扉に近づけないように人の壁を作らなければならなかった。数だけでなく、いがみ合い険悪な雰囲気を作ることでますます他の子が近づけない状態にしようとした。選手役の女の子たちは次々ユニフォームを脱ぎ、中味を出したクーラーボックスの中にそれを放り込んだ。城青の三人のマネージャーはベンチですぐに元の姿に戻り、周回を潜り込んだ。


通路への扉が開くと外にいた五つの学園のそれぞれ数人の子たちはもみ合うふりをしながら、五人の女の子を一人ずつ自分たちのグループに吸収していった。それだけのことだったのよ」

「でも、ゴールキーパーは？　ほとんど動かずにいるキーパーが周りの目を眩ますことは難しいでしょう？」

「そう。キーパーの岩井くんは、だから一人だけ残って試合に参加していた。彼は別の形で逃げなければならなかった。ベンチに戻らず別行動で医務室に行った三人のうち、一人は休息していたふりをして堂々と外に出て自分の学園に戻り、ウランは会場係の姿に戻った。一人残った岩井くんはわたしが医務室に行った時はたぶんトイレで息を潜めていたんだと思う。一人だから何とか息を殺して隠れていられたのよ」

「でも後になってからは監視の目が強まった。スタジアムから出ることは難しかったはずでしょう？　スタジアムの周りにも人目があったはず」

「そうよ。周回通路からの扉が開いてからは佳音ちゃんの言う通り、思った以上に監視の目が強まって彼の脱出は難しくなっていた。逃げるタイミングも、場所も一つだった。

　ウランが偵察に出てきてわたしに会った時、わたしは車から飲み物を持ってきてと指示して、非常口にいた職員にも、この子を通して、と伝えた。彼女はチャンスだと思った。取って返して、自分の着ていたウインドブレーカーを彼に着せた。彼はウランの代わりに非常口に走り、ウランのことなど知らないしろくに見ていなかった職員は彼を通した。彼はわたしの車の後部ハッチを開け、中に潜り込んだ」

「春菜ちゃんの車に?」

「そこが、建物の中でもなければ外でもない、非常口に密接した唯一の隠れ場所だったの」

「後ろに乗っている人にも、心配はいらない、と伝えて下さい」

あの電話の最後に海王さんはそう言ったのだ。

「ウランはわたしの車に近づけなかった。だから、わたしたちがクーラーボックスに準備した飲み物は取り出せなかった。その代わり、彼女はベンチに戻ると、ユニフォームをクーラーボックスに隠すために取り出した中味であるぬるくなりかかった城青学園の、飲む人のいなくなった飲み物を両手で抱えてスタンドに戻ってきた。

十人の少年が既に一時保護所に逃げ込んだことを聞き、一人だけが残っていることを知った時、わたしには彼の居場所がわかった。彼のことを心配するウランを納得させて帰し、彼に皆の所に連れていくから安心して、と囁いてわたしは車を出した。海王さんに、どうしても真相をすぐ知りたいから、と我儘《わがまま》を言って児相に行く口実を作ったけど、彼を乗せていることはあっさり見抜かれちゃった」

「十一人目の彼を脱出させたのは春菜ちゃんだったんだ――でも、そんなこととして大丈夫だったの。その――無断外出に加担した、みたいなことに」

「一応彼はヒッチハイクで見知らぬドライバーに児相まで連れてってもらった、と話してくれることになってる。ついでに言うと、たくさんの子どもたちがからんだ脱出方法については内緒のまま。全部を表沙汰にすると話がややこしくなるんで、限られたスタッフの中だけの話にとどめておいて、とにかく人目につかないようにこっそり抜け出した、何でみつからなかったのかはわからない、で全員押し通すことになってる」

「キーパーの子と、ウランちゃんは、かなり危ない橋を渡っていたのね」

加速するわたしの車の後部座席でようやく安心したらしい岩井くんはしっかりした口調で説明をしてくれた。

皆を安全に脱出させるために、自分はぎりぎりまで残って持ちこたえなければならなかった。マネージャーたちが疑いをかけられてひどい目に遭わないかということも心配だった。もしそんなことがあれば、グラウンドの真ん中に飛び出して観客席に向かって城青学園の実情を訴えよう、と思っていた、と。

「彼はマネージャーの一人、あの試合に出なかった子とつきあってた。彼女は下にきょうだいが何人もいて、自分だけ逃げ出すことはできなかったのよ」

自分が逃げる手段は具体的には考えてなかった。安藤さんと北沢先生には本当に感謝しています、と彼は言った。

この騒ぎがどう収拾されるとしても、彼と彼女は当分会えないだろうし、今後一緒の施設では暮らせないかもしれないけど大丈夫？　そう訊いたわたしに「それは自分たち次第ですから」と答えた岩井くんの目は澄んで、口調は静かだが力強かった。

サッカー大会から何日かして藍と二人きりの時があった。

岩井くんって子にウインドブレーカー渡した時、彼は何て言ってた？　と訊いた。

「ありがとうって言ってたよ」

どうしてそんなことを訊くんだろう？　と腑に落ちない様子で藍が答える。

「あなたは彼になんて？」

「あたし？　どういうこと？」

「あなたの気持ちは彼に伝えられたの？　って意味よ」

彼女は一瞬まじまじとわたしの顔を見た。視線を落とした彼女の首はほんの少しだけ横に揺れた。

「あたしなんて全然だめだよ――」

小さな声で呟く藍は急に幼い頃の自信なさげで弱々しい女の子に戻ってしまったかのようだった。

「ううん。あの日のあなた最高に素敵だったよ」

わたしがそう言うと、藍は顔を上げた。ごくごく軽く、その背中に手を廻すと、わたしの肩にもたれかかって、彼女はほんの少しの間だけ、じっとしていた。

部屋を出ていった藍が園庭にいるのをわたしは見かけた。少年のようないつもの立ち姿に少しだけ女らしさが宿っているように見えたのはこちらの思い込みもあっただろうか。

そろそろ行こうか、と立ち上がったわたしの胸元に目を留めた佳音ちゃんが、

「その花のブローチ可愛いね」

と言ったのでわたしは少しあわてた。

「ああ……。安物っていうか、ただでもらったんだけど、ちょっと気に入ってるんだ」

「何の花？」

ハナミズキだよ、とわたしは答えた。

店を出て佳音ちゃんの車の助手席に乗り込むと、

「あ、わたし新七海駅のそばでいいよ」

そう言うわたしに、いいよ家まで送る、と言いかけた佳音ちゃんは言葉を切って、

「ああ、なんか用事？」

うん、まあね、と答えるわたしをちらっと横目で見た佳音ちゃんは、

「そういえば、この間会った高校の友達、高村くんって人にはその後会ったの？」

唐突にそう訊かれてわたしはむせた。

「あなたなんでまた前後の脈絡なくそんなことを」

「あ、ごめんね、大丈夫？——で？」

わたしは両手を挙げた。

「お見込みの通り、これから会う約束したの。昨日メールくれて、近くで仕事が早く終わりそうだけど、都合はどう？　って。こっちは変則勤務でなかなか予定が合いそうもないから思い切って——あなたって何でふだん鈍いのにこういう時だけエスパーになるの？」

「春菜ちゃんって大事なことを顔にメモする癖があるんじゃないかな」

そんな人はいません。

「よく名前まで覚えてるよね――そうだ、佳音ちゃんも一緒に来ない？」

「とんでもないことです」

佳音ちゃんがハンドルを握ったままぷるんぷるんと首を横に振ったので、車が一瞬蛇行して、わたしは小さな悲鳴をあげた。車はそのまま一気に加速する。

「ちょっとあなたそんなに急ぐと怖いんだけど――」

なんで？　と不思議そうに訊く佳音ちゃん。

「なんでってそりゃ事故とか」

そういうわたしを横目で睨んだ彼女は、

「不吉なことはなるべく口に出さない、考えない。何でも言葉にすると本当になりやすいって言うでしょう？」

ぞっとして黙り込んだわたしに、大丈夫、安全に一刻も早く送り届けてあげるから、と彼女はつけ加える。

自分よりは一日の長があるとはいえ、基本的に佳音ちゃんの運転をあまり信用していないわたしだが、ひとたび乗ってしまったからには、それも高速モードに入ったからには集中してもらうしかない。

沈黙の間に、BGMが切り替わり、深いエコーのかかったパーカッションとエレキギターの短いフレーズに導かれて、アップテンポのロックナンバーが流れ出した。たった三音を繰り返すシンセのリフレイン、哀愁を帯びた男声のヴォーカル。どこかで聞き覚えのあるその曲にわたしはしばらく聞き入った。

「この曲いいね。何だっけ」

「ドン・ヘンリーの"The Boys of Summer"」

「ボーイズ・オブ・サマー――夏の少年たち、か。どんな詞なの?」

「夏の日の失われた恋。今は誰もいない道と海辺。あの夏の少年たちはもう去ってしまったけれど、僕の君への愛は変わらない――みたいな感じかな。実のところあんまり少年たちの歌じゃないんだよね」

「なんてことはないラブソングかあ。なあんだ」

さらに加速する車の中、暗くなり始めた窓の外を見ていると、疾走するビートに乗って、わたしの車に潜り込んでいた岩井くん、桜沢のキャプテン、それから、高村くんやあの頃の高校の仲間たち、いろんな男の子たちの顔が浮かんできた。そして勿論、藍や城青学園の可愛いマネージャーや、通路で大芝居を打っていた名も知らない三人組、「茶髪聖女」と「仏滅」と「ぼーふら」さん。かつて少女だったわたしたち。

なんてことはないって言いながら、なんだかわたしは胸いっぱいになっていた。『夏の少年たち』ってタイトルかっこいいけど、少年たちの陰には必ず少女たちがいるものよ。この曲今度ウランにも聞かせてやろうかな、とわたしは思った。

冬の章　Ⅲ（十二月十三日　木曜日）

1

翌日は午後から高校に寄った。二年生の授業はまだ終わっていなかったが、週末が近づくにつれ、校内の解放感は増していくようで、昨日より活気が感じられる。軽音楽部なのか、バンドの練習が始まっていた。轟々と鳴るベースギターのメロディーが校舎の窓を揺らしている。女性ヴォーカリストの掛け声とともに、曲はアップテンポとなる。わたしはその曲が学園祭の日、屋外ステージの初めに演奏された曲だったのを思い出した。ちょうど顔に見覚えのある学園祭の実行委員の女の子が通りかかったので、わたしは彼女に声をかけ、この曲学園祭のステージでやってたよね、と訊いた。

「ええ、最初の曲でしたね」

「ステージって何時に始まったんだっけ」

「ジャスト十二時です。時報に合わせてスタートさせましたから」

「何て曲？」

さあ、詳しい曲名とかはわたしもわからないです、と実行委員は答えた。

目的の生徒が登校していること、部活には入っていなくて委員会活動等も今日はないことを確認していた。あんまり校内で人待ち顔をしていると、昨日のように、先生方に注目されて突っ込まれないとも限らないので、話はそこそこに切り上げ、場所を変えることにして、校門を出た。

下校する生徒が必ず通る、正門から下のバス通りに続いている緩く幅広い坂道の脇、市立公園の広い芝生で待つことにする。まもなく放課後になり、男女の生徒たちがグループで、あるいは単独で門を出てくる。揃いのユニフォームを着た運動系の部活の子たちがかけ声を出しながら二列に並んで走っていく。

めざす相手はやがてやってきた。三々五々いろいろなグループが通っていくが、運良く一人のようだ。規則通りのきちんとしたブレザー姿。スリムで中背、ロングヘア。やや地味めだが、なかなか顔立ちの整った少女。

彼女が通り過ぎようとする時、わたしは、あまり目立たないようにやや落とした声で、西野《にしの》さん、と呼んだ。

西野香澄美《かすみ》はこちらに気づいて、おや、という顔になったが、すぐに道を外れてわたしの所にやってきた。

「こんにちは」

頭を下げて礼儀正しく挨拶する。

「ごめんなさい、急に呼び止めたりして。訊きたいことがあって」

と言うと、勘のよさそうな彼女は、

「事件のことですか?」

すぐに訊き返してきた。

「ええ——知ってるよね——」

わたしは、と口にする前に、

「はい。七海《ななみ》学園の北沢《きたざわ》さん、でしたよね」

香澄美の声が通るせいか、通りがかりの子や、木々の合間に佇《たたず》んでいる子たち何人かが振り向いてこっちを見た。

わたしは少し声を落とした。改めて自己紹介をすると、

「あなた、あの日西校舎の屋上にいたよね」

ストレートにぶつけたが、

「ええ。いた、というより通り過ぎたって感じですけど」

香澄美の顔にはわずかな動揺も見られなかった。彼女はただわたしの目を見返した。

「どうして屋上を通ったの?」

彼女の答えは今度もよどみなかった。

「うちのクラス、音楽室を使ってライブ喫茶をやってたんです。教室にギターのミニアンプを一台置き忘れた子がいて、わたしがとりに行くことになりました。うちの教室は三階の東側で、廊下側も東階段側も通行止めになっていたんで屋上を通りました。美術部の受付ノートに、一応名前を書いて屋上に出ました」

「屋上には誰かいた？」

「芦田《あしだ》さんがフェンス際から外を見てました」

「何か話したの？」

「いいえ、特に話はなかったので」

芦田の話と符合してはいる。わたしはその先を訊いた。

「東階段から下りて教室に入りました。アンプをみつけてすぐ引き返して、元の西階段から一階まで下りました」

「何で東階段からそのまま下りなかったの？」

「三階の廊下の方は使わない机や椅子を積み上げて完全に通れなくなってましたけど、東階段は二階と三階の間の踊り場に椅子を二、三個置いて道を塞いで『立入禁止』って紙が貼られてただけだから、通ろうと思えば通れたんですけどね。ただ会場整理の人がずっといたから、わざわざ頼むこともないかと思って」

「それから？」

「アンプを北校舎――西校舎と中庭はさんで向かい合ってる所です――に運んだ後は自由時間だったので一息ついてると、中庭で騒ぎが起こって、人が落ちた、って皆口々に。人だかりで何だかわからなかったんですけど、後から出ていったら松平《まつだいら》さんが立ってて、七海学園のたぶん小学生の女の子と話してました。

その子がいきなり『瞭《りょう》さんが落ちたの？』と訊いたんで松平さんも驚いた様子で、女の子に状況を説明してました。わたしもそれを一緒に聞いてやっと何が起きたか知ったんです。目が大きくて意志の強そうな子でしたけど、その目を一杯に見開いて、ショックで動けないって感じでした。可哀想に」

「茜《あかね》だわ。あの子目が大きいってあんまりわからないよね、眼鏡かけてると」

「眼鏡してるんだ、勿体ない。でもなんでまたその子はそんなふうに訊いたのかなって思ってた」

「あの子、その十分くらい前に暸が屋上の端に座ってるのを見たのよ。誰かと一緒のところを」

わたしは注視しながら言ったが、香澄美は動揺した様子もなく、そうだったんですか、で誰と一緒だったんですか、と反問してきた。

わたしは質問を切り替えた。

「屋上に上がってから暸には会った?」

香澄美はふとわたしの目を見上げる。こちらの真意を探ろうとしているように見えた。

「いいえ——上がってからは。受付では顔を合わせましたけど」

彼女はつけ加えるように言った。

その顔はいっさいの感情を覗かせず、わたしはこの子のポーカーフェイスを崩すのはなかなか難しいようだと思った。矛先を少し変えてみる。

「暸のこと少し教えてほしいんだけど」

香澄美は驚いた様子もなく、

「ええ。でもわたし、瞭さんと同じクラスだけど、わたしより適当な人が他にいると思うんですけど」

「あなたが一番親しかったって聞いてるけど」

挑発するような言い方だったかもしれないが、香澄美は真面目な顔で、

「わたしは一番の友達っていうほど親しくないです。田後《たご》さんなんかの方が仲が良かったんじゃないですか。やっぱり同じ学園同士だし。わたしなんかじゃわからないところまで気持ちをわかりあえてたんじゃないかと思います」

わたしはすぐに答えなかった。香澄美の表情は変わらなかったが、わずかに視線を落としたのが、内心の微《かす》かな苛立ちを表していた。

「どうして瞭さんのことを？　何を調べようとしてるんですか？」

彼女は口を開き、わたしの顔を覗き込むように訊いてきた。

わたしは素早く頭の中で計算した。勿論何もかもこの子に話すわけにはいかないだろう。しかしこの子から情報を得るにはある程度手の内を見せなければならない。この子の話にはきっと重要な内容が含まれている、わたしの直感はそう囁いていた。

「瞭はあの日美術部の受付をやった後、交替して屋上に上った。そしてフェンスの破れめから外側に出て西北の角辺りに腰掛けてた。そしてそこで誰かと話してた。相手が誰かは確認できてないけど、それを見てた人がいるの。事件が起きたのはその直後。その瞬間は目撃されてい

ない。でもわたしは誰かが突き落としたのだと思ってる。警察も学校も知らないけど、瞭は受付している間に三人の生徒を屋上に通しているの。皆屋上を通って東階段から三階の東側に下りたようだけど、あの時間帯、三階の廊下は真ん中で封鎖され、東階段は二階に人目があった。ということは屋上から三階東側に至る空間は密室状態だったのよ。そこに入った生徒はその子たちだけ。もし瞭が話してたのが三人の誰かだとしたら——」

「もしそうだとしても、事件がその時起こったかどうかは特定できないでしょう？　そうしたら誰も除外はできないんじゃないですか？」

「ええ。でもその時間差はごくわずかだった。同じ場所でほとんど同時刻にそんなドラマが続けて演じられてたなんて考えられない。やっぱり瞭と話していたのは誰だったのか、は重要なポイントよ」

「三人のうちにわたしがいるんですよね。でもわたしはその時彼女と話してはいません」

「あなたが北校舎に戻ったのがいつかを覚えてる人がいる？　一息ついたってどこで？」

「途中知った人には会った覚えがないですし、荷物を準備室に置いた時部屋にはちょうど誰もいませんでした。その後も特にお店に入ったりしないでぶらぶらしてたから、わたしを見たって人はいないかもしれません」

香澄美の唇の両端が微かに上がる。

「これって、アリバイ調べみたいなものですか？　だったら不在証明はできないかもしれません」

「本当はその件はそんなに重要って思ってない。それより、瞭について教えてほしい。七海学園で会っても、彼女はあまり自分を出す子ではなくて、わたしたちもどこまでわかっているか。ましてそれ以外の場所での彼女のことはほとんどわからないの。あなたが話せることだけでいいの」

わたしがそう言うと香澄美は、わかりました、と素直にうなずいた。

2

わたしたちはバス通りに向かってゆっくり下りていきながら話を続けた。

「瞭さんはあんまり人と関わらない子で、他の子と口をきかないとか、仲間に全然入らないとか、そういうわけじゃないんですけど、どちらかっていうと独りで行動してることが多かったです。美術部に入ってたけど幽霊部員みたいだったし。放課後になると、誰とも連れ合わずに帰ることが多かったと思います。わたしは割と気が合いましたけど。彼女はよく本を読んでて、音楽もよく聴いてて、周りの子とは違いました。私学からの編入で勉強もよくできたし」

「あなたも学年でトップクラスだってね」

香澄美は一瞬意外そうな顔をして、それからふっと笑うと、

「こんな学校でトップでもしょうがないですから」

と言った。

優等生の顔に少しひび割れが入る。その自嘲めいた発言に興味を感じ、訊いてみる。

「ここに入ったの不本意だったの？」

「わたし第一志望に落ちたんです」

香澄美は県で一番の県立高校の名を挙げた。

「合格確実って言われてたんですけど、試験当日具合が悪くて」

「病気？」

「いえ、ちょっといろいろ」

香澄美ははっきり答えなかった。

「まあ別に大した違いじゃないです。どっちみち有名大学に行くってレベルでもなかったし、今考えるとここでよかったと思ってます」

わたしたちはちょうどバス停の前まで来ていた。何人もの女子高生が近づいてくるバスを待っていた。

「帰りはどちら？」

「わたしはあのバスで新七海の方へ」

「わたしもあっちなの――どこかでもう少し話聞いてもいいかな？」

かなり強引かなと思ったが、香澄美は驚いた様子もなく、いいですよ、と、いかにも他意なさそうにうなずいた。

わたしたちは並んでバスに乗り込んだ。

「瞭は誰かとトラブルを起こしてるとか恨まれてたってことはなかった？」

「彼女はそれほど人と深く関わらないから」

香澄美が言下に答えた後で、ふと考え込む仕草をみせた。

「どうかした？」

「いいえ。ただ、彼女が一度、自分は追われてる気がするって言ってたことがありました」

「追われてる？　誰に？」

「それは言ってなかったけど『いつか追いつかれてしまうと思う』って」

「思い当たるような人っている？」

「いいえ。全然」

香澄美が首をかしげる様子には不自然さは感じられなかった。

瞭は誰に追われていると思ったのだろう。わたしにもすぐに思い当たるところはなかったが、気になる方向はあった。

「瞭の恋愛関係はどうだった？」

今度はすぐに返事がなかった。香澄美はこちらの意図を測るようにわたしの顔を見て、

「特に親しい人はいなかったと思います」

「それは瞭が関心を持っている相手がいなかったってこと？　瞭に特別な関心を向けている人はいなかった？」

「さっきも言いましたけど、わたし彼女とそんなに深いつきあいじゃないですから、そんなこ

とまで聞いてないです」

「そうかなあ。あなたたち、最近評判のヴァーミリオン・サンズによく一緒にいたんでしょう？　オーナーのお眼鏡にかなった子しか案内されない席に二人でいるところを見た人が何人もいるのよ」

わたしの言い方には誇張が混じっていたが、香澄美は逆らわず、小さなため息をついた。

「よくご存じなんですね。まるで探偵みたい。せっかくだから、ヴァーミリオン・サンズでお話ししましょうか」

そう彼女は言った。気が進まないのを気取られないように、そうね、と答える。

わたしたちはバスを降り、目の前のあのカフェに足を踏み入れた。

ドアを開けるとあの上品で静謐《せいひつ》な雰囲気が漂っていた。正装し、雑誌のモデルのように容姿の整った若い男の店員が、香澄美に気がついてやってきた。

「いつもありがとうございます。お待ちしておりました。オーナーはあいにく留守にしておりますが、いつものお席を用意してございます」

まるで予約していたようだった。香澄美は微かに躊躇《ちゅうちょ》したように見えたが、うなずいてわたしの方を指し、この方もご一緒に、と言った。店員はうなずいた。わたしたちは案内通りに奥の席に進んだ。

店員は優雅な仕草で予約席と書いた札を取り去り、わたしたちに椅子を引いた。珈琲を二つオーダーする。テーブル上の花瓶は、今日は豪奢な百合で飾られていた。

中世音楽風の静謐な女声コーラスと控え目なパーカッションが空間を満たしていた。オーディオ脇に置かれた木目塗装で金色の支柱を持つＣＤスタンドに載せられたケースによれば“Mediæval Bæbes”というグループのようだ。これまで幾度か見たことのあるラックの中の本は以前と入れ替わっていて、福永武彦《ふくながたけひこ》『死の島』、ヴェルレーヌ『女友達』などの古い単行本が多い。季節を外れた場違いなタイトルも混ざっているようだったが気にしないことにする。

芳香の立ちのぼる漆黒の液体を静かに口にすると、香澄美は口を開いた。

「莉央《りお》って子がいたんです」

「聞いたことがある。昨年亡くなったんだってね」

「ええ。自殺したんです――松平さん彼女のことが好きだったんですよ」

え？　意表をつかれた顔をしたわたしを見て、香澄美は薄い笑みを浮かべ、

「ご存じなかったですか――探偵なのにね」

後半は小さな独り言のようだった。

「二人はつきあっていたのかな」

さあ、と香澄美は言った。

「でも噂にもならなかったですし、いずれにしてもあんまり深いおつきあいじゃなかったと思います」

「どうしてあなたはそのことを知ってたの？」

「松平さん時々委員会活動のことでやってきてて、話してる様子を見てればわかります。莉央

に戻る。

香澄美の目にちらりと意地悪な光が見えた気がしたが、それは一瞬で消え、淡々とした語りにも訊きました。彼女も否定しませんでした。ちょっと困ってるみたいでしたけど」

「瞭さんは、莉央に少し似ているんです」

わたしはぎょっとした。

「そんなにぱっと見が似てるわけじゃないんですけどね。莉央は小柄だったし、瞭さんは割に上背のある方で、私服の時の服装も瞭さんの方が黒一色で決めたり、メイクも結構バッチリしてるし——でも何かの時に見せる表情が、莉央を思い出させる——みたいです。

本当は全然別の人なんだけど、でも一見似て見える時がある」

「だからあなたは瞭を初めて見た時驚いたのね」

香澄美は何か言いたげな表情になったが、思い直したように、目を落とすと、

「莉央がなんでモーリって呼ばれてたか知ってます?」

「え?　織裳《おりも》莉央って名前からじゃないの?」

「それはそうですけど、きっかけは中学の時の社会科の授業だったそうです。先生が哲学科出身の人で、ヨーロッパ中世の話をしてる時にmemento moriって」

「——『死を想え』?」

メメント・モリ——「死を想え」。現世の儚《はかな》さに思いをめぐらせ、と命ずるラテン語の格言。

それでは「モーリ」は死から連想されたあだ名なのか。

「ちょうど彼女の危険な行動が噂になっている頃だったみたいで」

「莉央さんも嫌だったでしょうね」

「本人はあまり気にしてなかったみたいです。

わたしは中学が違ったので一年で同じクラスになった時莉央のことはまるで知りませんでした。何となくひとりぼっちの莉央が気になって声をかけると、案外嫌がられることはなくて、行動を共にすることが多くなりました。

頭はよかったけど、気の向いたことしかやらなくて、授業中も勝手に外国語の勉強とかしてたり、マイペースな子でした。

最初はわたし『モーリ』って呼ばないようにしてたし、彼女もあまり望んでないような気がしたんですけど、いつだったか『モーリって呼んでいいんだよ』って、その時の彼女は凄く明るい感じだった。

でも彼女は突然いなくなりました。県境に近い崖から海に飛び込んだんです」

「原因は何だったのかな」

「わたしにはわかりません」

香澄美はあっさりと答えた。

「親友だったんでしょう？」

「たとえそうだったとしても、他人の考えてることは本当のところはわからないから」

「以前から死にたがってたって話よね。家庭も大変だったとか」

あまりにもクールな香澄美の表情を突き崩したくて、わたしは下世話な言い方をしたが、彼女は挑発には乗ってこなかった。

「いろいろ聞いてらっしゃるんですよね。例えば父親と母親の仲が悪くて、それぞれ愛人がいて、子どものことなんか関心がなかったとしたって皆がそれで死ぬわけじゃないですよね。彼女はわたしには何も言いませんでした。きっと他の人にもそうだと思います」

「もしかして、松平くんとのことが関係してるとか？」

「そんなこと関係あるわけないですよ」

わずかに強い語調。それまでの淡々とした語りの下に隠された感情が少しだけこぼれてしまった、そんな感じがした。その感情は怒り？　軽蔑？　わたしにはわからなかった。

「莉央にそれほど松平さんが影響を与えられたとは思えません。彼女は――自分の世界を持っている子でした」

「あなたもショックだったんでしょう？」

そう訊いた時には香澄美はまた元の彼女のペースに戻っていた。

「ええ、まあそれはクラスメイトでしたから。でも、彼女が亡くなる少し前にはほとんど一緒に行動することはなくなってました」

「どうして？　ケンカでもしたの？」

「いえ。莉央は莉央のペースで何でもやっていく子でしたから。莉央は他人がどう思うとか気にする子じゃありませんでした。行きたい時に学校に行って、好きなように生きて、死んでいったんじゃないでしょうか」

どこか突き放すような言い方が気になったが、口をはさめる感じではなかった。

「莉央さんのこと、暸には話したの？」

「莉央のどういうことをですか？」

「例えば『モーリ』の由来とか」

香澄美は少しうつむいた。

「何ヶ月か前、暸に訊かれたんで、話しました」

瞳に一瞬浮かんだ翳《かげ》りはすぐに消えた。

遠慮する彼女を制して支払いをし、わたしたちはカフェの外へ出た。この店は入り口と出口が違っている。扉を開けると、通りに出るまでが低木に囲まれた庭園を緩やかにうねる散歩道になっている。春と秋は色とりどりの花に囲まれ、夏なら気持ちのいい風に吹かれるプロムナードだが、今は落葉樹のためか、ちょうど花の境の時なのか、何となく寂しげに見える。小さな展望台のように張り出した少し小高いスペースに進み出る。

「莉央さんともここに来たことがあるの？」

「――ええ。お店ができる前からこの庭はあったから」

なぜか彼女はためらった。

「海が綺麗だよ」

わたしはあえて言って香澄美を呼んだ。香澄美は躊躇したようだが、わたしの隣にやってきた。

わたしの心を映しているのか、木々の向こうに見える海までが荒涼として見える。その風景に怖気をふるったのか、わたしの尖った心を感じ取ったのか、香澄美はぎゅっと拳《こぶし》を握ると、突然カバンの中に手を突っ込んだ。何かを取り出そうとしたようだったが、我に返ったようにぴたりと手を止めた。そっと抜き出されたその手はその代わりにわたしの肘を軽く摑み、彼女はわたしに寄り添うように立った。微かな震えが伝わってきた。

「わたし、莉央のことわからなかった」

香澄美は不意に独り言のように呟いた。思わず出てしまったように聞こえたそれは、今日彼女の口から出た言葉の中で、一番実感のこもったもののように感じられた。香澄美ははっとしたようにわたしを見て言った。

「わたしもう行きます」

「ああ、ごめん」

小道に戻ると香澄美はわたしからすっと離れた。さっきまでの優等生らしい表情に戻り、礼儀正しく挨拶をして去っていく彼女の後ろ姿はいつも通りに隙がなかった。

わたしはちょっと悩んだが携帯電話を取り出した。間違えないようにナンバーを押していく指が少し緊張する。

高村《たかむら》くんが出た。仕事中邪魔したことを詫びる。彼は外廻りの途中で、次の予定までまだ時

間があるので大丈夫、と答え、それでその後どうなってる？　と訊いてきた。わたしはさしさわりのない程度のことを報告した後、

「ちょっと教えてほしいことがあって——あの日学園祭の屋外ステージでやってた曲の題名を知りたいんだけど、わざわざ高校でライブに関わってた子たちを捜して訊くのも変だし、どうやったらわかるかなと思って」

「どんな曲なの？」

「女性ヴォーカルのハードロック。日本語で歌ってた。ちょっと変わった歌詞で」

「ちょっと歌ってみてよ」

ええっと思ったが、それが一番早いかとも思い、わたしはフレーズを思い起こして、スキャットしてみた。

「ＯＺだね」

即座に高村くんがわたしの歌を遮《さえぎ》った。せっかく恥を忍んで外で歌っているのに、いきなり止められるとかえって恥ずかしい。

「カルメン・マキ&ＯＺ。七〇年代のバンドで日本のハードロックの草分けの一つだね。五年くらいしか活動せず解散したけれど、未《いま》だに影響があって、アマチュアバンドでもよくコピーして演奏してる。彼らのセカンドアルバム『閉ざされた町』のオープニングだね。うちにＣＤあるよ」

そう言って彼は曲名を教えてくれた。

「うん、助かった、ありがとう」

「そういえば前にも北沢《きたざわ》にCDのこと訊かれたな」

「そうか、そういえばそうだったんだよね」

わたしは相槌《あいづち》を打ち、失礼でない程度に急いで電話を切った。


家に帰ってパソコンを開き、ネット検索する。『閉ざされた町』はみつかった。各曲四十五秒の視聴タイムがある。わたしは問題の二曲目をチェックした。

高村くんの言う通り、あの日のオープニングは確かにこの曲だった。

タイトルは『崩壊の前日』。

崩壊の予兆は、冬に先立つ三つの季節のうちに見えていたのかもしれない。わたしたちはそれを見逃してしまったのだろうか。

あと三日の間に見落としたものをみつけ、取り戻すことができるのだろうか。

いずれにしても、真実に近づくためには瞭についてもっと知らなければならなかった。そしてわたしたちが心を閉ざしたその少女に深く入り込むきっかけになったのは、自室で倒れている彼女をみつけた秋の初めの日だった。

そのノートパソコンはしばらくジージーと音を立てながら考え込んでいる様子だったが、やがてあきらめたらしく、ドライブに載せたCD‐Rを弾き出した。彼女が銀の円盤を取り出す。その細い手首がくるくると回るたびに、光を反射して七色の虹が直線を、あるいは円を描いた。ねえ。彼女はいつものように冷たい薄笑いを浮かべていたが目はどこか真剣に見えた。この開けない、映像も音も文字も出てこないCDは何だと思う？　拒絶されたディスクにどういう意味があるっていうの？　あの子はなぜわたしにこれをくれたの？　教えてよ。そうしたら――。

初秋の章 ――シルバー――

1

夏が過ぎ、残暑の中に秋の気配が忍び込む。時は移り、わたしの兄は家を出て、アパートの駐車場を占拠していたオンボロ車は実家に戻った。

その金曜日、週一の学習ボランティアで来園した佳音《かのん》ちゃんをわたしは学習室に案内した。

彼女がふだんみてくれているのは高校生だが、今日は都合で小中学生の学習も同じ部屋を使うことになっていた。

「こんばんは」と学習室一番乗りの茜《あかね》が眼鏡のふちをちょっと持ち上げて佳音ちゃんに挨拶する。皆がこの子のようだったら苦労はないんだけど。

佳音ちゃんが、茜ちゃん眼鏡かけてるんだ、初めて見たよ、とびっくりしたように言い、凄く悪いんです昔から、と茜が答える。

茜はいつも眼鏡をあまりかけていないので、佳音ちゃんも知らなかったのだろう。彼女は入所前にお母さんの激しい殴打を受けた後遺症で、右目と左目の視力が大きく違っているのだ。あんまり目の話になるのもどうかな、と思ったところへ佐奈加《さなか》が入ってきたのでわたしも一安心した。

いつもなら勉強にさっぱり身が入らずおしゃべりに花を咲かせる佐奈加だが、今日はさっさと課題を取り出してやり始める。これはどうした風の吹き廻し？　と思っているうちにショーヘイがやってきた。もともと寡黙な彼は佐奈加がいることなど目に入っていない様子で、独り机に向かう。他の高校生たちが少しずつ現れたのを見て、わたしは気づく。

「佐奈加。瞭《りょう》は？」

佐奈加の肩が微妙に揺れる。

「さあ、部屋じゃない？」

「呼んできてやれば？」

「ええ？　別にあたしたちそんな仲良くないし。ショーヘイくんに行ってもらえば？」

ついこの間まで暸の後をくっついて廻ってたのは誰なの？　とは言わなかった。女同士いろいろあるのだろう。ショーヘイの方はちらりと目を上げたが、来たけりゃ自分で来るだろ、と呟いてまたノートに目を落とす。同じ寮の一つ違いで長いつきあいの佐奈加にもまるで愛想なしだ。

「じゃあ皆続けててね。わたしちょっと暸ちゃんに声かけてくる」

佳音ちゃんはふわりと立ち上がって出ていった。

そこへ中一の女子たちがどやどやとやってきた。グループの中に都会的なセンスのいい服を着た可愛い容姿の新顔がいる。夏休みの終わりにひばり寮に入所してきた樹里亜《じゅりあ》だ。彼女は多くの子と違い、初めから堂々として不安な様子も見せず、すぐに周りに溶け込んでいるように見えた。

職員としてはほっとしたいところだが、ひばり寮の大ベテラン保育士の大隈《おおくま》さんは首を捻《ひね》りながら、元気すぎるのもねえ、と言っていた。

「え、元気すぎってだめですか」

「うちに来るっていうのはそもそもそんなに元気でいられるような状況じゃないわけでしょ。それにそっちの寮のエリカとの関係も心配だね」

樹里亜のお父さんは普通の会社員だったが、彼女の家のお金の遣い方は、そのお父さんの収入を遙かに上廻っていた。お母さんは欲しいものは何でも買わずにいられない人で、常時サラ金の返済があったようだ。それでもお父さんの収入が右肩上がりの時はまだよかったが、景気が悪くなり給料が下がると、たちまち家計は火の車になった。借金に借金を重ねる生活はすぐに崩壊し、ローンを何十年も残した家は手放し、両親は離婚、親権はお母さんがとったが、生活破綻した状況で当分同居は難しいということで入所になったのだ。

学園の中一女子をリードしているエリカは、確かに性格のきついところがあってやや難しい子だが、とりあえずここまでもめ事は発生していなかった。この日までは。

隅のテーブルを占拠した中一グループだが、いっこうに勉強が始まる様子はない。

どうやら前の学校の話題で、樹里亜がお別れの時に皆から寄せ書きをもらったの、と話したらしい。自慢に聞こえたのかうらやましかったのか、他の子がそれなら見せてよ、と言ったので樹里亜が持ち込んだようだ。本当なら、勉強しないんだったら他の子の邪魔だから出てけー！　と一喝するところだが、気になる話題なので小学生の勉強を見ながら聞くともなく聞いてみる。樹里亜がピンクの包装紙からB４くらいの大きさの寄せ書きを取り出すと、わあっ可愛い、と声があがり、関係ない男子たちもどれどれ、と覗き込み、天馬《てんま》邪魔だよもっと向こう寄って、などと邪険にされている。金色の外枠のついた白い厚紙に達者に描かれたネコのイラストを中心に色とりどりのサインペンでたくさんの字が書き込まれている。いかにも女の子らしい小さな丸文字が多い。

「『しんぱいしないで。ネバーギブアップ！』だって」

「『きっとまた会えるね。ラブリーな樹里亜ちゃんに、いいことがいっぱいありますように！』ふーん」

「これ何か凄い一杯書いてある。『こんな早くお別れとは……つらすぎる。本当いや……かなしいよお。もの凄く……でも遠くじゃないし……いつだって会えるよね』」

「凄いね樹里亜ちゃんってほんと人気者だったんだね」

「まあ、そんなでもないけど」

まんざらでもなさそうな樹里亜から少し離れ、面白くなさそうな顔をしていたエリカが息を呑むのとわたしの携帯電話が鳴ったのは同時だった。ディスプレイに佳音ちゃんの番号が表示されている。なぜこの近距離で？　わたしは通話ボタンを押した。

「春菜ちゃん、どうしよう」

佳音ちゃんにしては珍しいくらいあわてた声だった。

「どうしたの？」

「暸ちゃん眠ってて揺すっても全然起きないの——床に薬の、空のシートが何十個も散らばってて」彼女はよく知られた薬の名前を挙げて「これって睡眠薬だよね」

動揺をみせないように、と思ったわたしだが、思わず声に出して繰り返してしまったようだ。

「暸さん？」「睡眠薬？」

たちまち学習室は騒然となった。あんたたちはここにいなさい、と指示してわたしは暸の居室に駆けつけ、ぴくりとも動かない彼女の姿を見ると、直《ただ》ちに救急車を呼んだ。半ば固まっていた佳音ちゃんには管理棟に戻って看護師の松川《まつかわ》さんを呼んでくれるよう頼む。ひばりの職員が個別面接に入ったりして手薄な状態で、佳音ちゃんも近くに声をかけられる人がいなかったようだ。まもなく松川さんが飛んできて病院まで付き添うことになったが、もう一人応援が欲しいという。わたしはもう勤務時間が終わってフリーだったので、とりあえず一緒に乗っていくことにした。

容態に大事はなかった。七海《ななみ》中央病院に搬送された暸は胃洗浄を受けて散々苦しい思いをしたあげく、入院にはならず、よく先生に話を聞いてもらうように、といわずもがなの助言を受けて帰された。

帰り道まだ青白い表情をした暸は松川さんに何を訊かれても黙っていた。ひばりの主任である大隈さんが休暇で不在だったので、園長と連絡をとって相談し、今日は管理棟の静養室を使って個室対応することになった。

静養室のベッドを小泉《こいずみ》さんが整えてくれていた。すみません、今まで使ってたんで、と言う。どうしたの？　と訊くと、

「春菜先生が暸ちゃんの所に行った後、エリカちゃんが気分悪くなっちゃったみたいで、こっちへ連れてきてたんです。ちょっとしたら落ち着いたんで、もうつばめに戻ってますけど。その後もちょっとごたごたがあって――」

言いかけた小泉さんは、思い直したようで、それはまた後で報告します、と言って寮に戻っ

ていった。

「わたし泊まれますよ。どうせ明日休みだし」

わたしが言うと松川さんはほっとしたようだった。

「ごめんね。わたし家のことがあって泊まりは無理なんで。ひばりの職員が対応してくれればいいんだけど」

「ひばりもたてこんでるみたいだから。明日大隈さんが来るまでのことですから」

松川さんが去って、二人になると暸は横目でわたしを見た。

通報したのあなたなんだって？　ぼそりと言う彼女にわたしは、そうよ、と答える。ほっといてくれればよかったのに。迷惑。そう呟くと暸はベッドに潜り込んでわたしの反対側を向き、そのまま話しかけても一言も答えず、やがて静かな寝息が聞こえてきた。

命の恩人です、って感謝されるとは思ってなかったけど、なかなかのご挨拶。でもまあ本人も疲れているんだろう。また変なことをしないでくれたら今夜はそれだけでいい。そう思ってわたしはそれ以上働きかけるのはやめにした。

2

小泉さんの言っていた「ごたごた」をわたしは翌朝知ることになった。

朝、大隈さんに暸のことを引き継いで職員室に出ていったわたしに小泉さんが、

「春菜《はるな》先生、大変な件の後で、しかも休みの日なのに申し訳ないんですけど――」

と遠慮がちに声をかけてきた。

「いつも言ってるけど、もういちいちそんなふうに呼ばなくていいよ。子どもたちだって誰もわたしのこと先生なんて言ってないし」

相変わらず前置きが長くてバカ丁寧な彼女にそう答えると、わかりました春菜先生、と真面目な顔で答える小泉さん。あんたは漫才師か。

「まあいいや。それでどうしたの」

そう言うと小泉さんはほっとしたように、

「実は昨日のことなんですけど、春菜先生がいなくなった後の学習室で、樹里亜ちゃんの持ってきた寄せ書きがなくなっちゃったんです」

「なくなった？　まさか」

「そのまさか、なんです」

小泉さんは生真面目な表情でうなずいた。

「瞭ちゃんのことがあって学習室の皆が落ち着かなくなってたんですけど、わたしがエリカちゃんを連れて静養室から戻ってきたら、ちょっと雰囲気がおかしくて、訊いてみると手提げにしまった寄せ書きがみつからない、って樹里亜ちゃんが。机の下とか本棚の中とか一応確認して、それから、樹里亜ちゃんが、誰かが盗ったんだって言い出して。収まりがつかなくて一応そこにいた皆の持ち物もチェックしたんですけど勿論なくって。高校生は怒り出しちゃうし、小学生は、謎の盗難事件！　とか言って興奮するし、樹里亜ちゃんは泣き出しちゃうし、もう大変で――」

　小泉さん電話よ、おうちの人みたい、と呼ぶ人がいたが、小泉さんはあっさり、いないって言って下さい、と即答して話を続けようとした。

　いいのよ、先出て、わたしは言ったが、いいんです、といつもおとなしやかな小泉さんがきっぱりと断言して話を続ける。

「――とにかく、収拾がつかないんで『今夜はいろいろ大変だから、また明日』って言って解散させたんですけど、わたしもどうしていいかわからなくて」


「皆の証言とあなたの話を全て信じるなら、誰がやったかははっきりしてるよね」

　そうわたしが言うと小泉さんは目を丸くした。

「わたしの頭では全然はっきりしません」

「簡単なことよ。学習室の中にどうしても寄せ書きがなかったのなら誰かが持ち出したはずでしょう？　外に出た人は限られてる。まずわたし」

　小泉さんの目はますます丸くなる。

「でもわたしは樹里亜たちが寄せ書きを見ているその時に電話を受けてそのまま部屋を出たのだから除外ね。次は小泉さん。あなた」

「え、わたし容疑者ですか？」

ぽかんとした顔になる小泉さん。

「でもあなたは樹里亜が自分の手提げに寄せ書きをしまったところを見ていないのだから除外。後は一人。エリカよ」

春菜先生すごいです、と尊敬のまなざしを向ける小泉さんに、半ば謙遜の気持ちも入れて、子どもでもわかるわよこれぐらい、と答えたわたしははっとした。

「どうしました？　春菜先生」

「子どもたちにも、もうわかってるかも」

駆け出すと、小泉さんがあわてて追ってきた。途中で大隈さんを呼ぶよう指示をする。

捜していた子たちは裏庭にいた。開かずの裏門の前の静かな花壇。ふだんあまり子どもたちの来ない一角で、中一の女の子たちが輪になっている。真ん中で睨み合っているのは樹里亜とエリカだ。

「あなたしかいないじゃない」

可愛い顔立ちが今日はひどくきつく見える樹里亜がエリカに言う。

「だから何よ」

エリカはふてくされた顔をして低い声で呟くが、内心を反映してか顔は紅潮している。

「ほらやっぱり認めてるんだ」

樹里亜が勝ち誇ったように言うと、周りにいた二人が、

「エリカちゃんひどいよ」

「謝りなよ」

と言う。つい最近まで牛耳っていた子たちのそうした態度にさして動揺する様子もなく、エリカは傲然とただ樹里亜だけを見返していた。ひばり寮の舞《まい》がエリカの前に割って入るように、

「決めつけるのやめようよ。エリカはそんなひどいことする子じゃないよ」

と言った。

どういうわけか、責められている間は平然としてみえたエリカは舞の言葉にぴくりと反応した。他の三人の轟々《ごうごう》たる非難にも屈しない舞の反論を聞いてかえっていらついているようだった。

「舞、あんた黙ってて」

いきなりエリカが言った。裏庭に沈黙が落ちた。

「あたしがやったのよ。認めりゃいいんでしょ」

「なんで――」

そう言いかけた舞にエリカは冷たい視線を投げて、

「あんたには関係ないでしょ。うざいからもうあっち行ってて」

言い放つと、今度は樹里亜を見据え、

「いつまでも前の学校のことかぐだぐだ言ってんじゃないよ。そんなに前んとこがよければ帰ればいいじゃない。せっかく過去を捨てて明日に向かうお手伝いをしてやろうと思ったのに

さ、恩知らずな奴」

あまりの憎々しげな言葉に他の三人は絶句したが、樹里亜は、

「何よ、あんたなんか捨てられるほどの過去も思い出も何もないんでしょ！」

と叫んだ。二人が掴み合いになる寸前、わたしと大隈さんは間に割って入った。

「エリカ、行くよ」

言い切ると、エリカは何か言いたげな顔をしたが結局無言で踵《きびす》を返し歩き出した。

「あたしの寄せ書き返してよお！」

と泣き叫ぶ樹里亜を引きずるように大隈さんが連れていく。

残されて呆然とした三人の女の子に小泉さんが困った顔をしながら話しかけていた。

3

行きがかり上その後面接することになったわたしにも、彼女はさっきと同じことしか言わず、寄せ書きをどこへやったのか訊いても「捨てた」「場所は忘れた」と言うだけで、後を引き継いだエリカの担当である「コマチ」こと駒田《こまだ》指導員も何も引き出すことはできなかったようだ。

二年目の若い駒田さんは日頃からエリカの対応に手を焼き困り果てているようで、週明けの月曜日になっても重い表情で、どこに隠してるのかなあ、と繰り返していた。

「本当に捨てたんじゃないですかね」

と言うわたしに、いや、いつもがいつもですからねえ、と言う。

実のところ、エリカには盗み癖がある。たびたびというほどではなく、大したものでもないが、友達の持ち物がうらやましくなると、ふっと盗ってしまうのだ。そして手に入れると興味を失ってしまうらしく、どこかに突っ込んでおいてそのままにしてしまう。たいがいはすぐみつかるような所なので、今回もそうかと思い、駒田さんも本人に話して一通りの場所は見たようだが、寄せ書きはなかったらしい。

「でも何で寄せ書きなんか盗ったんでしょうね。うらやましいったって人に宛てたものを読んだってかえっていい気持ちしないでしょうに」

わたしが言うと、駒田さんは、樹里亜への嫉妬心ですよ、周りの子に好かれてた樹里亜が妬ましくて嫌がらせしたんでしょう、と言う。

「そこまでやるかなあ」

わたしが言うと、河合《かわい》さんも応じて、

「そうね、そこまで思いっきり嫌なことをするって感じじゃなかったけどね」

「いや、あの子は本当に意地が悪いところがありますから」

駒田さんに言われ、わたしも河合さんも黙った。

エリカがよく意地悪な言動をすることはわたしにも否定できない。

母親が幼児の時にいなくなり、父親と一緒にいろいろな女性の家やらサウナやらを泊まり歩く定宿のない生活が続いたあげく、小学校一年生の時学園にやってきたエリカには面会に来る人は誰もいない。父親は、すぐ迎えに来るから待ってろ、と言って、知人の家に彼女を置いていったまま、行方もわからない。でも通報を受けた児相の人が一時保護所へ連れていこうとした時、エリカは柱にしがみついて抵抗したそうだ。父親の言いつけに背《そむ》くのが怖かったのだろうか。それともきっと迎えに来てくれると信じていたのだろうか。そういう家庭と縁のない子どもたちには、長期休みだけでも家庭の雰囲気を感じてもらうために、児相を通して里親さんに数日の外泊をお願いするようにしているが、エリカはどの里親さんにもなつかず、気まずい思いをさせ、今は結局毎回学園に残留している。

鼻筋の通った、割に綺麗な顔立ちをしていることから男の子に人気があってしかるべきなのだが、その性格が知れ渡っているせいか、学園では年齢の近い男子にはどちらかというと避けられている感じでもあり、どうやら学校でも似たようなものらしい。本人も今のところあまり積極的におしゃれしようとか、男の子の気を惹こうというところがない（とは言っても他の女の子が褒められるのは面白くないようだ）。しかし大隈さんはこう言う。

「あの子が自分に男を惹きつけるところがあるのに気づいたら怖いね。一気に崩れそうで」

気の強さと学園生活が長いこともあって、これまで彼女が周りから弾かれるようなことはなかったが、今回ばかりは孤立してしまったようだ。舞だけは今もエリカを心配して声をかけているが、エリカの方が素《そ》っ気《け》ない。長いつきあいだけあって舞の方は、そういう恩知らずなエリカの態度もいつものこと、と思っているようで、あまり気にしておらず、むしろわたしたちに、何とかしてあげて、と言ってくるのだが。

児相でエリカを担当している児童福祉司さんにも報告を入れてあるが、またですかあ、という感じで困っていたようだ。

一方樹里亜の担当福祉司さんは、彼女は学校を休みがちだったし、クラスメイトとそれほど仲良くできている感じではなかったと聞いたので、寄せ書きまでもらえていたと聞いてちょっと意外そうだった、という話だ。

いずれにしても児相の担当さんからは有益なアドバイスは今のところ得られていない。

そんなわけで海王《かいおう》さんが別件で電話をかけてきた時、わたしが、はいはいはいっと手を挙げて「わたしも海王さんに用事あります替わって下さい！」と言ったのもやむを得ない行動だと思う。

電話だからそんな長話もできなかったけれど、わたしはまくしたてるように現状を伝え、寄せ書きはどこにあると思いますか？　わたしたち、何らかの心の盲点なり死角に入ってしまって見えなくなっているんでしょうか？　と訊いた。

「ちょっと今の情報だけじゃわたしには難しいようですね」

そう言われてがっかりする。苦笑したらしい海王さんは、ただ、とつけ加える。

「ただ？　何ですか？」

「普通に捜してみつからないとしたら、何か意外な発想が必要なのかもしれませんが、人間の考える意外性というのは案外いくつかの似たパターンに属するもののようにも思います。思い切って大きくする、二つのものを結びつける、逆にする、といったような」

「『木の葉は森に隠せ』なんていうのもそうですか？」

「そうですね、その発想はこういう場合にもあてはまるかもしれませんね」

そう海王さんは言ったのだ。それってこの場合どういう――と訊きかけた時、電話の向こうで別の用事が入ってしまったらしく、中断してしまった。

「寄せ書きは寄せ書きに隠す」とかってあるかしら、と卒園生が学園に残していった寄せ書きの裏を覗いたり、そういえば樹里亜のそれには動物のイラストが真ん中に描いてあった気がする、と行事で動物園に行った子たちの絵が貼り出してある管理棟の廊下をチェックしたり、といろいろしたがいずれも空振りに終わる。

思うようにいかないわ、とがっかりしたその日の夕方、わたしは静養室に瞭を訪ねた。

瞭はこの日まで高校を休むことになっていた。既に個別対応ではなく、居室に戻っていたが、夕方から夜にかけては落ち着けないため、静養室を利用していたのだ。

わたしが彼女を訪ねたのにはわけがあった。たまたま彼女の大量服薬を発見したというだけではなく、大隈さんから、何となくあなたには話しやすいんじゃないかね、もし手の空《あ》いた時があったら声をかけてやってよ、と言われていたのだ。樹里亜の世話やら亜紀《あき》たち中三の受験勉強やら、ひばり寮の年長男子たちの非行傾向やらいつも忙しい大隈さんに、寮は違えど協力できることがあるならしたいと思っていたのでちょうどよかった。

瞭はベッドの上で本を読んでいたが、わたしの顔を見るとわざわざ反対側を向いて寝たふりをした。わたしが構わずそばの椅子を引いて座り、話しかけるとしばらくは無視しようとしていたが、やがて呟いた。

「いいことしたって思ってるの？」

「あの様子見たら誰でも同じようにすると思うよ」

瞭はゆっくり向き直った。

「そうよね。給料もらってんだからそのぐらいしなくちゃね。仕事だもんね」

薄笑いを浮かべて言う。どうやら今日は相手をしてくれるようだ。

「そうよ仕事だもん」

わたしは答えた。そら見ろ、という顔をした瞭に続けて、

「わたし仕事好きだから」

瞭はぎょっとしたような顔になったが、眉をひそめて、

「おかしいんじゃないの。こんなとこで働いててそんなこと言って。ここにいる子たちなんて、頭は悪いし、手癖悪いし、まともな友達には相手にされないし、だいたいそんなことだから親にも見捨てられた子ばっかりなのよ。一所懸命面倒みたって恩を仇《あだ》で返されるのが関の山。それでも好きだなんて偽善者そのもの」

瞭はこちらを挑発するように差別的な暴言を吐き続けるが、本人自身が入所児なのだから、自虐的とも言える。わたしはいつのまにか微笑《ほほえ》んでいたらしかった。

「何がおかしいの？」

「ごめんね。でも嬉しいの」

「はあ？」

「瞭がこんなにしゃべってくれたの初めてだし。いつもあなたって素っ気なくてああとかうんしか言わなかったじゃない。こんなに悪態ついてさ——生きてくれてるって気がした」

瞭は目をぱちぱちさせて、言葉を探していたが、結局その話題には触れず、代わりに出した言葉は意外だった。

「あのエリカって盗みをした子はどうなったの？」

「——どうしてその話を？」

思わずわたしは訊き返した。

「土曜日の午前中あの子ここに来てた。気分が悪いとか言ってたけど嘘。何かさぼりに来たのかと思ったけど、後から中学生たちが何人かやってきて、囲んで連れてった」

どうやらほとんどの事情はそこで聞いていたようだ。

「ケンカになりかかったところをあやうく止めたけど、困ってるんだよね。何でそんなことしたのか。寄せ書きどこへやったんだか、何も言ってくれなくて」

瞭はわたしの言葉を聞きながら、シャープペンシルで本のカバーに何か悪戯《いたずら》書きをしていたが、不意に、わからないの？　と言った。その言い方が侮蔑を含んでいる気がして、わたしはつい、あなたにはわかるの？　と反問した。

「北沢《きたざわ》さんって、高校で運動部のキャプテンだったんだってね」

予想外の瞭の言葉に戸惑いながら、そうよ、と答える。

「いかにもって感じね。いつも前向きで、皆に好かれて。だから何にもわかんないんじゃない？」

「そんなこと関係ないわよ――あなたこそほんとうに何かわかってるの？」

平静を装って言い返すが瞭の言葉にわたしは揺れる。そんなことない、そう反発する気持ちと、本当に何もわかってないのかもしれない、という不安に。

「わたしにはわかる」

そう呟いた瞭の声に真剣な響きを聞き取って、わたしは彼女を見返した。しかしその表情は一瞬で消えて、代わりに皮肉な微笑が浮かんだ。

「わたしに答えてほしいなら、あなたもわたしの問題に答えてよ」

4

一年前の夏、瞭は海にせり出した崖に続く道を歩いていた。貧血を起こしそうになるほど清潔に整えられた、大嫌いな自分の家だったが、まるで行くあてもなく飛び出したのはこの高一の夏が初めてだった。最寄り駅のＪＲから私鉄へ、乗り換えるごとに車両は古めかしく、車窓からの風景は寂れていき、ついに行き止まりの終着駅に辿り着いて仕方なく降り立ったものの、鄙《ひな》びた駅は、七つの海、という大仰《おおぎょう》な名前に似ず、駅前はどこにでもありそうなごみごみした所で、観光案内の一つもなく、どっちの方向が海なのかすらわからなかった。さっきまで車窓から見た光景を頼りに、進行方向の左側に向かい、古い住宅街を抜けると細い川沿いのサイクリングロードが目の前を横切っていた。先には小さい町工場が連なり、その向こうは、どうやら漁港に至るようだった。人のいない方に行きたくて、瞭はサイクリングロード沿いに右側に歩いた。県境方面、という標識が立っていた。

どれだけ歩いたかわからないほど歩いた気がした頃、瞭はようやく自分の望んだ風景を見た気がしてサイクリングロードを逸れた。刺々《とげとげ》しい岩が連なる海岸。天に向かって登っていくような崖への道。荒々しく打ち寄せる波。人一人いない風景。美しい。わたしだけがこの美しさの中で余計。瞭は崖の端に近づき、そこで予期しないものを見た。崖の先端に、瞭と同じくらいの年と思われる少女が立っていた。

失望してそっと引き返そうかと思った時、向こうが振り返って目が合った。瞭は引っ込みがつかなくなり、仕方なくのろのろと足を運んでその少女のそばまで近づいた。

「写真を撮りに来たの？　それなら譲るよ。飛び降りるつもりなら——後にしてほしいんだけど」

さらりと言われて瞭は戸惑った。わたしは何をしに来たのだろう。

少女は無言で少し場所をずらし、つられるように瞭は前に進み出た。午後も遅く、眼前に広がる海は荒涼としてみえた。少し左側に葉のない木が一本枝を広げていた。海に向かって突き出るように伸びた特に太い枝に、長いロープが結びつけられ、崖に垂れているのをみつけて瞭はぎょっとした。

少女は瞭の気持ちに気づいたのかどうか、独り言のように言った。

「ここから落ちると助かることはないし、なかなか死体も上がってこないという話よ。どこかでひっかかってしまうのか、沖へ流されるってことなのかよくわからないけど。命が惜しい人は近づかないこと。死にたい人にはちょうどいい場所ね」

瞭は崖下を覗き込んだ。身がすくむほど高かった。

「そこ足下崩れやすいから」

無造作に言われ、瞭はあわてて二、三歩下がった。その様子を見て、相手は少し笑ったようだった。

「すぐに飛び降りるつもりじゃないようね」

ふだんならそんな相手を受けつけない瞭だったが、この日はなぜかこの少女に反発を覚えなかった。凍りついた自分の表情が少し和《なご》むのを感じた。

少女は、今日はやめとく、と呟いてロープを解いた。

二人は崖の道を戻り、海岸に座って話をした。崖っぷちでは風が強まり、落ち着いていられなかったのだ。

「この辺に住んでるの？」

瞭が訊くと、少女は、そうよ、と答えた。あたしは七海西《にし》高校。近いから。美術部の人とかはよく海までスケッチに来るけど、たいがいはもっと駅に近い側の波の柔らかい浜辺の方を選ぶ、この崖の方まで来るのはあたしぐらい、と言う。

この辺七海っていうの？

そう。あなたはこの辺の人じゃないのね。

北の、大きな街の郊外。まったいらで、真四角な道路の中にどこまでも同じような家が続くの。どこまで行っても海なんか見えない。

海はどこからでも見えるのよ、と少女は言った。

どういう意味かわからなかったが、訊き返しはしなかった。代わりに、あの崖が好きなの？と訊いた。

「変な、危ない所が好きなのよ」

「危ない？」

新七海大橋の、と少女は最近できた海を跨《また》ぐアーチ式の橋の名を出した。

「アーチの上に登ったこともある」

「まさか。海面まで何十メートルもあるでしょう？」

「そんなにはないわよ。でも、まあ何メートルってことはないかな。日の出と同時にやったんだけど、やっぱり誰かに通報されたみたいで、サイレンが聞こえてきたから、滑り降りて逃げた」

「嘘でしょ？」

少女は懐《ふところ》から写真を取り出した。海の上に架かる片側二車線の大きな橋。それを上方上から見下ろすアングルでこちらに向かってアーチが延びてきている。確かにアーチの上から撮ったと言われればそう見える写真だったが、瞭は首を横に振った。

「航空写真とかじゃないの？」

そう言われることを予想していたように、相手はもう一枚の写真を出した。

「これは全然違う所なんだけどね」

狭い、ビルの谷間。五階分くらいの高さはあるだろう。地上に向けて二本の細くすらりとした脚が伸びていた。ぴたりと揃えられた脚は靴を履いておらず、そしてどう見ても足下に何も踏みしめておらず、ただ虚空を足の置き場にして宙に浮いているようにしか思われなかった。

「これ——どういうこと？」

五階のバルコニーにロープをかけてぶら下がって片手を上に突き出して撮影した、と相手は平然と言った。

あきれ果てた、という顔を瞭がしていたのだろう、少女は、

「皆、あたしのことを頭がおかしいって言うのよ——まあそうかもね」

「親は？　何も言わないの？」

「学校からしょっちゅう連絡がいってたみたいだけどね。もともとあたしに関心がないっていうか、どうでもいいっていうか。さすがに警察に呼び出された時は怒って殴られたけど、要は自分たちに迷惑がかからなきゃいいってことなのよ。学校の相談室に呼ばれた時のカウンセラ

ーの話によると『あたしは親に愛されたくて、親の注意を惹きたいために危険なことをしている』んだって」

「そんなこと」

思わず瞭の口から言葉が飛び出た。それは彼女自身にも向けられたことのある言葉だった。リストカットを何度となく繰り返してきた自分。わたしに注意なんか払わないで、これ以上。構わないで。

瞭は何も説明しなかった。自分とこの少女の事情は全く違うのだろうから。しかし相手は何か感じ取ったようだった。

「自分じゃよくわかんないけどね。なるべく周りの注意を惹かないように最近学校には行くようにしてるけど。あなた高校生？　この辺なの？」

瞭はかぶりを振って、自分の高校の名を告げた。少女は少し目を見張って、

「ああ、なんか有名なとこでしょう？」

「うん、一応、そうなんだけど、なんか無駄っていう感じが最近してあんまり行ってないの」

「無駄？　お金の？」

「ううん。そういうことじゃなくて、何か中途半端っていうか――」

ああ、と相手はうなずいて言った。

「義務教育ってわけでもないしね」

「何か役に立つことを教わるわけでもないし、でもたいがいの人が行ってるから、一応行って

ないと変な目で見られるし」

そうそう、と少女は同意して、

「苦労して行くわりには大した付加価値もつかないし。今なら中学生、どうかしたら小学生の方がよっぽど注目されて高く売れるよね」

「高校生なんて大きくなりすぎちゃって、でも使い勝手も悪くて、中途半端な、社会のお荷物なんじゃないかしら。それがわかってて、しょうがないから囲い込んでるんじゃないのかな。なんか動物園っていうか、野鳥を保護して繁殖させる場所みたい」

瞭はつられたようにたくさんしゃべってしまった自分にびっくりした。

少女は瞭の言い方がおかしかったようでくすくす笑った。

「コロニーね」

「コロニー？」

「そう。ニュージーランドだかどっかに、アルバトロス・コロニーって所があるのよ」

「アルバトロスって――」

「アホウドリよ」

少女は言った。

「アホウドリは警戒心が乏《とぼ》しいもんだから、人間にもすぐ近づいていっちゃって殺されちゃうし、身体はやたらに大きいから、自力で地上から飛び立つこともろくにできないし、うんと少なくなっちゃったから、保護されてるんだってさ。バカだよね」

言葉とは裏腹に、少女の口調はきついものではなかった。

「アホウドリ見たことあるの？」

「まさか。この辺りにいるのはカモメぐらい。アルバトロスは日本じゃ離れ島みたいな所にしかいないの。そして巣立つと海を越えて飛んでいくのよ」

「疲れそうね。羽が折れてしまいそう」

「アルバトロスって羽ばたかないのよ」

少女は言った。

「彼らは気流の力を使って風を切って飛ぶの。小鳥みたいにパタパタと羽を動かすんじゃなくて、グライダーのように空を滑るように飛ぶのよ。だからひとたび飛び立ったら、もう翼はほとんど動かす必要がない。羽ばたくことなく何百キロも遠くまで行くの——あ」

少女が時計を見て急に声をあげたので瞭は驚いた。

「ちょうどいいや、あなたシャッター押してくれる？」

いつも一人だから、自分の姿をちゃんと撮ってもらうことは稀《まれ》なのだという。少女は、買ったばっかりだから落っことさないでね。見てここ押すだけだから、と言って瞭にデジタルカメラを渡すと、素足になって海に突き出た小さな砂州《さす》に歩き出した。

潮流の関係で、海の中に進み出た砂州の先端に岩があり、そこが水没するのが一番遅いようだった。瞭は砂浜から少女の姿をとらえた。待っていると、少女の言う通り、砂州は水に隠れていった。沖の方をみつめていた少女が不意に振り向いて瞭の方を見ると両手をすっと水平に伸ばした。水はちょうど彼女の素足を浸し、瞭の位置からはまるで、何も支えのないまま海面上に少女が立っているかのように見え、瞭は吸い込まれるようにシャッターを切った。次の瞬間、少女は岩から飛び降りたようで、両手でスカートをたくしあげると水しぶきを上げてこちらに向かって走り出した。

「ありがとう」

戻ってきた少女はわずかに息をはずませたまま言った。

「タイミングをはずすと、戻れなくなっちゃいそうなのよ——飛び込んで泳げばいいんだけどね」

そう言うと瞭の目を正面から見た。

「あなたの目、海の色ね」

瞭はその視線に耐えられず目をそらした。

「——『瞳に海が映ってる』ってこと?」

「ううん。あなたは北の、深い海に似てる」

真面目な顔をして言うので瞭は返答に困った。

「わたしそろそろ帰らなきゃ」

瞭は言った。飛び出ては来たものの、所持金も大して持ってきておらず、家に帰り着こうとするなら、そろそろ行かなければならなかった。帰りたくはなかったが行き場もなく、彷徨《さまよ》い歩き見知らぬ他人に助けを求めるほどの思い切りはできていなかった。

ドラマやマンガであるみたいに「よかったら泊まっていけば」と言ってくれないか、と一瞬期待したが、相手にはそんな考えはまるでないようで、そうね、とあっさり立ち上がった。

あっけない別れになりそうだった。瞭は何か大事なことを忘れているようだが、それが何だか思い出せないような気分になった。ふと思いついたことを口にする。

「さっきアホウドリのこと言ってたでしょう？」

「うん？」

「自力で飛べないアホウドリはどうやって飛び立つの？」

「アルバトロスは高い崖の上に立つの」

少女は言った。

「そしてそこから身を投げるの。気流を翼がとらえて舞い上がる」

その時誰かが、モーリ？　と呼んだような気がした。瞭より早く隣の少女が振り向いた。かなり離れたサイクリングロードから同じくらいの年格好の女の子が手を振っており、相手はそれに応えていた。

自転車の子が立ちこぎで走り去ると、瞭は少女に訊いた。

「モーリってあなたの名前？」

「モーリはあだ名。あたしは織裳《おりも》莉央《りお》。あなたは？」

瞭は一瞬詰まった。

「鷺宮《さぎのみや》　瞭よ――」

自分の名前についてもう少し説明しようかと迷い、結局やめにした。その代わり、

「あなたに今日撮ってもらった写真送るからケータイ教えて」

「他にもあなたが撮った写真見てみたい」

莉央の言葉にそう答えると、相手は意外そうな顔をしたが笑みを浮かべ、

「それじゃあたしの気に入ってるのをCD－Rに入れて送る。できたら電話する」

わざわざそこまで、と瞭は遠慮したが、莉央は、大丈夫、慣れてるの。叔父《おじ》さんがCDの工場やってて、出荷できないのとか、くれるからそれを使うの、と言った。

アドレスを交換すると改めて瞭は別れを告げた。

莉央は見送るつもりはないようだった。気持ちをその場に残したまま、瞭はそこを離れた。一度だけ振り返ったが、莉央は膝を抱えたまま海をみつめていて、もはやこちらのことは意識にないようだった。


連絡などないだろうと思っていた。しかし一ヶ月ほどして莉央から電話があった。忙しい合間のようで、住所を知らせた以外は簡単なやりとりしかしなかった。疑問に思うこともあったが、そのうち訊けばいい。そう思ったことを後で瞭は悔やむことになった。一週間ぐらい後にCDが届いた。特にメッセージなどはなく、瞭はCDをパソコンのドライブに入れてみた。パ

ソコンはしばらく読み出しを試みていたがやがてあきらめたように、銀盤を排出してきた。

他のパソコンやオーディオでも結果は同じだった。

データが壊れているのか。それとも何か他に意味があるのだろうか。しかしCD以外には、「織裳莉央」と名前だけ書かれた便箋が添えられている以外特にメッセージもなかった。CDはシンプルな薄いプラスチックケースに入っていたが、そこには隅の方に意味のわからないアルファベットの数文字が小さく記されているだけだった。瞭は莉央に電話してみたが、通じなくなっていた。ケータイを替えたのだろうか。瞭はあまり深く考えなかった。一度だけ会った女の子に莉央が気まぐれに何を渡したつもりだったのか気にはなったが、仕方のないことだ。

それから数日して県のローカル紙Y新聞で「女子高生崖から転落して死亡」「七海西高校一年」の文字が目に入った時、予感があった気がした。織裳莉央の名前を確認した時、驚きとともにどこか、やっぱり、という気持ちもあった。崖は瞭が莉央と会った場所だった。遺書はなく、警察は事故と自殺の両面で捜査しているという。

瞭は再び七海に行った。現場の捜査は一段落しているはずだったが、崖は立入禁止になっていた。後追いの自殺者が出ることを怖れているのだろうか。無粋な有刺鉄線が風景をぶち壊して、興醒めな感じがした。

瞭はCDのことを思い出したが、それより目の前の生活が大変になっていた。七海に初めて行ったあの日から、瞭はますます家に居着かなくなり、リストカットの回数が増え、ものを叩き壊すことも頻繁になっていた。自分を取り囲む日常に嫌悪感が募っていた。

母を骨折させて警察に身柄を拘束され、児相に連れてこられた時、動揺とともに、これで何かが変わるという気持ちもあった。だから担当の児童福祉司が、遠い所なら施設が空いてるんだけど、今の高校に通えなくなっちゃうからね、そう嘆息した時、暸は、わたし遠くでいいです、学校替わっても、と答えた。

七海西高校への編入に許可をもらい、入所先が七海学園になったことは、ラッキーな偶然のようでもあり、必然でもあるように思えた。

高校では織裳莉央のことなどまるで知らないかのように振る舞っていたが、そうするうちに頼まなくても皆の方から教えてくれた。どうやら莉央が自ら命を絶ったことは皆の暗黙の了解になっているようだった。誰もが最初はタブーであるかのように思わせぶりにためらってみせ、ここだけの話、と断ってから嬉しそうに彼女のことを話す。不確かな噂話も何もかも。

莉央の父はもともと叔父と一緒に工場をやっていたらしい。父は事業の才覚があったらしく、多角的に手を伸ばし、成功したが、その過程で失ったものも多いようだ。共同経営者だった叔父にはもともとやっていた工場だけを残し放り出すように袂を分かった。家庭のことは顧《かえり》みず、愛人を抱え、妻とは家庭内別居状態だったという話も聞いた。

警察の調べで原因は特定されなかった。母親は、自殺なんかじゃないと言い切っていたそうだが、高校では正反対の噂が広がり定着していた。

彼女が自分に渡した壊れたCDの意味はなんだろう。そこにはやはり彼女の撮った写真が入っていたが破壊されてしまい、彼女の作品は永久に失われたのか。何かそこにはメッセージがあったのか。

＊＊＊

瞭はわたしの顔を見た。

「彼女がくれた開けないCDにはどんな意味があるのか、わたしに教えて。そうしたら、わたしもあの中学生たちのことを教えてあげる」

そう言った瞭は、もう話すことは何もない、というように、布団に潜り込んだ。

何か食べたいものある？　と訊くと「エンドウ豆のスープ」という答えが返ってきた。その後はわたしが何を訊いても答えようとはしなかった。

5

わたしはそのCDをひっくり返しおっくり返して眺めた。虹を描く銀の円盤。レーベル面っていうのかそっちの面の印刷も海のように青い地に九時の位置にメーカー名が〝sunny〟三時の位置に〝CD-R 700MB〟という文字がそれぞれ円盤の半分より外側に銀色で記されているだけのシンプルなものだった。そのままならまあ綺麗なのだが、sunnyの上あたりになんと黒マジックの乱暴な字で、〝mope【more】〟と書き殴ってある。何の変哲もないごく普通のC

D－Rに過ぎないようだが、パソコンでも勿論オーディオでも受けつけない。やっぱり一見しただけではわからないけれど破損してしまったのだろうか。それとも何か読み出す方法があるのか。自慢じゃないがわたしはOAとかITとかそういうことには至って弱い。そしてこの七海学園の職員たちも、総じてそのあたりに長けているとは言えない。困った時の頼みの綱である児童相談所の海王さんも機械は苦手なようだ。わたしに心当たりがあるのは一人しかいなかった。

最近思いがけず再会した高校の時の部活仲間高村《たかむら》くんは昔からハードウェアに強い。ロックバンドもやっていて当時は自主制作のCDとかも作っていたはずだ。そして今も一流企業の第一線で働いている。きっとパソコンとかにも精通していると思う。

再会したのは仕事中だったけど、メールアドレスを交換し、その後一度ごはんを一緒に食べた。互いに翌日の仕事予定が早かったので、あまりゆっくり話せないまま、また近々会おうと言ったきりになっている。

仕事上のつきあいではないのだから、あまり巻き込むべきではない、という考えもよぎるが、個人の名を特定するような情報を伝えるわけではないのだからいいだろう、何より子どもたちのためになることなら手段を選んでいられない、と自分に理由をつける。

それでも携帯のディスプレイにぱっと彼のナンバーが表示された時はなぜだかちょっと緊張してしまった。声が上ずらないように気をつけながら、ちょっと意見を聞きたいことがあるんだけど、今忙しい？　と訊いてみる。

気軽に、少しなら大丈夫、と答えてくれる声に甘えて、わたしはドライブに受けつけてもらえないCDについて話した。

「間違いなくレーベル面を上に置いたんだろうな？　ああレーベル面ってわかる？」

「そのぐらいわかるよ。音やデータが入ってない方の面でしょう？　タイトルとか書いてある」

電話の向こうで高村くんは考え込んだようだった。

「読み込めなくなって何度入れてもはじかれちゃうことは時々あるけどな。それはたいがいどうやってもだめで、廃棄するしかない」

「何かこっそりデータが隠されてるなんてことはないのかな。無音のレコードの最後のところにだけ女の悲鳴を録音しておいてアリバイを作るって小説があったけど」

わたしは昔読んだ古典的なミステリを思い出して言ってみた。

「もしそうだとしてもドライブがCD自体を受けつけないってことはないはずだ。いったんはパソコンなりで開ける。それからの話だな。昔のLPレコードとかならA面B面表裏あるけど、CDのデータは片面にしか入れられないし」

「レコードの溝は普通一本なのに、特別に二重螺旋《らせん》にしてレコード針を載せる位置によって違う内容が再生できるような特別仕様のLPが出てくる話もあったなあ」

「面白いこと言うなあ。北沢って探偵小説好きだったもんな。CDはもともとランダムアクセスで、溝に音を刻んでるわけでもないし、データはディスクの内側から記録していくからLP

とはその点も違うんだ。もしかしてＣＤの中にデータを保存してるとかじゃ全然なくて、別のところに情報があるとかいうことはないのか？」

「マジックで字は書いてあるけど、モープ、モアって」

「モープって何だ？」

「英和辞典引いたら『憂鬱《ゆううつ》』とか『ふさぎ屋』だって」

「『もっと憂鬱に』？　なんだそりゃ？」

「それがメッセージっていうのも変でしょ？　それだけならわざわざＣＤになんて書かないよね？」

「何かもっと別のところは？」

「別のところって？」

「例えばレーベル面の印刷とか、そこに暗号とか何かのメッセージが印字されてるとか」

「レーベルっていっても、何か紙が貼ってあるとかじゃないんだよね。記録面の銀色とは違うけど、綺麗な青の円盤そのままで、そこにただ銀の文字が描いてあるだけなの」

「何て描いてある？　読んでみて」

「ごく普通だと思うよ。九時の位置に"sunny"三時の位置に"CD-R 700MB"その上に"conpactdisk""recodable"。他のＣＤと見比べても特別なものは何にもない」

「ケースは？」

「うん。右下の隅にやっぱりマジックで字が書いてある。アルファベットの横書きで、大文字のR、N、I、小文字のd、大文字のT……。そんな言葉ないよね」

言いながら思い出す。瞭は以前「長友」姓だった。両親の離婚が成立してからも、しばらくは長友を名乗っていたが、途中で母が家裁に氏の変更を申立て、母の旧姓である鷺宮に変わったのだ。もしかしてRyou Nagatomoのイニシャル？　そんな考えがふと浮かんだが、すぐに個人名に触れるのはためらわれて口にはしなかった。それにIdTって？　身分証明のID？

そうするとTは？

「ふーん。聞くと何も出てこなそうだけど、一度見てみたいな」

「え、あ、そう？」

わたしはちょっとあたふたして、

「じゃあ仕事明けか休みの時に、そっちの昼休みかなんかの時間に寄るよ。ちょっと見てもらえればいいし、あんまり時間とらせちゃ悪いから」

「そのためだけにわざわざ七海から県央まで出てこなくてもいいさ。どうせなら休みに合わせて久々にテニスでもやらないか？」

思いがけない誘いがあった。高村くんは大学ではバドミントンから離れ、同好会でテニスをやっていた。同好会といってもかなり本格的なものらしいが。高校の頃も遊びでテニスをやっていたが、テニス部のトップクラスをしのぐ力を持っていたようだ。わたしは、彼が昼休みにサーブで校庭の柿の木から狙った実を撃ち落とし、仲間に「食後のデザート食うか？」と渡したのを見たことがある。わたしはそんなレベルではないけれど、そこそこにはやれていたので、何とか形にはなるだろう。

次の土曜日ちょうど休みが入っていた。時間を約束して電話を切る。

つばめ寮に戻り、お掃除をしていると、通りかかった河合さんが、
北沢さん何かいいことあった？　と訊いてくる。

「え、別に。何でそんなこと訊くの？」

「なんか楽しそう。プライベートで何かいいことあったんでしょう」

ないない何もありません！　と言うわたしを、はいはい、と受け流し河合さんはそのまま行ってしまう。あくまでも仕事のためなのに、何か誤解があるみたい。でもまあ同じ仕事をやるなら楽しくやれた方がいいじゃない？


ところがその土曜日は思ったようにならなかった。

その後も折に触れエリカから話を引き出そうとしていた駒田さんだったが、相変わらずのふて腐れた態度にとうとう腹を立てて怒鳴りつけてしまった。しかしエリカは謝るどころか、こんな学園大嫌い、職員も子どももどうせあたしなんていなくなりゃいいと思ってんだから、もう出てってやる、とわめき、売り言葉に買い言葉で「出てくなら出てけ」と言い返した駒田さんを押しのけて飛び出していこうとするのを、ちょうどその場に居合わせた大隈さんがとにかく押しとどめて管理棟の面接室に押し込んだ。

とりあえずは大隈さんの抑えで一時の昂奮は収まって落ち着いたものの、ふてた表情は変わ

らない。

「叱らなきゃなんない時叱るのはしょうがないけど、出ていこうにもどこも行くとこのない子だからね、こっちが出てけって言うのはまずいでしょ」

大隈さんに言われてこちらも冷静になった駒田さんはすっかり反省している。

「しばらくは面接室に入れといたままでいいと思うけど、後でつばめ寮の方で、うまくフォローして寮に戻しなよ」

大隈さんに言われて、はい、とうなずいたものの、うまいフォローの手だてが浮かぶわけではなかった。わたしはうーんと思い悩み、そして決断した。


「高村くん?」

「ああ、北沢?」

「ごめん。急に仕事どうしても出なくちゃいけなくなって、今日行けない。ドタキャンでごめん」

「気にするなよ。仕事じゃ仕方ない。また都合の合う日に」

わたしは瞭を捜した。しかし高校に行き出した瞭は、無理しないで、早めに帰っておいで、という職員の声をよそに、寄り道しているようだった。真っ先に帰ってきて、つまらなそうにしている佐奈加に、瞭知らない? と訊くと、ヴァーミリオン・サンズに行ってるかも。彼女好きだから、と言う。急ぎ足で外に出ると、中一女子たちが、天馬知らない？ と口々に声をかけてくる。部活で帰り夕方だよ、と答えると、なんだあ、とがっかりした反応だ。ふだん女子にモテるとはとても言いがたい天馬が捜されているとはどうした風の吹き廻し、と思ったが、今はそれどころではない。わたしはバスに乗り、高校の前を通り過ぎて、トンネルを抜け、風光明媚な丘の上に立つ白い瀟洒《しょうしゃ》な洋館のそばで降りた。

黒い服の青年に、こちらの常連の女の子を捜している、と告げると、

「おかけになって少々お待ち下さいませ」と丁重に挨拶され、右手の方に案内された。待合らしい、革張りの大きなソファが並ぶ広い応接間のような空間があり、白い大理石のマントルピースが奥に置かれている。ここでお茶を出してもらっても十分なくらいだなあと思いながら椅子にかける。

一分もせずに姿を現したのは、この店の雰囲気にぴたっと嵌《はま》った、貴婦人、という表現の似合いそうな美しい女性だった。品があって落ち着いた様子は、わたしより結構年上なのでは、と感じたが年齢の見当がつかない。どこかで見たことがあるような気もするが、雑誌のグラビアか何かだろうか。

彼女は完璧に優雅な姿でお辞儀をすると、

「当店のオーナーです。ようこそおいで下さいました。よろしかったらお知り合いの方のお名前を伺えますか。すぐお捜しします」

勝手に捜させてもらった方がよっぽどいいのに。わたしはちょっとためらったが、仕方なく、

鷺宮さんという人です、と答えた。

オーナーはすぐにわかったようだった。「ああ、暸さん」そう言うと、にっこり微笑んですぐにご案内します、とわたしを奥へ誘った。わたしは吸い寄せられるように後をついていった。

貴婦人は軽く手のひらを上げて暸のいる方向を指し示すと、

「どうぞごゆっくりお過ごし下さい」

そう言って悠然と身を翻《ひるがえ》した。


暸は、あの東屋風の予約席に一人で座っていた。どことなく手持ち無沙汰そうに右腕で軽く頬杖をつき、目はぼんやりと遠くを見ているように焦点が合っていない感じだが、目の前には鏡があるだけだ。鏡に映った背後の海でも見ているのだろうか。アンニュイで、周囲から切り離されたように超然としていながら、どこか自分に注がれる視線を意識しているかのようなそんな風情が、美しくも何か不健康なものを感じさせた。

わたしは歩き出して暸の前に立った。

暸は一瞬ぎくりとしたようだったが、表情も変えず、何？　とぶっきらぼうに言った。

「誰か待ってるの？」

「別に」

「ここ座ってもいい？」

「独りでいたいんだけど」

瞭は無表情にわたしを見返した。

「お願いがあるの」

そう言うと、瞭は一瞬当惑した顔になったが、じゃ座れば？　とあっさり言った。

テーブルに置かれた目にも彩《あや》なフルーツパフェ、芳香を漂わすダージリンティーにはほとんど手がつけられていない。脇に伏せられた文庫本はレイモン・ラディゲ『肉体の悪魔』で、わたしは少しだけたじろいだ。床に置かれた小さな木のラックを見ると何冊か並べられた本の合間に隙間があったので、そこから取り出したのかなと思う。他に『在《あ》りし日の歌』中原中也《なかはらちゅうや》、『エゴン・シーレ画集』といったタイトルが目につく。

東向きの窓の脇、壁に作り付けの段違い棚にはCDや映画のDVDが並べられていた。ジャニス・ジョップリン『パール』、ジミ・ヘンドリックス『アー・ユー・エクスペリエンスト？』などの昔のアルバムもある。

棚の脇に小振りな木目調のオーディオセット、というかAV機器があり、瞭の正面の鏡の両脇の壁にスピーカーが設置されてそこから音楽が流れている。

何時間でも過ごせそうな快適そうな空間に、つんざくようなノイズギターと突き放すような素っ気ない女性ヴォーカル——英語ではなさそうだ——が何ともミスマッチだ。

「——で？」

無愛想な瞭の前でわたしは莉央のCD‐Rを取り出し、ケースを半分くらい開けた。

「この、あなたの問題解けてない。またこれからも考えるけど、今日はとりあえず、エリカのことであなたが知ってること教えてほしいの」

「話違うじゃない」

「わかってる。だけどエリカピンチなの。居直って、自分を追い込んで、他の子からも見捨てられそうで。お願い」

わたしは頭を下げた。

瞭はつまらなそうな顔をしていたが、

「本当に教えてほしいの？」

「教えて。お願い。なんかおごるよ」

「ふーん。それじゃあね」

瞭の目が意地悪そうに光った。何かを探すように彼女の視線はわたしの身体を探る。

「それ、ちょうだい」

え？　わたしは胸に手をやる。

「そのブローチ」

「え、これは――」

わたしの動揺を見透かしたように彼女は、それをくれたら教えてあげる、と言う。

「こんなの安物だよ。縁日の景品だもの。こんなのより、いいやつあげるよ」

「それがいいの」

瞭は言い張った。

「安物ならいいでしょ」

わたしは数秒迷い、それから思い切って、ブローチをはずした。えーい明日があるさ！

「あげるよ。安物だけど、大事にしてたんだ。できたらあなたも大事にしてね」

「わたしの勝手でしょ」

憎たらしいことを言いながらも暸はブローチを一応丁寧に扱ってバッグにしまった。

それから、独り言のように言った。

「わたし、中学で、やられてたの」

「やられてた？　何を？」

「『いじめ』よ」

暸は薄く笑った。

「あなたが？」

「仲良くしてるつもりの子たちだった。中学で、転校して最初割とちやほやされて、ほっとして明るく振る舞ってたつもりだった。いつのまにかお嬢さまぶってるとか言われて、手のひら返したみたいに。わたしは皆の態度が急に変わったのについていけなくておろおろするだけだった。そんな時急に優しい言葉をかけられて、解放されたのかと思ってほっとした。だけどそれは次にもっとひどいことをして突き落とすための前置きだったり、一見普通ぽい手紙が来て、でもそれには裏の意味があるのが後でわかったり」

「裏の意味？」

そう、と言うだけで暸はそれ以上説明しなかった。

「露骨に嫌がらせをし続けるんじゃなくて、時々救い上げておいて落とされるのをずっと繰り返されて、やっとわたしがされてるのは『いじめ』なんだって。本当はわかりたくなかっただけ。わかった時にはもうボロボロだった」

「誰か助けてくれなかったの？」

「周りの子は、自分が次に狙われるのが嫌で、調子に乗って囃《はや》し立ててた。他の子は見ないふり。先生はクラスの内情なんかまるで把握してなかったし、訴えたりしてもことを荒立てないことしか考えない人だった」

「お母さんは？」

わたしは思わず口にしてしまい、そして自分の不用意さを悔やんだ。暸の顔色は明らかに変わっていた。彼女は何か激しい言葉をわたしにぶつけようとしたようだったが、なぜだか思い直したようだった。少し深めに息を吸い込んだ暸は、感情を抑え込んだような静かな、しかし不穏な声で、あの人はおかしいのよ、知ってるんでしょう？　と言った。

「まあ、なんていうか、時々ちょっと干渉がすぎるっていうか――」

そんなもんじゃない。断ち切るように暸は言った。常に、全てによ。

「服装、髪型、口の利き方は勿論習い事、友達、読む本、趣味。小さな頃は選ぶ可能性があるってことさえわからなかった。高学年になって、自分の家と友達の家は結構違うって気がついて、母が決めたことと違うことを口にしたわたしに、お母さんはしゃべる犬を見たような奇異な目を向けたわ。それでも学校で、自分の意見を言うことは大事で間違ったことじゃないって教わって、おそるおそる言ってみることが度重なるようになると、今度は滔々《とうとう》と説教されるようになった。『あなたは自分の考えのようにそう言っているけど、それはお友達の言うことを真似してるだけでしょう?』『先生の言うことが正しいとは限らないの。先生ごとに言うことは違うし、一年で担任は替わってしまうんだから、言ってることに責任なんかとれないのよ』お母さんの話はいつも理路整然としていて、古今東西《ここんとうざい》のありとあらゆる論拠を引いて、わたしの言い出したことがいかに理屈に合わず、非常識で、未来につながらないかということを証明してしまうの。その話があまりに長くてしつこいから、たいがい途中でこちらがあきらめちゃうんだけど、一度始まると止まらなくて、もう許して下さいって言いたくなるぐらい延々と続いて、立ち上がれなくなるほど否定されるのよ。

学生の頃のお母さんは綺麗で、勉強熱心で優秀だったらしい。大学に残ることを勧められたくらい。実家は会社をやっててもともとはお金持ちだったんだけど、倒産しちゃって、お母さんはアルバイトと奨学金で大学に行ったみたい。お母さんは凄い努力家で、遊んだりのんびりしたりとかって全くしなかったたって」

「意志の強そうな人だものね」

わたしはわずかなやりとりを思い出してそう言った。

「それが、お父さんの話だと、どういうわけだか、一度だけ誘惑に負けたらしいの。同じ大学の先輩である男に誘われて、その気になったあげく捨てられたんだって。それがたまたま進路を決める大事な時期に重なってて、進学も就職もふいにした。それで何もかもどうでもよくなったのか、それまで何の関心もない同級生だったわたしのお父さんの求愛を受け入れたの。それでわたしが生まれた。でもその結婚もやっぱり、うまくいかなかった。どうでもいい結婚をしたんだから、適当にやっていけばいいのに、お父さんのことも縛り付けずにいられなくて。お父さんは自分で口説《くど》いたくせに、あまりにも口うるさくて病的なお母さんに耐えられなくなってバツイチで娘のいる女の人と浮気して——お母さんは絶対そんなこと許さないから、即離婚。凄い額の慰謝料と今も養育費を払ってるけど、それでもお母さんと一緒にいるよりはよかったと思ってるみたいね。再婚できて可愛い娘もできたし。

お母さんは自分の人生は失敗だったと思ってるの。一時の感情に流されることは結局不幸を生むっていうのがその結論。その総括から、わたしがどうすればいいかってことは全部計画済みなの。わたしが自由に何かするなんてことは、イコール失敗の再生産ってことね。だから何でも口を出す」

「それであなたは耐えられなくなってお母さんを——」

これまでのことにとても納得がいった気がしてわたしはうなずいた。しかし暸の顔には奇妙な表情が浮かんでいた。これだけ言葉を費やしても何かがしっくりこないとでもいうように。それを振り払うように首を横に振り、まあそんなようなことよ、と言った。

「でもそれだけ過干渉なお母さんならいじめなんて放っておかないでしょう?」

「その話をした時、お母さんは眉一つ動かさず『そんなクズの子たちがあなたの時間を無駄遣いさせるなんて困るわね』そう言って、クラスに行って皆に話をするって言った。来られたらどんなことになるか恐ろしかった。きっと家で言っている通りのことを面と向かって全員に対して言うでしょう。わたしはもっと居場所を失うに違いないと思って、必死で止めた。お母さんは思いとどまってくれたけど、その話はそこでおしまい。お母さんにとっては、自分の娘がそんな敗北者だなんてあり得ないことなの。『クズが何人いようが無視しておけばいいのよ。自分が毅然とした態度でいればいじめなんてなくなるの』それだけ。それ以上何も聞こうともしなかった。わたしはたぶん何をしてほしいわけでもなかった。ただちょっとでも気持ちを聴いてほしかったんだと思うけど、お母さんは、わたしがどう感じているかなんて全然関心がなかったの。そういう人。

　離婚した父親にも話したんだけど、困っちゃったみたいだった。女の子の間にこんなどろどろぐちゃぐちゃした嫌らしいものがあるって理解できないっていうか見たくないっていうか。『まあなんだ、お前もいろいろ大変だろうけど友達同士はお互いさまってところもあるから、自分は相手に優しくしていればいつかは通じるっていうか』何かわけのわからないことをぐだぐだ言ってた。まるで元はわたしが悪いみたいに。虚《むな》しくなって、『そうだね、本当にお父さんの言う通りだと思う。心配しないで、自分で解決できるから』って言ってやったら、ほっとしたみたい。『お前はしっかりしてるからな』だって。あの人にはあっちの娘の方が合ってるの。ちょっとぼうっとしてて顔はぱっとしなくても、素直で友達と仲良くできる。あの人はそういう子が好きで、あの子もそういうふうに見せるのがうまいのよね。――何？」

わたしは冷たく睨む瞭の視線からあわてて瞳に溜まった涙をごまかそうとしながら声をあげた。

「あんまりじゃない。ひどすぎるよそんなこと」

瞭は苛立ちを抑えるように言った。

「昔のことよ。わたしを遊び道具にするのも飽きたのかしばらくすると、まるで無視されるようになって、ほっとした。わたしは何も変わったつもりはなかったけど、背が伸びて、高校生になって、ある日男の子に声をかけられた。中学の時は女の子のいじめを端で見て、囃していた一人のくせに、そんなことすっかり忘れてたみたい。君みたいな綺麗な子見たことない。つきあってほしいだって。わたしは吐きそうになった。あの子たちは目を開けてても何も見てない。理解しない。バカばかり」

彼女はふっと笑った。

「でもいいのよ、人間の表面の皮一枚しか見ていない、そういう人とはそれなりの付き合い方もあるから」

それってどういう意味？　わたしが訊く前に瞭は、なんか関係ない話ばっかりしちゃった、知りたいのは寄せ書きのことでしょ？　と言った。

「寄せ書き見たんでしょ。なのにわからないの？」

「何を――」

「わたしはすぐわかった。エリカがわたしの目を盗んだつもりで隠した場所からあれを取り出した時」

わたしは必死にあの時のことを思い出そうとした。女の子たちが読み上げたお別れの言葉、可愛い丸文字。

瞭は、ネコよ、と言った。

ネコ？

寄せ書きの真ん中にネコの絵が描いてあったでしょう？　そう言われて思い出す。可愛い、でも少しシニカルな横目をしたネコの絵。

わたしの中で急に胸騒ぎがする。

「それって、もしかして――」

寄せ書きの中味を必死で思い浮かべようとするわたしは、急に思い出す。あの日、学習室には天馬がいた。視覚的な記憶力が極めて高い彼もあの場で興味を持って見ていた男子の中にいたのだから、もしかしたら訊けば内容がわかるかもしれない。そう思ったわたしはどっきりした。犯人がわかった時のように、あの子たちだって、考えることは同じかもしれない。そういえばわたしの出がけに、彼女たちは天馬を捜していたじゃない。

わたしはいきなり立ち上がった。

「行かなくちゃ」

瞭は驚いたようだったが、そうね、自分とこの子だもんね。助けてやんなきゃね、と歌うように言う。

わたしはつんのめるように駆け出し、お勘定もそこそこに店を飛び出した。この時間帯に逆方向のバスはない。新七海の駅に向かう坂道を脇目も振らず駆け下り、途中信号でひっかかって、ランニング中の高校生のようにその場で足踏みしながら、わたしは瞭にいったん返そうと思っていたCD－Rを手に持ったままだったことに気づく。ケースに書かれたアルファベットが少し滲んでいた。瞭とやりとりしている間に手が汗ばんでいたのだろう。わたしは軽く拭おうとしたが拭えない。ちょっと戸惑い、そしてその字がケースの内側から書かれているのだとやっと気づいた。ケースを半開きにしたまま話していたからこうなってしまった。何も不思議じゃないはずだけど。その時信号が変わった。わたしは再び走り出した。何かがひっかかる気がしたが、今は後廻しだ。

走るわたしの頭の中にあるスクリーンを幾つもの映像がよぎる。

わたしは確かに高校のバドミントンで女子部のキャプテンだった。でも瞭が思っているわたしとはたぶん少し違っている。

日焼けしてグラウンドで大声を出していたわたしは、よく知らない人からは運動がとても得意な女の子に思われていたようだったけれど、実のところもともと運動神経のいい方ではなかった。そう、本当は。前向きでも、明るくもなくて。記憶はさらに遡《さかのぼ》り、スクリーンには幼い自分が映る。

転校していじめられて泣いていた小学二年生のわたし。臆病で引っ込み思案のぱっとしない女の子。ほんの小さな長所をみつけ励ましてくれた先生との出逢い。少しずつできてきた友達。

友達につられて入った中学の部活で、よい仲間に恵まれ、励まされて人の何倍も練習するうちに体力もつき、天分のなさをなんとかカバーできるようになってきた。そうなると、ぱっとしなくて目立たないことを自負していた自分にもちょっと自信がついてきて、いろんなことをやってみようという気持ちも出てきたし、人に対する態度も変わってきたと思う。その勢いで高校でも部活をやっているうちに、何となく周りに頼られるようなことが多くなり、いつのまにか女子部のキャプテンに選ばれてしまったけれど、いつだっていろんな人たちの支えがあったからやれていただけ。

高二の合宿のことを思い出す。島での初日、高村くんとわたしはこれからの毎日のマラソンコースを決めるため二人で早起きして外に出た。海岸線を走っていると、朝日に照らされた海面がきらきら光り、海鳥がその上を舞っていた。風があるので、まだ空気が冷たく心地よく感じられた。

少し調子に乗りすぎたのか、コースを定めて帰る途中、ちょっときつくなった。この速度で行くと後の練習に響くかも、と不安になったわたしは、振り向いた彼に、

「高村くん、あなたはあなたのペースで先行っていいよ」

と言った。

なるべく息を整え平気そうな顔をしたつもりだったが、彼は察したようで、すっと速度を落としわたしに並んだ。

「別に急ぐことないし。時間は十分あるから」

それ以上余計なことを言うでもなく、真直ぐ前を見ている彼の横顔を、わたしは息切れしない程度に時々盗み見ながら走り続けたのだった。

瞭。あなたに話したいよ。八歳のわたし、十四歳のわたし、そして十七歳のわたしがそれぞれそう言っている。でもあなたは誰の言葉だったら聞いてくれるのだろうか。

6

わたしはぎりぎりで間に合った。学園に戻ると、エリカを除く中一女子は学習室のホワイトボードの前に集まっていた。予想通り天馬が一人その真ん中で椅子に座り、目を閉じて集中に入っているようだった。ボードには既にいくつかの文章が書かれていた。どうやらあの時の寄せ書きにあった通りをそのまま拡大して再現しようとしているらしい。

「凄いね天馬」

「しっ、邪魔しちゃだめ」

女の子たちが囁き合う。

わたしはいきなりボード前にずかずか立ちはだかると、え、なんなのいったい、と驚く子どもたちに構わずボードを裏返した。抗議しようとする彼女たちに言う。

「もうこの話はやめなさい。こんなことをしても本物の寄せ書きは戻ってこないのよ」

「だって樹里亜ちゃんが可哀想だからせめて天馬に頼んで」

わたしは樹里亜を見た。

「エリカのやったことはいけないけど、わたしも、あなたは新しい友達や学校のことを第一に考えるようにした方がいいと思う」

樹里亜は少し黙っていたが、わかった、とうなずいた。

少女たちの間で緊張がほどけていくのがわかったが、でもね、天馬本当に凄いんだよ見て春菜さん、とボードを再びこっちへ向けようとする子がいるので、わたしはボード消しでばっさりと文字を消してしまった。

ひっどーい、という声を遮《さえぎ》りさあ早く行きなさい、と女の子たちを追い払うと文句を言いながらも皆従う。忘れ去られたように後に残された天馬は何事もなかったかのようにわたしの顔を見た。

「ごめんね。でも、あなたにもお願い。寄せ書きのことは忘れて、他の子に中味を訊かれてももう答えないで」

「うん。いいよ」

天馬はあっさりと答え、立ち上がって出ていった。彼の頭の中にその映像は残っているのかもしれないが、その意味には全く関心はないようだ。

それからわたしはエリカの部屋に行った。相変わらず拗ねたような態度の彼女は尖った目つきでわたしを見返したが話すことを拒みはしなかった。

「あいつら、天馬使って思い出させてるんでしょ。バカな奴ら」

「やめさせたよ。ホワイトボード消しちゃった」

言うと、エリカははっとしてわたしを見た。わたしは話を続けた。

「でもね。あのボードは書いたものをすぐに印刷できる機能がついてるの。ほとんど使ってないけどね。ボードを裏っ返してこっそりボタンを押しておいた」

わたしが感熱紙を取り出すとエリカは目をそらした。

「ネット上の掲示板とかによくあるよね。一見普通の文章なのに、文の頭の文字だけ拾っていくと全然違う言葉——だいたい嫌な中味だけど——が出てくる。掲示板は横書きだから『たて読み』って言われてる。最後の一文を『ね』で始めたいけど適当な言葉がないから『ねこ大好き』って意味もなく書き込んだ人がいるので、それがたて読みの代名詞みたいになってるんだって。この寄せ書きもそうだった。一見樹里亜の転校を名残《なごり》惜しんでるメッセージばかりだけど、こう読んでいくと皆別の文が隠されてる」

「しんぱいしないで
ネバーギブアップ！」
「きっとまた会えるね

ラブリーな樹里亜ちゃんに
いいことがいっぱいありますように！」
「大好きな樹里亜ちゃん　新しい学校が
嫌になったら
いつでも戻ってきてね」

一番上の文字をつなげると、「死ね」「きらい」「大嫌い」。

「こんな早くお別れとは
つらすぎる。本当いや
かなしいよ。もの凄く
でも遠くじゃないし
いつだって会えるよね」

「これは最後の文字ね。『早く死ね』
エリカ、わかったからやったんでしょう？」

エリカは仕方なさそうに口を開いた。

「あたし、樹里亜って大嫌い。かわいこぶって、男も女も自分に注意向けようとしてて。でもあの寄せ書き見て、バカじゃないのって思った。あんな見え見えなのもわからなくて、自分が好かれてるとか思い込んでるなんてバカすぎて相手にもなんない。あたしなんて――」

彼女はちょっとためらったようだが、机からノートを取り出すと白紙のページに荒っぽい文字で書き殴った。

えりかちゃん
ありがとう
いつか離ればなれになって
もわたしたちずっと
ともだちね

「これは?」

「小三の時。クラスの他の子たちと関係ちょっとまずいかなって思ってた頃、この手紙もらった。内心嬉しかった。意地悪して嫌われてると思ったのに、あたしにも何かいいとこあんのかなとか思って。夜寝る時にも見てね、って言われたから、部屋の皆が寝てからそっと開けてみたら、真っ暗な中に文字が五つだけ光ってた」

えりかちゃん
あ**り**がとう
いつ**か**離ればなれになって
もわた**し**たちずっと
ともだち**ね**

「蛍光塗料っていうの？　なんかそういうの塗ってあったみたい」

「あなた誰にも言わなかったの？」

「ほんのちょっとだったんでしょ。次の日はもう光らなかったもの。証拠にもならないし。似たようなのは前にもあった。『エリカちゃんってきっと、よい遺伝子、だよね』とか言われたり、『好きな食べ物は何ですか？　わたしの予想では、エリカちゃんに合ってるのはイカフライ　ライス　ブリ　ハヤ』とかいう手紙が授業中廻ってきたりとか」

「何それ？」

「わかんないの？　良い遺伝子、逆から読むと、『死んでいいよ』イカフライ、ライス、ブリ、ハヤは『やはりブス、イライラ不快』」

何かがわたしの頭の中にひっかかった気がした。

「いつだってそう。今遊んでる子たちもあたしが怖いからそばにいるだけ。あたし、陰で悪口言われてるの知ってるし」

「悪口？」

「エリカって根性悪いとか泥棒猫とか。どうせそうだけど」

エリカがかなり被害的に受け取りすぎているところもある。でもわたしはそのことには答えず、代わりにこう言った。

「でもあなたは陰に隠れて他人の悪口を言ったりはしない子。わたしはそう思ってる」

エリカは意外なことを言われたという様子でまじまじとわたしを見返したが、

「まあどうでもいいけど。あたし、あの寄せ書き見てたら、一瞬真暗いとこでぼうっと光る字が見えたような気がして、急に目眩《めまい》がして吐きそうになって、気がついたら静養室に一人でいたんだ。抱え込んでた自分の手提げ袋を見たらあれが入ってた。どうしていいかわかんなくて、でも見るのも嫌で、ベッドのマットの下に突っ込んだ」

エリカは指先でつまんだ忌まわしいものから顔をそむけたまま、腕を伸ばし、どこかに押し込む仕草をやってみせた。

その後、暸がそのベッドを占拠することになったので、皆が捜した時も、横になった暸の身体の下だけはチェックされなかった。それだけのことだ。

「後から捨てようと思って静養室にまた行って、暸さんがベッドから下りた時に持ち出そうとしたけど、なかなかチャンスがなくて、暸さんが寝てる時に引っ張り出して焼却炉に放り込んだ」

『お姫さまとエンドウ豆』――二十枚のふとんの下に置いた一粒の豆のせいで眠れなかったお姫さまが出てくるアンデルセンの童話で、自分の下に寄せ書きが隠されたことのヒントまで出してくれていたのだから、瞭も親切と言えなくもない。

「だから、別に樹里亜のためにやったわけじゃない。あたし、あいつ本当に嫌いなんだから」

わたしの中で急に閃くものがあった。

「エリカ」

「何よ」

「ありがとう」

「何言ってんの？」

「わたし困ってることがあって、でもあなたの言ってることでヒントがみつかったみたい」

はあ？　言ってることわかんない。しかめっつらを突き出すエリカ。

「わたし、あなたが大好きよ。あなたって素晴らしいと思う」

「だ・か・ら、違うって言ってんじゃない」

苛立ってエリカが言う。

「違ってもいい。とにかくあなたは樹里亜を助けた」

地団駄踏みそうなエリカにわたしは追い打ちをかけて言い切った。

「ううん。理由なんかどうでもいい。と・に・か・く、わたしはあんたが好きなの。異議は認めない」

わたしはつばめ寮のリビングでCDラジカセの脇に置いてある何枚かのCDを手にとってみる。円盤のレーベル面一杯に印刷された文字。やっぱりそうかもしれない。

わたしは莉央のCDケースを開き、かすれた文字を見た。

莉央は内側から鏡文字でアルファベットを書いていた。裏返しに。

「アイデアのパターンは幾つか決まっている」「逆にする」

ああ、もしかしたら「織裳莉央」――おりも　りお――とだけ書かれた便箋さえも、ヒントだったのかもしれない。

わたしはひばり寮に行った。暸は居室に一人でいて、何しに来たの、とは訊いてきたが拒否はしなかった。わたしは預かっていたCD‐Rを借りてきたノートパソコンのドライブに入れた。ぼんやりとわたしの手元を眺めていた暸が我に返ったように、え？　違うよ、と口にした時、読み込みを示す反応がパソコンに現れた。暸ははっとしてわたしを見た。CDのアイコンが開き、幾つかのフォルダが出てくる。

「どう、いうこと？」

「裏返しに入れる。それだけの簡単なことだったの。わたしたちがデータが入ってると思ってた銀の面は、実はレーベル面だった。印刷文字が入っている方が、実はデータの入っている面だったの」

「まさか。そんなことできないでしょう？」

「ラベルが片側にしっかり貼ってあるような普通の音楽ＣＤと違って、こういう安いＣＤ－Ｒって両面とも鏡の面みたいに光ってて、文字が入ってなければどっちにデータが入ってても不思議じゃないくらいじゃない？　詳しい人に訊いたんだけど、ＣＤってＬＰレコードなんかと違って内側からデータを記録していくんだって。だから間違って外側の方にマジックで字を書いちゃったりしても必ずしも全てのデータが読めなくなるわけじゃないみたい。

莉央さんは叔父さんから失敗作のＣＤ－Ｒをもらって使ってるって話だったよね。わたし、ラベルの印刷が少しかすれてるとかってことかなと思ってたけど、それはきっと文字を裏側に印刷しちゃったってことだったのよ。わずかな文字を印字しただけだから、記録が全くできなくなるわけじゃなかったので叔父さんはそれをくれた。莉央さんが保存していたのが静止画だけなら、何十枚かあったとしてもそれほどの容量にはならないものね」

「でも、なぜ彼女はそのことをわたしに言わなかったのかしら」

瞭が訊いてきた。珍しくも素直な表情だったので、うまく答えてやれないことが口惜しかった。

「わからないけど、莉央さんもまた、あなたに謎かけをしたかったのかもしれないね。あなたが解ければ彼女からの贈り物を手にできる」

そう言いつつも、その点はわたしも不思議ではあった。瞭がただ壊れているだけと思って捨ててしまえばそれきりだったのだから。

「謎かけされていることにも気づかないままだったかもしれないのに……」

瞭も首をかしげる。

「願っていたのかな、あなたが考えてくれることを」

「願う？」

「うん。押しつけたくはなかったけど、悩んでくれたらいいと思ってた？」

「なんで？」

問い返されると、わたしも答えようがなかった。

瞭はある日付のフォルダから、K※※155という番号のファイルを開いた。

両手を水平に伸ばして、こちらを見ている少女の写真がディスプレイいっぱいに広がった。

鮮やかに切り取られたアングルで、彼女は大海原の真ん中、水の上に素足で立っているように見えた。どこか非現実的な光景で、彼女は今にもそこから翔び立ってしまいそうにさえ見えた。

卵形の整った造作には微笑みも哀しみも浮かんでおらず、ただ静かにこちらを見ている表情のうちにあるものは既に永遠の謎だった。

「この子が莉央さん——モーリなのね」

そう。瞭はうなずいた。それから言った。

「彼女は不思議な人だった」

「どういうこと？」

「わたしも中学の時モーリって呼ばれてたことがある」

「あなたも？」

「その頃はまだ父親の姓『長友《ながとも》』だったから、長友瞭でモーリ。でもそんなあだ名のことも旧姓のことも彼女には言わなかったのに。莉央が電話してきた時、わたしが、CDに題名とかあるの？　って訊いたら『モーリへ』だって」

「まさか」

「『あなたのことなの？』って莉央に訊いたら、『ううん』ってきっぱり言っていた。『あなたよ、瞭』と」

「どういうこと？」

「なんで彼女は知っていたんだろう。わたしがモーリと呼ばれていたことを」

瞭は独り言のように呟くと、ディスプレイから目を離さないまま、もう行って、と言った。

「え？」

「わたしのCDなの。わたしが一人で見たいの」

その声はいつもの表情のない彼女のものに戻っていた。何となく他の写真も瞭と一緒に見せてもらえるものと思っていたわたしは、目の前でぴしゃっと扉を閉ざされたような気がした。それは当然の彼女の権利って言えばその通りだし、でも見方を教えてあげたのはわたしなのに、なんて恩着せがましくしちゃいけないのよね。それにしてもあの言い方。まあ、子どもが言いそうなことよ、いつもの瞭と同じよ、と自分に言い聞かせながら立ち去ろうとした時、わたしは内心結構傷ついている自分に気づいた。職員なのに、大人なのに、どうして？

自分の思いに沈んでいたわたしは、瞭が後ろ向きのまま、呟いた一言がよく聞き取れなかった。反射的に、え？　と訊き返したが暸はもう何も言わない。ありがとう、と聞こえたような気もしたけれど、それはわたしの願いから来る思い過ごしだったかもしれない。

わからないまま、わたしは部屋の扉を閉めた。

7

「本当にいい子ですねえ」

海王さんが言ったのはエリカのことだ。

ようやく学園にやってきた海王さんを面接の空き時間につかまえて、わたしは寄せ書き事件と読めないCD‐R事件の顚末を報告していた。

「いい形で収束させられたようですね。北沢さんはよくやってらっしゃると思います」

いいえ、とわたしは言った。

「皆子どもたちに教わったようなもんで、暸はずっと先にいろんなことに気づいていたし――あ、勿論海王さんからのヒントも大きかったです。それにCDのことは、たかむ――むむむにゃむにゃ」

わけのわからない語尾に海王さんは不思議そうな顔をした。

「『木の葉は森の中に隠せ』って最初わたし全然違ったふうに理解してたんですけど、それって隠し場所のことじゃなくて、人のもの盗んでは隠してたエリカが、そんな自分の日頃の行いと行動の中に、まるで違う動機でやった行為を埋もれさせてたことだったんだわ。CDのことだって、『逆にしてみる』って発想法の中に入ってたし、海王さん、まるで全部がわかっていたみたい」

「いえ、わたしは何もわかってませんでしたよ」

海王さんは苦笑した。

「ただ一般的な話をしただけで」

「発想の仕方なんてパターンが決まってるのにわたしはどうしてすぐにわからなかったんだろうと思うと嫌になっちゃいます」

「心の法則は物理の法則とは違いますからね」

海王さんは言った。

「パターン化した類型的な思考ができるからこそ、人間はエネルギーを節約し、より有益な方に向けられるのですから、意外な発想などというものはもともと人間の心に馴染まないのかもしれない。だからこそ原理は同じでも少し形を変えられてしまえば騙されてしまう。それは人の心にはむしろ自然なことなのでしょう——樹里亜さんの方はダメージから抜け出せたようですか？」

「ええ、心配したんですけど、思いの外《ほか》あっさりと」

わたしは大隈さんに報告し了解をもらって、改めて樹里亜と話した。彼女は案外前向きだった。

「寄せ書きなくなっちゃって、かえって気分の切り替えができたみたい。どうせもう戻ることなんてないんだから」

そういう樹里亜はいつもの華やいだ様子とは打って変わって生真面目だ。

「エリカのこと——あの子もいろいろ考えたみたいだから——そのう、許してあげてね」

ことがことだけにうまく言えなかったが、樹里亜は、

「大丈夫。エリカちゃんは嫌な子だけど、ハブいたりしないよ。そんなことしたらなんか樹里亜が性格悪い子って思われるし。同じ学園の子だからね」

あっさりと答えたのだ。

「とにかく彼女が何も気づかないままでよかったです」

「それならそれでいいのですが、本当に樹里亜さんは何も気づいていないんでしょうか」

海王さんがそう言ったので、わたしは驚いた。

「樹里亜さんは鈍い子ではないようです。むしろ非常に人の心を読んで行動している。クラスメイトの悪意を全く感じ取れない、『空気の読めない子』ではないと思います。具体的な隠されたメッセージまではわからなかったかもしれませんが、何かがあることを察して気づかないふりをしていたんではないでしょうか。だからこそ寄せ書きがなくなったことからすぐに立ち直った。なくなったことにむしろほっとして、前を見られるようになったのかもしれません

——いえ、これは全くの当てずっぽうですが」

そうなのかもしれない。そうだと思うと痛々しいけれど、でも取り囲む悪意に何一つ気づかず、おめでたく生きているよりはやはりいいのだと思いたい。でも。

「暸さんの方はその後大丈夫ですか」

海王さんが訊く。

「はい。とりあえず薬一杯呑んじゃうとか、手首切っちゃうとかひどいことはなくて、学校に通ってます。ただ相変わらず帰りは遅いし、何考えているのか」

思わぬ事件から暸に少しだけ近づいたように一度は思ったが、わたし一人の思い込みだったのかどうか、その後ゆっくり話す機会がない。暸の方も避けているのかもしれない。

「あまり元気がないようですね」

そう言われてわたしは返答に詰まった。

「暸さんのことはあまり考えすぎない方がいいと思います」

わたしの胸の内を見通すように海王さんは言った。

「誰に対しても同じように深く関わることはできないのですから、まずは目の前のことから取り組んでいくしかない」

その通り、わたしにもわかってる。彼女のことは、まず大隈さんを始めとするひばりの職員たちが考える問題だ。自分の担当する子を始め、つばめの子たちだけでも精一杯のわたしに何ができると言えるだろう。ただ、わたしが元気なく見えるとしたら原因はそれだけではなかった。

「わたし、自分にあの子たちの気持ちが本当にわかるのか、自信がないんです」

わたしはやっぱり恵まれていたのだ。いじめられたといっても悪口を言われるとか仲間はずれにされるとかそんなことで、それほど長くは続かないうちにクラス替えがあったし、その後は友達もぽつぽつできて、そこそこの小学校生活を送った。ズタズタになるような傷つけられ方をされたわけではない。学園の子たちとは全然違う。

一方子どもたちを迷いなく引っ張っていけるほどの揺るぎない強さも能力も持ってない。体育会系の元気な奴みたいに思われてるみたいだけど、もともとそんなんじゃないのは自分が一番よく知ってる。

大した苦労もせず、かといって本当の天分とか自信もないわたしに、あの子たちを理解したり、指導していくことなどできるのだろうか。瞭のことも、エリカのことも、凄絶な体験をしてきた学園の子たちの思いを本当にわかることなんてできるのだろうか。

他人には言ってこなかったけどいつも持っているそんな不安をわたしは口にした。そう、わたしはずっと思っていた。例えば佳音ちゃん——半年近くが過ぎて子どもたちとも気の置けない関係を作りつつあるわたしの親友が職員だったら、よほど学園の子たちにとってよかったんじゃないだろうか。

そもそもわたしなんて、彼女の親友というのに値する人間だろうか。思いはあちこちに拡がり、乱れた。

海王さんは慎重に口を開いた。

「学園の子たちと似た経験をしているからいい職員になれる、していないからなれない、ということではないように思います」

「そうでしょうか」

「一般的には、似た経験があればわかってあげやすい、ということは言えるでしょう。しかし、結局のところ、一人一人の体験は違います。過度に自分の体験に引きつけすぎて、かえってすれ違ってしまったり、自分の経験から来る答えを押しつけてしまったり、ということもあり得ます。また共感がすぎてこちらが感情的になりすぎてしまう場合もあります。相手の気持ちが早くわかりすぎ、先廻りをしてしまうのがいいとも限りません。人の気持ちを簡単にわかると言うべきではない。むしろわからないのが当たり前です。大切なのはわかりたいと思う気持ちそれ自体と、それを素直に伝えることの方かもしれません」

「それでいいんでしょうか」

「それしかできないと思います。ゆっくりわかっていけばいいんです」

海王さんは大きくうなずいた。なんだかほっとした。

面接の時間が来て、ひばり寮の方に向かう海王さんを送り出し、わたしは考える。

いつも焦ってしまうわたしは以前も海王さんに同じようなことを言われたような気もする。進歩がないのかな。そう思いかけて首を横に振る。ううん。きっと少しはましになってるよね。っていうか、そう思いたい。

他人の気持ちだけじゃない。きっと自分のことだってゆっくりわかっていくものなんだ。

短気なのにゆっくりしか進めない、こんなわたしを学園の子たちは今のところ文句をつけながらも何とか受け入れてくれているみたいだ。自分の速さで、できることをしていくしかない、そんな当たり前の結論しかないのだけれど、今はそれしかない。わたしは自分にそう言い聞かせる。

瞭の細い手首がくるくると裏返したＣＤが映し出した、七色の虹のアーチ。

虹の橋の袂《たもと》、なんて言えば幻そのものかもしれないけれど。

銀色に輝く円盤の、そのどちら側に本当のメッセージが書かれているのかもわからずにいるわたしだけど、遠い虹のアーチの下に、いつか辿り着きたい。そう願った。

冬の章　Ⅳ（十二月十四日　金曜日）

1

　わたしはその翌日も昼から高校に足を運んだ。目的は三年生の教室だったが、行き着く前に、手持ち無沙汰そうに独り中庭に佇《たたず》んでいる佐奈加《さなか》をみかけた。どうしようかと思ったが、学園ではなかなかこの話ができないので、思い切って近づき、声をかけた。佐奈加は驚いてこちらを見た。

「佐奈加。わたしこの間正確に聞けてなかったんだけど、あなた屋上にいる瞭《りょう》の声を聞いたって言ってたでしょう。正確にはなんて言ってたか思い出せない？」

　佐奈加は困ったようにしばらく考えていたが、やがて顔を上げ、半ば嫌々という感じで、

「『わたし、あなたの瞭じゃないのに』って言ってたと思う」

　佐奈加は苦痛を感じているように見えた。わたしは気づいた。彼女はあの時も、その言葉が自分に向けられたように感じたのだ。それで正確な表現をあえて思い出さないようにしていたのだ。

「行ってもいい？」

　そう言われて、わたしは彼女を解放した。

校舎内に戻ろうとした時、こんにちはー、と陽気な声で挨拶される。見ると、一昨日会ったお化け屋敷の見張り番の女の子がにこにこしながら手を振っていた。

わたしはふと思いついて、

「あなたこの間東階段の屋上の扉が閉まると窓や椅子が揺れてわかるって言ってたけど、実際に閉まる音も聞こえてたの？」

「いいえ、意識をそっちに向けてれば気づきますけど、遠くから聞こえてくるだけなんで、たいがいはブルブルしたのを見て、あ、今誰か屋上に上がったのかなって思うくらいですけど」

「じゃあ、なんか別の理由でぷるぷるしただけで、実際は屋上の開け閉めと関係ないなんてこともあるかもしれない？」

「別の理由って地震とかですか？　まあそうだとしてもわかんないかもって思います」

あっさりと認めた彼女は、好奇心まるだしで、

「何度も調べてるって、何かやっぱり事件性がありそうってことですか？　屋上に出入りできた人が疑わしいとか？」

いやまあそれは、と曖昧に答えていると、彼女は無頓着な明るい声で、あ、あの人です。わたし三階にいるの見たの、と通りかかった一人の少年を指さした。

なぜおまえがここにいるんだ、とマンガなら吹き出しがついてそうな表情をしたその少年にわたしは呼びかけた。

「ちょうどよかった。ちょっと話があるんで来たのよショーヘイくん」

2

ショーヘイこと松平士朗《まつだいらしろう》は迷惑そうな表情を隠しもしなかったが、わたしは構わず少し時間をちょうだい、と言った。

彼は仕方ない、という様子で、ついてこい、という仕草をし階段を上りだした。わたしはお化け屋敷の女の子に礼を言うと、どーもお、という能天気な挨拶を後にして士朗の後を追った。

屋上に出ると強い冬風が頭上を吹き抜けた。

士朗はこちらを見ると口を開き、

「ここではショーヘイって呼ぶなよ。皆知らないんだから」

と言った。

「ごめんなさい、つい癖で」

「で、なんで学校まで」

「学園では話せないと思ったの」

わたしの言葉で何の話かはすぐに察したようだ。

「あなたは文化祭の日、この屋上にいたよね」

「通り過ぎただけ。西階段から上って瞭がいたから受付して、ここを通って東階段から下りて図書室に行った。後はそのまま。何か騒がしくなったんで図書室を出たら二年生の芦田《あしだ》がいた。

そのまま、階段を下りて、踊り場の椅子を越えて下まで行って、事情を聞いた。すぐに救急車が来たんで自分の目では何も見なかったけど、茜《あかね》が来て、訊かれたんで、俺がわかってることは説明してやった。それはいいだろう？　茜はしっかりした奴だからな」

「図書室に何しに行ったの？　貸し出しもやってなかったでしょう」

「別に借りるつもりもなかった。何となく雰囲気が好きなんだ。どっちみち俺らは出席をとるだけで出し物もないし、いつ帰ってもよかったから。信じないのか？」

「図書室に行ったことは信じてるよ。だけど屋上を通り過ぎただけっていうのはちょっと違うんじゃない――一服してたんでしょう？」

士朗は一瞬固まっていたが、苦笑いして両手を広げた。

「ご明答。学園で言うのか」

「言わないよ。そんなこと今はどうでもいい。屋上で誰に会ったの？」

「誰にも会っちゃいないよ。どうしてそんなことを」

「煙草仲間がいるようだから」

「仲間？」

「西野《にしの》さんのこと」

「何でもわかってるんだな。でも別に仲間じゃない。たまたまだよ。あの日は会わなかったけど、時々屋上に行くと西野がいる。南側のフェンスの内側で煙草を吸ってた。本当は別に好きじゃないんだろ？　青い顔をして片方の手でフェンスをしっかり摑んでる。いつもそうさ」

「よく屋上で一緒になるの。話はしないの？」

「ああ。お互いさまってことで何となく通じてるって感じかな。この学校他に人目につかない所がないから」

「あの日西野さんも屋上に行ったたって知ってるんでしょう？」

士朗はすぐには答えなかった。わたしは続けて訊いた。

「芦田くんとは何の話をしたの？」

士朗は苦笑いした。

「話って――あいつが一方的に話しかけてきただけだよ。吸殻落ちてましたよ。拾っときましたって。見たら俺のじゃなかった。ロングで。俺はショートしか吸わないからね。西野の吸いさしだってすぐわかった。でも『ご親切に』とだけ言ってやった。あいつは不満そうだったが、周りが騒がしくなってきてたんで、それだけで失礼したよ」

「西野さんを助けたのね」

「そんなつもりじゃない。芦田が嫌いなんだ。本当は図書室を一度出て、空《あ》き教室にあいつがいるのを見かけたけど、口きいたりしたくもなかったんで、また図書室に引っ込んだ」

「どうして？」

「別に。何となく」

士朗はいったんそう言ったが、わたしが黙って彼をみつめると、仕方なさそうに再び口を開いた。

「芦田は瞭と中学でクラスが同じだった」

「えっ？」

わたしの意表をつかれた表情がおかしかったのか、士朗はふっと笑った。

「知らなかったのかよ。瞭は中学で結構ひどいいじめを受けてたらしい。芦田が直接手を出してたわけじゃないが、尻馬に乗ったり、見て見ぬふりをしたり、だったそうだ。芦田は受験に失敗して、家からえらく遠いこの学校に通うはめになったが、中学の知り合いなんて一人もいないこの高校に今年になって瞭が編入してきてえらく驚いたらしい。かつての雰囲気と全然違って男の目を惹く感じになってて、それでちょっかいを出した」

「それで瞭は？」

「想像できるだろう？　ゴミでも見るみたいに鼻で笑って一蹴したそうだ。瞭は勿論そんなこと言わないから、全部西野に聞いた話だけど」

そんなことなら芦田がその話をしなかったのもわかる。よほど屈辱的なあしらわれ方をしたのだろう。それもかつてはいじめられっ子と見下《みくだ》していた相手に。

「西野さんとやっぱり仲がいいんじゃない」

「あいつが時々一方的にしゃべってくるだけさ。俺は西野って苦手なんだ。人を見透かしたような感じで」

「何を見透かされるの？　瞭への気持ち？」

士朗は心外そうにわたしを見た。

「何か勘違いしてないか？　誰に何を聞かされたか知らないけど、俺は瞭に特別な気持ちなんか持ってない」

「織裳莉央《おりもりお》さんに似ている、と思ったんじゃないの？」

「何だって？」

「屋上で瞭が誰かに話しているのを聞いた人がいるの。『あなたの莉央じゃない。『わたし、あなたの瞭じゃないのに』って。でもそれは聞き間違い。本当は『あなたの莉央じゃない』って言ったんじゃない？」

士朗の目に怒りの炎が灯った、と思った。しかしそれは一瞬で消えた。

「俺は屋上では瞭と顔を合わせてない――織裳が死んで俺はずっと腑抜けの状態だった。瞭が七海学園にやってきて、同じ高校に編入したのは、そりゃ生活の刺激にはなった。あいつ確かに目立つからな。そんな頃図書館にいたら西野がふらりと近づいてきて、瞭さんって莉央と似てますよねって話しかけてきた。それまではそんなこと考えてなかったが、そう言われて意識はした。そう見ればそう見える時もある――だけど、やっぱり違うんだ。俺が好きだったのは織裳であって瞭じゃない。瞭の方は俺がそんなことを考えてるなんてまるで気づかないみたいで、よかった。仮にもそんなこと考えたって思わせるのも瞭に失礼だからな。それだけのことさ」

「それじゃあなたにとって瞭の存在は――」

「学園の仲間としかいいようがないだろ？　俺はここに長かったし、あと三ヶ月ばかりで卒園だ。瞭は来てまもないけど、やっぱり七海学園のメンバーだ。早く回復してほしいと思ってる」

「そう――莉央さんってどういう子だったの？」

「委員会の初回の打ち合わせの時、時間になっても織裳は来なかった。地元出身の子が、織裳は港《みなと》中学で有名な、ハチャメチャな子だって説明してた。中学にはろくに行ってなくて、しょっちゅう警察沙汰を起こしてて、いつ死んでもいいって公言してたって。欠席が多いから内申は低いだろうけど、頭はいいもんだから試験一発で楽々うちの学校に合格したんだそうだ。じゃあそいつは来ないことを前提に役割決めとかしなきゃなんないかと思ってたところに遅れて織裳が飛び込んできた。話を聞いてケバいか病気っぽいか、そんな感じかと思ってたが、想像してたのとまるで違って見たとこ普通の子だった。『遅れてすみません』って挨拶もきちんとしてた。

織裳は、義務は果たすってたちだったらしくて、委員会の会合にはたいがい来てたし、役割は果たしてた。授業はよくサボってたらしいけどな。でもやっぱり周りからは浮いてる感じだった。別に学校の中でトラブルはなかったようだけど、友達は西野ぐらいしかいなかったんじゃないかな。たいがいは一人で、誰も頼ってなくて、はぐれ者って感じだった」

「そんな彼女が気になったのね」

「俺たちだってそんなようなもんだろう」

士朗は莉央の中に自分と似通った何かを見た気がしたのだろうか。しかし委員会活動や授業を離れた所では、相変わらず莉央は奇行を繰り返していたようだ。

「百貨店の屋上のフェンスを乗り越えてたとか、遊園地で大きく海にせり出して回転する乗り物からベルトを解いて立ち上がり、係員が機械を緊急停止させたとか、いろいろな噂が流れていた。一学期の終わり、俺は委員会活動にかこつけて、彼女に会った。織裳は否定しなかった。委員長の仕事を逸脱しているのはわかっていたが、俺は危険なことはやめてほしいと言った。心配しないで、大丈夫だから、と答えが返ってきた。あいつは俺の好意をわかっていたようで、それを俺が口に出す前に、織裳は首を横に振って、だめです、あたしは遠くに行くから、と言った。

織裳の言葉があまりにもきっぱりしていてその時の俺は何も言えなかった。大丈夫、と言った口調が明るかったことが救いで、休み明けにはきっとまた話の続きができる機会があると思った。そのことを俺はずっと悔やんでる。

夏休み明けに織裳は戻ってこなかった」

「莉央さんはどうして――」

「理由なんてまるでわからない。知りたいのは俺の方だよ。葬式に行った時、近しい親族らしい二人が話してた。母親の話では、中学の頃は机の上とか目立つ所に親の血の気が引くような危ない場所で撮った写真がよく置きっぱなしになっていたけど、最近はそういうこともなくて、本人のパソコンも時々覗いてチェックしてたけど、怪しいところもなかったって。だから理由は見当もつかないって言ってたって」

士朗は苦痛に満ちた表情でそう言った。わたしは済まない気持ちになって謝った。

「ごめんなさい。莉央さんのことであなたを苦しめるつもりはなかったの」

「わかってるさ。あんただって同じようなものなんだろう」

「ええ、同じではないかもしれないけど。わたしは今回のことは自殺や事故なんかじゃないと思ってる。誰かがやったのよ。わたしは突き止めずにはおかない」

士朗はうなずいた。

「俺も容疑者の一人だからな」

あなたのはずはない、と言いたかった。しかし言えなかった。わかってるよ、というように士朗は薄く笑う。

「今の話、煙草のことも含めて、学園ではしないから、安心して」

「ありがとう。じゃ、また学園で」

士朗はそう言って、それから、

「瞭は織裳と似てるけど違ってる。いつだったか俺は思った。瞭はあんなふうだけどたぶん誰かに頼りたいんだろうって——でも俺は何もしてやれなかった。今度も」

苦々しくつけ加えると、わたしに背を向けて歩み去っていった。

3

学園の管理棟に入ったのは夕方だった。職員室に挨拶をして、つばめ寮に行こうとすると、園長が出てきて呼び止められた。

いつもながらのやわらかな口調だったが、にこやかな表情ながらも目は笑っていなかった。

わたしもいい機会だと思っていたので、園長の招きに応じて応接室に入った。

「高校に行かれていろいろ調べているようですね」

園長は穏やかに切り出した。わたしは素直に頭を下げた。

「申し訳ありません。結果的に学園の名を出すことになって、ご迷惑になったと思います」

「いえ、学校の先生方は特に不審な目で見ているわけではないですし、わたしの方も特別説明はせず、よろしくお願いします、とだけ言っています」

「ありがとうございます」

「それで、何かわかりましたか」

園長は少しだけ身を乗り出した。

「はい、いろいろ見えてきたことがあると思います」

わたしは今日までの情報収集について簡単に話した。きっかけとなったのが茜と佐奈加の話であることも、迷ったが伝えることにした。ただ、強く自分が口止めしているため、まだ皆に伝わっていないはずなので、二人を責めないでほしい、責任は全て自分にある、と言った。

「それで、あなたはやはり、誰かが故意にやった、と」

「はい。そう思います」

わたしは言い切った。

「で、それは誰だと――」

いつも飄々《ひょうひょう》とした園長が珍しくためらった。

「まさか学園の子が、関わっているなんてことが――」

「結論はまだ出せません。でもそうじゃない、とは言えません」

そうですか、園長は静かに言った。

「そろそろ警察に話すべきなのではないですか。あなたはよくやって下さった。しかしこれ以上を背負《せお》うのは」

「無茶をするつもりはありません。ただ、少なくとも警察は今表立って動いてはくれていません。わたしなりに確かだと思うことを伝えたいんです。でないといたずらに子どもたちの気持ちを傷つけることになりそうで。それが一番大切なことじゃありませんか？」

「子どもたちのことを本当に深く考えてくれて有り難く思っています。ただわたしはあなたのことも心配です」

「わたしの？」

「昨日、児相の海王《かいおう》さんが来てくれていました。子どもたちのダメージも大きくて、学園の力だけではフォローしきれないと思うので、よかったと思います。必要な子どもについては児童心理司や精神科医にも入ってもらって、児相と学園で協力してやっていくことになるでしょう。ただ」

「ただ？」

「子どもたちとの面接が終わってから、海王さんはこの部屋に寄っていかれたので、わたしから少しあなたの話をしました。海王さんはそうしたことをある程度予測しておられたようでしたが、自分の手で全てを解決しようとして、あなた自身が深く傷つくことになるのがとても心配だ、と言っていました」

そう、海王さんにはわたしの考え、やりそうなことなど全てお見通しだろう。少しの反発と不安、甘えたい気持ちが頭の中でくるくる廻る。

「それで、海王さんはわたしを止めるように、と？」

「いいえ、そうは言っていませんでした。『それが今のあなたに必要なことでもあるのだろうから……』と。彼もはっきりは言いませんでした——海王さんもまた、とても心を痛めているようでした」

廊下を子どもたちが「学習時間に間に合わなくなっちゃうよー」「先生来てる？」などと言葉を交わしながらバタバタと走っていく音が聞こえる。

今日は金曜日。わたしは園長の顔を見た。

「あと二日下さい。二日間でできるだけのことをして、それでだめなら、警察に行ってわかってることを全部話して、後を委《ゆだ》ねます」

「わかりました。その時はわたしも行きます。わたしが全て了解の上のことで、報告が遅れた責任は全てわたしにあると話しましょう」

「ありがとうございます」

わたしは深く頭を下げた。

少しほっとしていた。海王さんがなんと言おうとわたしは変わらない、そう思っていたが、もし明確に、やめるべきだ、と言っていたよ、と聞かされたら、やっぱり揺れてしまっただろう。

今のわたしは海王さんに会わない方がいいのかもしれない。

つい一ヶ月ほど前、晩秋の激しい雨が降った夜に起きた事件のことを、その時の海王さんの厳しい言葉を、思い出しながら、わたしはそう考えた。

晩秋の章　――それは光より速く――

1

冷たい雨が降り続く夜だった。

「あれ、のんちゃんは？」

洗濯物畳みを手伝ってくれていた佳音《かのん》ちゃんが周りを見回す。

「管理棟のプレイルームに他の子たちと行ってるの」

わたしは答えた。

「そうか、いつもお手伝いに来てくれるから、どうしたかなと思った」

学園の周辺の林はまだ緑だが、渓谷の先に広がる七見峠《ななみとうげ》の木々はもう赤や黄色に色づき始め、このところ朝晩の冷え込みもきつくなっている。

今日は事情があって学園の夕食が遅くなり、七時からの予定だ。それで夕食後の学習ボランティアの時間はなしになっていたが、そのことをすっかり忘れた佳音ちゃんが来園してしまったので、手を貸してもらっている。慢性的に手が足りない中、友達の気安さでつい酷使してしまい、気が引けるが、彼女はいっこう気にしないどころか、

「来月は中学生の受験勉強が追い込みだから月水金で来るよ」

と言ってくれている。厚意に甘えすぎてはいけないけれど、彼女にはつい頼ってしまうわただ。

つばめ寮に入っている望《のぞみ》は七海《ななみ》学園に来て三年目、五歳の女の子だ。二歳までは普通に育てられてきたが、母親が突然失踪した。父親は暴力団関係者で、自ら商売をしていたが、仕事の時間を縮め認可外の託児所に子どもを預けたりして、父子世帯としてしばらくは何とかやっていたらしい。しかし仕事関係のトラブルから相手の男を執念深く追い廻し、脅《おど》したあげく最後は半殺しにして逮捕されてしまった。警察は面倒をみる人がいなくなった望を身柄付通告として夜中の三時に児童相談所に連れてきた。本人は突然のことでべそをかいていたが、受け入れた職員に、

「のんちゃんだよ。よろしくおねがいします」

そう言ってぺこんと頭を下げたという。

服役することになった父親は他に手段がなくやむを得ないということで、児童養護施設への入所を同意し、彼女は七海学園にやってきた。

望はちょっと頑固なところもあるがおおむね素直で可愛い子で皆に愛されていた。児相に聞いてみると、一時保護された時も服装、栄養状態などはよく、家の中も父子世帯とは思えないほど綺麗に片づいていたそうだ。学園生活で特別困ることはなかったのだが、問題は父親の方だった。

父親は望の様子、ケアについて細かく知りたがり、獄中から次々と手紙を送りつけては、注文をつけてきた。とりわけ教育についてはー際熱心で、教材、進度まで細かく指定してきていた。「望の親権者は自分。離れて暮らしていても望の育て方に関しては自分が全て決める権利がある」というのが父親の論理だ。親なら当然の気持ちなのかもしれないが、父親が求めるレベルと本人の成長はやや乖離《かいり》しており、報告を求められるペースは通常の保護者が求めるレベルを遙かに超えていた。できる範囲で親の希望する教材も用意し勉強の時間もとったが、何十人もの子どもたちの生活を抱え日々様々な業務に追われる施設としては対応に限りがある。学園は親対応を直接せずに求められる情報を提供し、窓口役の児童相談所が代わって答えるという形をとっていたが、ちょっとでも返事が遅いと、何故すぐに回答しないのか、と児童相談所への抗議の手紙が更に届き、回答の説明が足らなかったりあやふやだったりするところがあると、学園の対応のいい加減さを責める続報が届く、という状態で、つばめ寮の主任も担当の児童福祉司さんもそのやりとりだけで疲弊してしまう感じだった。

児相の人も気の毒だが、わたしたちがまず心配しなければならないのは子ども自身のこと。この父親が出てきたらどうなるのだろうと思っていると、案の定ついに、出所はたぶん十一月頃になるので、出てきたらすぐに迎えに行く、という手紙が届き、困惑することになった。子どもに直接の虐待こそなかったものの、人間性に偏《かたよ》りが大きい父親ではないかと考えられ、すぐに引き取らせることは避けたいが、親権者としての権限もある。虐待でない以上児童福祉法二十八条で家庭裁判所に申し立てる根拠も乏《とぼ》しく、説得していくしかないが、児相や学園に強い不信感を持っている父親がこちらの言うことに耳を傾ける可能性は極めて薄く、最悪、その場で連れ去られてしまうとしたら、それに歯止めをかける有効な手段がない。

今日の午後児童相談所から入った電話で、望の父親の出所が予定より早まり、既に数日前に刑務所を出たらしいことがわかって職員は色めきたった。父親が出てきて連絡をとった昔の仲間から馴染みの警察官に話が行ったらしい。子どもを施設に入れたいきさつを思い出したその警察官が念のために、と児童相談所に連絡をくれたわけだ。

新七海で地域要保護児童対策協議会に出席している園長も終了次第帰ってきて、土日の対応を考えることになった。

刑務所のある県から七海市までの移動距離を考えると、今夜の心配はあまりなさそうということだが、心配なことに変わりはなかった。子どもたちに気取られないよう気を遣ってはいるが、何となく職員が落ち着かないのを感じ取っている子どももいるかもしれない。とりわけつばめ寮の今夜の泊まりは若い小泉《こいずみ》さんだ。その彼女が他ならぬ望ちゃんの担当でもあるのだが、わたしも何となく不安で、いっそ一緒に泊まってしまいたいような、でもそれをすれば明日からの勤務がさらに大変だし、と迷っていた。

このところ忙しすぎて、前にドタキャンしてしまった高村《たかむら》くんとの約束を取り直せてないのも気になっている。秋の初めに暸《りょう》に投げかけられた不思議なCD‐Rの件では彼に何かと教えてもらった、そのお礼もしておかなきゃならないのに。

そこへ遠慮がちなノックの音がして、顔を出したのはひばり寮の田後佐奈加《たごさなか》だった。いつも事務室には人恋しげにふらっとやってくる子なのに、妙に不安げな顔をしている。そういえば昨日あたりからどうも口数が少なくて表情が暗かったような。どうしたの？　と訊いても、はっきりしない態度で下を向いている。気配を察した佳音ちゃんがわたし仕舞ってくるね、と立ち上がり洗濯物を抱えて部屋を出る。

「こっち来て座りなよ」

わたしがそう言うと、佐奈加は暗い面持ちだが素直に椅子にかける。

話したいことがあるんでしょう？　言ってごらん。促《うなが》してもなかなか口を開かない佐奈加。あ、あの、と言いかけてまた口を閉じる。そんなことが繰り返された。わたしはできるだけ辛抱してから、

「無理に話さなくてもいいよ。でも話した方が楽になるんじゃないかな」

そう静かに言ってみた。

佐奈加はごくんと唾を呑み込んだ。それから、口を開いた。

「春菜《はるな》さん、あたし、妊娠したかもしれない」

焦った。いつ、誰と、何で妊娠したってわかった？　生理はいつから止まってるの？　相手はこのこと知ってるの？　訊きたいことを矢継《やつ》ぎ早《ばや》に問いただしたい気持ちを抑える。落ち着け春菜。わたしがあわてたらこの子もますます動揺しちゃう。

どうやら落ち着いたポーズをとることには成功したようで、ゆっくり一つ一つ訊ねていくわたしに答えて、佐奈加の口から少しずつ経過がわかってくる。

ことがあったのは三日前。友達と二人で新七海に出ていた佐奈加は、二人組の若い男に声をかけられ、誘われるままに新七海の町中の居酒屋で少しお酒を呑んだ。佐奈加にとっては初めての経験で不安だったが、二人なので大丈夫と思っていた。しかし店を出ると男の方は男女二人ずつに別れようと提案し、まさかと思ったが友達はあっさりOKした。

それから後は記憶が曖昧だった。相手は陽気でおしゃべりな男だったが、佐奈加が尻込みするようなことを言うと、急に目つきが怖くなり、調子を合わせるとまた態度がころっと変わる。いつのまにかホテルに行くことになっていた。

優しく思えた彼は、ことが済んでからはなぜか素っ気《そけ》ない感じで急ぎ出した。用事を思い出したから、また近々逢おうね、という笑顔は佐奈加を通り抜けて背後の壁に向けられているようで、あたしのこと好きになったから誘ったんだよね、という言葉は口から出せなかった。

半ば呆然としたまま学園に帰ってきて誰ともほとんど口をきかず布団に潜り込み寝てしまった佐奈加だったが、翌日になると不安になった。男が前夜ゴムも使わなかったことを思い出す。おそるおそるそのことを指摘した佐奈加に彼は、大丈夫、心配いらないから、俺に任せておけば、そう言った。だったらきっと大丈夫なんだろう。言われるがままに従ってしまったが、それは心の底で燻《くすぶ》っていた。その場の雰囲気に流されてしまったものの、彼の大丈夫に何の具体的な根拠もないのは、一晩過ぎてみると明らかだった。あだ名だけで彼の本名も聞いてはいない。交換したはずのケータイ番号に何度かけてもつながらず、返信のないメールが送信トレイに増えていくのを見るうち、佐奈加は顔から血の気が引いていくのを感じていた。

「春菜さん、どうしよう赤ちゃんできてたら」

手を握りしめ、下を向いて震えている彼女の脇に寄って、できるだけ優しく話しかける。

「心配しないで。わたしに任せて」

どうするの？　と言いたげに見上げてくる佐奈加。

きちんと話す前に確かめなければならないことがある。わたしは彼女を連れ出し、部屋に入れた。それからプレイルームに内線をかけて、小泉さんに急いで幼児たちを連れて戻るよう指示した後、ひばり寮に連絡する。今夜のひばりは手薄で、主任児童指導員の山根《やまね》さんが応援に入っている。佐奈加の担当保育士は体調を崩していて、このところお休みしている。佐奈加もこのことを男性職員には話しづらかったのかもしれない。山根さんに事情を伝え、勤務時間を終えているわたしはこの後自由に動ける、と話してこの後考えている行動に了解を得る。

まもなく、幼児たちが何人か毎に傘をさしてバラバラと戻ってきた。

「すみません遅くなって」

小泉さんは恐縮しながら言う。あわてたのだろうが、集団を把握して連れ帰るというより、号令をかけてただ皆思い思いに戻ってくるに任せた感じだ。それどころか――。

「小泉さん、子ども足りないんじゃない？」

「え？」

あわてた小泉さんは子どもの数を数え、

「あ、しまった！　すみません、きっとおもちゃの家に入り込んでたんだと思います」

「自分が担当してる子忘れてどうすんの」

「あの子大人しくて独り遊びが好きだから――ああ、すぐ連れてきます――」

「いいよ。わたし行くから、あなたはちびさんたちをみてて」

「申し訳ありません、春菜先生」

直立不動で謝る小泉さんに、言っておきたいことは山のようにあるが、今はその時じゃない。わたしは彼女に簡単に佐奈加のことを説明し、すぐ戻ってくるので目を配ってくれるよう話して、管理棟に向かった。

管理棟は既に無人になっていた。看護師さんも事務長さんも今日はお休み。指導員の山根さんはひばり寮にいる。職員室の灯《あかり》をつけ、七海周辺の電話番号簿を繰って電話を一本かけ終わったところでインターフォンが鳴った。

出ると宅配便だ。黄緑のユニフォームに緑の帽子をかぶった愛想のいい小柄なおじさんは段ボール箱を抱えて、望さま宛の荷物です、と言う。

わたしはぎくりとした。送り主を確かめると父親の名前になっている。受け取らないわけにもいかないだろうが――。

おじさんはすみません、望さんの印鑑を頂けますか、と言う。わたし職員ですけど、わたしの印でいいですかと訊くと、問題ないと言う。雨なので、少し中の方に入ってもらう。印鑑を取り出す前に、ついでにお茶を淹れて、あの、よかったら、とおじさんに渡す。いいんですか、と恐縮する相手に、いえ寒い中ご苦労様です、と答える。

「本当に寒いな」

突然大きな声がしてわたしは跳び上がった。見ると、二人目の来客がこちらは断りもなく玄関口から中に入ってきていた。身長百八十センチは超えているがっしりした大男だ。険《けわ》しい顔には無精髭。髪はつるつるに剃っている。見るからに剣呑《けんのん》な人物だ。大男は宅配のおじさんを押しのけるようにして、土足のままこちらに近づいた。

「何の御用ですか、お約束がありましたか」

訊くわたしを睨みつけるようにして、男は口を開いた。

「約束などしてないが、うちの子どもに会わせてもらおうか」

2

学園で何か騒動が起こる時は、たいがいわたしが泊まりか夜勤のような気がする。どうやらまたくじを引き当ててしまったみたいだ。なんて運がいいんだろう、と思いつつ、わたしは最後の抵抗をする。

「子どもって誰です？」

「何度も連絡してるんだ。とぼけないでもらおうか。うちの娘がここにいるのはわかってる。つばめ寮って所なのも聞いてるんだ。あの一番下に名前も出てるもんな」

そう言って男は、職員室の奥に貼ってある入所児童の一覧表を指さした。子どもの名前、年齢、措置した児童相談所と担当の児童福祉司、学園の担当者などが大きな模造紙に貼り出してあるのだ。その一番下に確かに望の名前がはっきりと書かれている。前からちょっとこの一覧表が目につきすぎる場所にある気がしていたのだが——。

「約束もなくこんな夜に突然来られても困ります」

「自分の娘に会うのにどうしていちいち約束が必要なんだ」

「そういうルールになってるんです」

父親は激昂するかと思ったが、案に相違して、にやっと笑った。

「ルールだ約束だって。聞いてた通りだ」

「何を聞いてたんですか」

「ここの学園はえらく厳しい所だってことは母親からも聞いてるよ。親に会っちゃいけないって学園の偉い人に言われてるからだめなんだって」

母親は行方不明と聞いていたけど、子どもの現状を把握しているってことは児相が接触してたのね。それならそれで何でこっちに教えといてくれないの？　その上、父親と連絡をとっていたなんて。それにしても学園の偉い人はそんなこと言ってないけど、児童相談所が学園のせいにしたんだろうか？　強引な面会や引き取り要求には児相がしっかり壁になってもらわないと学園では対応できないんだけど。

「何にしてもわたしの一存で決められるようなことじゃありません。責任者を呼びます」

「おっと、それがその偉い人って奴だろう。そういうのが来ると話がややこしくなるからいちいち報告しなくていい。ぐずぐず言ってないで、娘をここに来させればいいんだよ」

父親の口調がまた強まった。赤ら顔からアルコールの臭いが伝わってくる。お酒が入っているらしい。

「じゃあわたしが寮に行って連れてくればいいんですね——どうぞ応接室を開けますから中で待ってて下さい」

わたしは立ち上がりかけた。とにかく子どもを連れて寮に行って中から鍵をかけて閉じこもり、警察を呼ぶ。ひばりとかもめにも連絡をとってあらゆる所を施錠してもらう。その方がいい。

ところがそうは甘くなかった。

「いや、まずこの部屋に戻ってもらおうか」

わたしの前に立ち塞がって父親は言い、職員室を指した。

「このまま逃げられたら困るからな」

ビンゴ！　わたしは困惑した。

息を呑む緊張を崩したのは、その存在さえ半ば忘れかけていた宅配のおじさんだった。

「あのー、あたしはもう失礼していいですかね」

何とも気の抜けたこっちまで脱力しそうな声で、

「お取り込み中のようなのでよろしければ寮の方までお荷物お持ちしておきますが」

父親はいらっとしたようだ。

「あんたもしばらくここにいろ」

「あの、まだ配達が他にも」

「後にしろ」

困った顔のおじさんを見て、わたしは思わず、この人は全然関係ないじゃないですか、と言ってしまったが父親は、他の連中に知らされたら困る、と主張した。

冷めたお茶の入った湯呑みを持ったまま立ち尽くすおじさんが気の毒になり、わたしは、すみません、もう一杯お茶淹れますから、まあごゆっくり、と謝った。湯呑みをぎろっと睨んだ父親がぶるっと身体を震わせた。こちらも冷えているようだ。何も歓待したいわけじゃないけど、片方だけにお茶を出すのも何か、ね。

というわけで、わたしは二人の中年男性に職員室に上がってもらい、改めて熱い緑茶を振舞うことになった。何とも楽しくないお茶会だ。ほんの一息ついたところで、わたしはおそるおそる話の続きに入った。

「それで、わたしが迎えに行かないならどうしろと？」

「何ならあたしが子どもさんを連れて参りますが」

とおじさんが調子のいいことを言う。子どもは荷物じゃないんだから、そんなサービスしなくていいんだけど。

父親はおじさんの提案を無視して、

「寮に連絡して娘に来るように言えばいいだろう」

「そんなのだめです」

つい言下に否定してしまう。

そんな折も折、職員室の電話が鳴った。内線を示すランプが点滅していた。


「ほらちょうどいい頃合いじゃないか」

父親は、出ろ、と合図した。わたしは受話器をとった。

「あ、春菜先生、何かありました？　随分遅いみたいですけど――」

それはまさにつばめ寮の小泉さんからの内線だったが、わたしは咄嗟《とっさ》に受話器を押さえると、父親に向かって、別の寮からでした、と言った。それから、どうかしたんですか？　と言いかける小泉さんを強引に遮《さえぎ》って、

「悪いけど取り込み中なの。駒田《こまだ》さん戻ってきてる？」

「はい。今さっき。呼びますか？」

「いいの。わたしちょっと今動けないから――ううん、こっちには来なくていいから、お願いがあるの」

何を言い出すのかと色をなしてこちらを睨む父親に、大丈夫、とばかりに手を振って、

「他の子のことは駒田さんに任せて、あの子――佐奈加を今すぐ田中レディースクリニックに連れてって。もう事情は連絡してあるから先生は待っててくれてる。お任せすればいいから。あの子にはわたしの言う通りにすれば大丈夫だからって伝えて――すぐに」

小泉さんはわけがわからない様子だったが、こちらの切迫感は伝わったらしく、わかりました、と答えてくれた。

電話を切ったわたしは父親に、すみません、ちょっと緊急の件があったので他の人にお願いしておきました、と説明した。父親は特にそれに文句は言わなかった。

さてどうしよう、プレイルームに行く口実を何か考えて――。

悩むまでもなかった。見事なタイミングでプレイルームに近い方の扉が開き、小さな女の子が目をまんまるにしてわたしの顔を見ていた。

わたしは半ば絶望的な気分になったが、男性二人も当惑したような何とも言えない顔になっていた。少女は男たちの顔を不審げにきょろきょろ見ると、わたしの膝に乗ってきた。

わたしは構ってやるのも早々に、「もう少しプレイルームで遊んでてくれる？　後で春菜さん迎えに行くからね」

と話すと、少女は素直にうん、とうなずいた。

「素直で可愛いですねえ」

おじさんがそう呟くと、父親も、そうだなあ、と同意する。

プレイルームのドアが閉まると、わたしはできるだけ目立たないように、溜めていた息を吐き出した。

それでは、父親は幼かった娘の顔を覚えてはいないのだ。

今プレイルームに入ったその少女こそ、捜し求められている娘である望なのだから。

3

「とりあえずあの子を寮に連れてってていいですか。もう夕食が始まってるはずなんです。その後でわたし必ず戻ってきますから、そしたらお話の続きをしましょう」

「そいつは後廻しだ」

父親は頑固だった。

「なぜ会わせない？」

「今は——寮にいないんです」

「嘘つけ」

「嘘じゃありません」

うんそうだ。これは嘘じゃない。嘘が苦手なわたしでもためらいなく言える。

「だいたい、お父さんお酒呑んできてるじゃないですか。呑んでる人は子どもと会わせられないんです」

「誰がそんなこと決めたんだ」

「誰がって——とにかくお酒を呑んでる時は面会できない。それは常識です！」

とりあえず言い切ってみる。

常識なのか、と真面目な顔で問い返す父親にやや拍子抜けしながらも、そうです、となるべく自信ありげに答えた。

これで納得してくれれば、と思ったが、勿論ことはそう簡単ではなく、父親は不意に思い出したように、

「常識かなんか知らないが、やっとのことでここを探し出してきたのに、会わずに帰れないだろう。何のために来たのかわからん」

「子どもさんに会いたいなら素面《しらふ》で出直して下さい。子どもが悲しみますよ、そんな姿見たら」

父親はぐっと詰まったようだった。しばらく黙っていたが、急に立ち上がって奥の扉の方に向かおうとした。

「どこに行くんです」

父親は振り向いた。

「あんたとじゃ話にならない。俺があんたの代わりにさっきのちびを連れてつばめ寮に行ってやるよ。それで娘を出せって言うさ」

わたしは跳び上がった。駆け出して扉の前に立った。

「ちょっと待って下さい」

「親切で俺が寮に連れてってやろうって言ってるんじゃないか。そこをどけ」

「だめですそんなこと」

思わず声が昂《たかぶ》った。

その昂りを感じ取ったのか父親の顔もさらに紅潮した。

「どけって言ってるんだ。どかねえと――」

父親はさっきまで手にぶら下げていた薄汚れた半開きのカバンに右手を突っ込んだ。その中から半ば引き出したのは鞘《さや》に入っているものの、紛れもなくリンゴを剝くにはいささか長すぎる刃物だった。ごついその手は刀の柄をしっかり摑んでおり、今にもその刃物を一閃しそうな構えだった。わずかに抜きかけたその隙間から刃がキラリと光った。

顔からも腕からも脚からも血がみんな引き揚げてしまったような気がした。

わたしは逃げ出したかった。お腹の下についた二本の棒が自分の脚だという実感が残っていたら、それらを引きずり引きずり、転んだら這いずって逃げたかもしれない。ただあんまり怖くて動けなかっただけだった。

わたしの頭の中でもう一人のわたしが囁いている。もう十分じゃない？　わたし結構がんばったでしょう？

この人だって小さい子にそんなひどいことしないでしょ？　本人だってそう言ってるし、この子があなたの娘ですって教えてあげれば済むことじゃない。命を賭けてこの扉を通せんぼするようなことじゃないわよ。

そう。わたし仕事に命を賭けようなんて思ってなかった。そりゃ好き好んで選んだ仕事だけど、他にも一杯やりたいことがあるし。

そうだ、わたし高村くんとまた会おうって約束してたんだ。会ってこの間はありがとうって言わなくちゃならないんだ。こんな所で死ねないよ。

高村くん。わたし、どうしたらいい？

それからわたしは夏のスタジアムで高村くんに会った日のことを思い出した。

スーツはばちっと決めてたけど、高校の時とまるで同じように、生き生きして、自分の仕事に誇りを持ってみえた彼。

ジャージ姿で汗だらだら流してるところだけ高校の時とまるでおんなじだったわたしに、お前は皆に頼りにされてた、と、子どもに関わる仕事が似合う、と言ってくれた。それが、わたしだってささやかな誇りを持ってここで働いてきたんだ、と思い出させてくれた。

たとえ、自分の娘であっても、こんなに荒《すさ》んで、刃物を手に持ってるこんな人に望ちゃんを渡したりはできない。少なくとも今は。

もう一人のわたしが、無茶なことはやめて。命あっての仕事なのよ、と叫んでる。わたしは頭がくらくらした。そこへ目の前の人が苛立ったのか、もう一度、

「そこをどけ」

と凄んだ。

頭が真っ白になった。わたしの七海学園、わたしのつばめ寮で、そんな勝手なことはさせない！

「絶対に行かせない！」

気がつくと大声で怒鳴り返したわたしは両手両足を大きく広げて彼の前に立ち塞がっていた。時間が止まったみたいに、わたしも父親も、あっけにとられているらしい宅配屋さんも動かなかった。

「そんなものを持った姿で子どもに会って、子どもが喜ぶと思いますか？　それで父親だって言うんですか？　もう少し頭を冷やして下さい！」

父親は返事をしなかった。

大見得《おおみえ》は切ったものの、その次にどうしていいか全くわからず固まっていたわたしの頭の中で、今度はまた違うわたしが呟いている。

あなた、そんな格好つけてるけど変なポーズよ。ただ大の字になってるだけなんて、どうぞ刺して下さいって言ってるようなもんじゃないの。

でもそんなこと言っても今からファイティングポーズとかとったら、もっと変でしょ？　心の中で第三のわたしにそう言い返す。えーいもうどうにでもなれ。わたしはまだ緑の帽子をかぶったままビデオの静止画像みたいにぴくりとも動かない頼りない宅配おじさんの方を見る。わたしが刺されたらせめて逃げ出して助けを呼ぶとかなんかしてね。お願いだから。ああ、それから、お父さん、どうしても刺すならせめて少しでも皮下脂肪の厚いところをちょっぴりにして。どうかあんまり痛くありませんように。お願い。

しばらく沈黙が続いた。

それから父親は、カバンから空の右手を出し、姿勢を変えて、

「俺がそんな小さい子どもをダシに使ったりするわけねえだろ。冗談だよ冗談」

そう言った。わたしは小さく息を吐いた。

その時プレイルームのドアが再び開いた。

「春菜ちゃん、まだ？」

望がとことこやってきた。さっきの修羅場の時でなくてよかった、と思った。

「今取り込み中だからね」

と言うと、春菜ちゃんおせんたく？　と訊く望。

「ううん。取り込み中っていうのは、忙しいって意味もあるの。もう少しあっちの部屋で待っててくれる？」

望はわたしの袖を摑んだまま返事をしなかった。一人にしておくのはもう限界のようだ。となれば――。

「そっか。ずいぶん待たせちゃったもんね」

わたしは父親の方を見た。

「つばめ寮に行きましょう」

ん？　と不審げな父親にわたしは言った。

「ただし窓から見るだけにして下さい。子どもたちのプライバシーがあるので、部外者の人は入れない。それは誰でも同じです。でも今夕食の時間で全員揃ってます。窓から見ればお嬢さんがいるかどうかわかるでしょう？」

4

かくてわたしと望、父親と行きがかり上立ち去ることを許されない宅配屋さんの四人は静かにつばめ寮の裏を廻ってリビングダイニングを覗くことになった。

乱暴な賭けだったが、何か行動しつつ父親を丸め込むにはこれしかないと思ったのだ。

「見て下さい。娘さんらしい姿が見えますか」

関係ない女の子を指してあれが俺の娘だ、などと言い出さないことだけを願って、わたしは寮の食事風景を指した。

うーん、と唸っている父親を見てわたしはほっとした。見えるはずがない。この人が自分の頭の中に勝手に描いた娘像なんて。

つばめで一緒に夕食をとっていくことになったらしい佳音ちゃんの姿が見える。彼女だけこちらを見てくれないかしらと思うがちょうど反対を向いている。

「あ、春菜さんだ」

皆に気づかれないように角度を考えたつもりだったが、子どもの目は鋭い。こちらに気づいて界《かい》が立ち上がり、走ってきて、窓を開いた。

「何してるの？」

「うーんと、今施設見学の人が来てるの」

わたしは父親が何か言う前に、苦しい言い訳を捻《ひね》り出した。こんばんは、と礼儀正しく挨拶する界に、父親は戸惑った顔をしながら、やあ、どうも、と返事をした。

「ねえ、界、今皆揃ってるよね」

界はわたしと手をつないだ望を見た。

「うん。全員いるよ」

わたしは父親に、もういいですよね、と言うと、再び界に、わたしは見学の人をまだ案内するから、と話して、寮の玄関に向かった。

わたしのつもりでは、ここで素早く望を一人で中に入れ、男二人を連れて管理棟に戻るはずだった。誰かが迎えに出て望の名前を呼んだら大変だから。ところが。

「春菜ちゃん、プレイルームに本忘れてきたからとりに行く」

望が言う。

とってきてあげるから大丈夫、と言い聞かせようとするが、頑固者の本領を発揮して言うことを聞かない。そのうち食事を終えた子どもたちが立ち歩き出したのがわかって、わたしは望が騒ぎ出さないうちに仕方なく管理棟に戻ることにした。男たちは黙ってわたしたちの後についてきた。

　じゃあ、そういうわけで、もうお引き取り頂いて——わたしは言いかけたが、父親はどうもそういうつもりはないらしかった。

「じゃあ今どこにいるんだ。いつ帰ってくる？」

「詳しくわかりませんけど、今日は帰ってこないと思います」

　わたしは仕方なくそう答える。そうこうしているうちにわたしたちは管理棟に戻り、望を追ってプレイルームに入った。


　望は決して愛想のいい子ではないが、見知らぬ男性二人がいてもあまり緊張した様子はない。彼女がただきょとんとした目で見回しているだけで場の雰囲気を和《なご》ませる、とまではいかないが、少し緊張をほぐす効果があるようだ。望は部屋の隅に置いてあった自分の本をみつけ、とことこ駆けていった。自分のお気に入りの場所に戻って安心したのか、望はわたしから離れ、プラスチックの滑り台に上がって遊び出した。

　ちょっと気が抜けたように、父親も部屋の真ん中辺りに座り込む。宅配屋さんは父親のそばにいたくないのか、わたしの近くに来た。わたしはほとほと疲れた。騙し騙しやってきたが隠し事がバレるのも時間の問題だ。さてどうしよう。そう思った時にまたぎょっとする出来事が起こった。

　玄関に人の気配だ。「あれっ」という少年の声。職員室に誰もいないのがわかったらしく、こちらに近づいてくる。父親は再び怖い顔をしてカバンに手を入れると、追い返せ、と低い声で言ってわたしに顎をしゃくった。望は部屋の奥。滅多なことはできそうもない。

わたしは扉に近づいた。ドアを無造作に開けて中を覗き込んだのは界だった。

「春菜さん、まだ見学終わらないの。あとどのくらい？」

「まだよ。すぐ部屋に戻りなさい。心配いらないから」

不審な顔をしつつ、でもあっさりと引き下がりドアを閉めようとする界にわたしはつけ加えた。

「そうそう、準備室の電気確認して必ず消していってね」

界はわたしの目を見たが無言で身を翻《ひるがえ》した。

父親はふっと息をつき、それでいい、というように小さく首を縦に振った。

わたしは部屋の真ん中辺りに戻り、大きく息をついた。

正面の鏡にわたしの全身が映っている。わたしはちょっと首を振る。

「おい何してるんだ」

「もうわたしも疲れました。ちょっと体操させて下さい」

「体操？」

「そうです。そんな怖い刃物で脅かされて子どもを連れてこいとか言われて、わたし緊張で身体がこちこちになっちゃったじゃないですか」

身体を動かす。

「変な体操だな」

「これ凄く身体にいいんですよ。右手は真横に、左手を斜め下。それから左腕を右上に上げます——はい、もう一度右手を真横のままで、左手は斜め下です。お父さんもやりません？」

「俺は必要ない」

「そうですよね。お父さんと違ってわたしたち素人《しろうと》だから怖いことされると身体にこたえるんです」

玄関の開閉する音が遠くに聞こえた後に続いた静寂の中、突然ぐーっという音が室内に響いた。わたしは自分のお腹が鳴ったのかと思ってあわててお腹を押さえたがどうもそうではないらしく、父親が、あー腹減った、と独り言のように言った。

わたしは立ち上がった。

「カップ麵ならありますよ。作りましょうか」

「勝手なことをするな。何か企んでるだろう」

「いいえ。わたしもお腹空きました。この子にもおやつ食べさせたいんで。宅配屋さんもどうですか？」

忍者みたいに気配を消して座り込んでいたおじさんは顔を上げて、

「え、あたしもよろしいんですか？」

「勿論——じゃあ皆さんどうぞお手数ですが不審があるといけないので、もう一度あっちの部屋についてきて下さい」

わたしと望に続いて中年二人組が再びついてくる。わたしは職員室の戸棚から夜食用のカップうどんとそば二つずつ、望のおやつ用のクッキーを取り出した。ポットのお湯が切れていたので、やかんでお湯を沸かし、カップ麺を開けてお湯を注ぐ。自分の分は持って下さいね、と言うが、父親は、

「俺に熱いものを持たせて身動きをとらせないようにしたいんだろう」と言う。なんて人間不信な人だろうと思った。宅配屋さんが代わりに二つ持ってくれ、プレイルームに戻る。

五分間待つのよ、と望に言うと、彼女は、うん、とうなずいてお気に入りの本を持ってくる。ちょっと待ってね粉末スープと具を今開けるから、と言うと、宅配屋さんが、じゃああたしが一緒に読んであげましょうと言ってくれる。

父親は大人しく座ってあちらを向いている。わたしは次にするべきことを考える。

「春菜ちゃん、問題です」

思考をめぐらそうとするわたしに望が話しかけてくる。

「光より速いものはなんでしょう？」

え？　わたしはそちらに頭がついていかず戸惑う。光速より速いものはない。それがアインシュタインの相対性理論の前提、だったような？

「答えは、『のぞみ』です！　ひかり号より速いのはのぞみ号だよ！」

そう言って望はけらけら笑う。宅配屋さんも望を指さし一緒になって楽しそうに笑っている。暢気《のんき》なもんだ。

そう思ったわたしはひやっとして父親の方を盗み見る。反応のない様子にほっとして、聞いてなかったのかな、と思った時、父親がこっちを向いた。

「新幹線か——俺の子どもの頃にはひかりとこだましかなかったな。俺の田舎に早く通ってほしいと思ったもんだ」

「はあ」

わたしは固唾を呑んだ。

「開通した時は嬉しくて、それで自分の子にはその名前をつけようって思ったのさ。まあそれから五年も後になったけどな」

どこまでわかっているのだろう。緊張しながら次の言葉を待ったが、新幹線の話はそれで終わり、もう五分経ったんじゃないのか、と父親は言った。

わたしはカップ麺の蓋をはがし、お待ち！　と父親の前に持っていった。

続いてうどんを宅配屋に渡す。おじさんは低姿勢で受け取る。

三人でずるずると麺を啜る。

「いかがです？」

一流レストランのシェフ然として出来映えを伺ってみるが何せカップ麺である。

「いや、とてもおいしいです。こんなあったかいものは久しぶりで」

宅配のおじさんははふはふとうどんを口に運びながら言ってくれる。社交辞令かもしれないが、確かにあわただしい仕事でゆっくり温かいものを温かいまま食べる時間もないのかもしれない。

それにひきかえ、父親の方は愛想のかけらもない。すっかり食べ終わっておいて、

「まずい」

「そうですか?」

何となく心外である。

「すみませんね。他のメーカーのもありますけど、もう一個作りましょうか」

「いや、結構だ。それより、そろそろ娘に会わせてもらってもいいだろう」

せっかく少しでも話を他へ持っていこうとしてたのに。

「ですからそれはやめて下さいと」

「どうしてあんたもそこまで意地になるんだ。俺ももう荒っぽいことをするつもりはないよ。やっぱり俺がだめな父親だからか」

「だめかどうかなんて関係ないです。どんなお父さんだって子どもたちは大切に思ってます。だからこそちゃんとした姿で来てほしいんです。こんなに長い間会っていないんだから。

連れてっていいかどうかわたしは判断できません。でもいずれにしてもそれはちゃんとした姿でちゃんとした時間に来ての話です」

父親が何か言おうとした時、望が突然口をきいた。

「誰かいた」

びくっと反応したのは父親だった。

「誰かって誰だ」

「子どもに大きな声出さないで下さい。びっくりしてるじゃありませんか」

そう言ってわたしは望に、誰がどこにいたの？　と訊く。

「そこ」

と指さすのは正面の鏡だ。

「ほら、ここにはあなたを入れて四人しかいないでしょう？」

望は首を横に振って、

「今ちょっとだけいたの。それからすぐ消えたの」

「どういうことだ」

望は答える代わりに、おしっこ行きたい、と言った。

ああ、じゃ今行くね、というわたしを父親が睨んで、それはだめだ、と言う。だめって子どもの生理現象じゃないですか、と睨み返すわたしに、宅配屋さんが、あ、じゃあたしが一緒に行って入り口で待ってますから、と言ってくれる。

余計なことするなよ、という父親に、はいはい、と調子よく答えた宅配屋さんが、のんちゃん行こうか、と声をかけると、望は素直にうん、と言って手をつなぎ、出ていった。

父親は、さっきのはどういうことだ、と訊く。

「鏡の中ですか？　それじゃもしかして学園のユウレイかしら」

「おい、何言ってるんだ」

「七海学園は実は――出るんです」

不審の目を向けてくる父親に、わたしは説明した。

「もともとこの辺は戦国時代にはお城だったそうで、家来に寝返られた殿様とその姫君が自害したなんてことから幽霊話に事欠かなかったんですけど、第二次大戦が終わってうちの学園ができてからも、栄養失調で亡くなった子どもや、引き取った親にちゃんと面倒をみてもらえなくて死んだ子どもが何人もいたらしくて――今は勿論そんなことないですよ――前はこの部屋のちょうどその辺りが亡くなった子どもたちを祀《まつ》る塚だったんです」

ちょうど父親のいる辺りを指さすと、大男は厭《いや》そうに、後ずさって場所を変えた。

「この建物を建て替えた時に場所は移しましたけど、何かこの部屋の周辺に来るといないはずの子どもの姿が見えるって人が多くて――何か見えました？」

「そんなもん――見えるわけないだろう」

父親は不機嫌そうに言ったが、どうやら気になるようでそわそわしていた。

「とにかく俺はもう待ってられん。娘を捜しに行くからな」

「無茶なことをすると幽霊が来ちゃいますよ」

「ふざけるな」

「本当ですよ。お願いだから言うこと聞いて」

わたしの言うことを無視して父親はカバンを持ってドアに向かおうとした。

わたしは立ち上がった。大きく両手を上げて振り回し、それから叫んだ。

「来て！」

ちょうど父親が開けようとしたドアが向こうから開いた。

そこから一斉に入り込んできたのは子どもたちの幽霊——のはずはない。大きな身体の牧場《まきば》指導員を先頭に、園長、山根指導員、そしてなぜか児相の海王《かいおう》さんの男性四人が突入し、呆然としている父親を一気に押し倒した。

界が気づいてくれたのだ。

わたしがわざわざ消えているに決まっている隣の部屋の灯を、確認して、と伝えた言葉と、必死に送った視線のメッセージに気づき、彼は隣室からこちらの部屋を見てくれたに違いない。五月以来児相の児童心理司のセラピーを受けている彼はこの部屋の仕組みをよく知っているのだ。

そう、このプレイルームの隣の小部屋はモニタールームで、大きな鏡はワンウェイミラー。灯をつけなければこちらの部屋の様子を見ることができる。そしてAV機器のスイッチを入れれば音声も聞ける。勿論こちらからは何も見えない。通じているのを信じるしかなかった。わたしのあの時の妙に説明的な台詞は界に状況を知らせるためのものだ。

そして変な体操は——。

いつかランサムの小説の話で話題になった手旗信号。右手を真横に、左手を斜め下はS。左腕を右上に上げ、右手を真横にのばすのはO。SOS。

彼は読み取って人を呼んでくれた。急遽集《きゆうきよ》まったスタッフは足音を忍ばせて隣室に入った。

こちらからはそのことはわからないが、父親に気づかれないよう一瞬隣室の灯がつけられると、準備室に詰めかけたスタッフの姿が見えた。望が言った幽霊とはそのことだ。

あのカバンは、と気になったが、あっさりと山根さんの手にわたっていた。

男たちに押しつぶされた父親は、苦しい助けてくれ、と悲鳴をあげていた。

どうやら抵抗の意志がないらしいことを確認し、他に武器もないことを確かめてから、父親を立ち上がらせたが、その右手は後ろから牧場さんの太い腕にねじ上げられている。

父親は正面に立つ園長に、なんでこんな目に遭わなくちゃいけないんだよ、と文句を言っている。いつも柔和な園長が厳しい顔つきで、

「いくら子どもさんに会いたいといっても刃物で職員を脅すなんて許されません。もうすぐ警察が来ます。お話はそちらでして下さい」

「そんな本気じゃなかったんだ。あんまりあの先生が」とわたしの方を見て、

「気が強いもんだから、ちょっとこっちも強気なところを見せなきゃと思っただけなのさ——。警察？　勘弁して下さいよ。そこまで悪いことはしてないよ」

そこへようやく玄関先から制服を着た警察官が四人姿を現した。園長もほっとしたようで、まあ後はあちらで話を、と言った。

そこへそのお巡りさんたちの後ろをすり抜けて小泉さんが駆け込んできた。

立ち止まって直立不動の姿勢をとると、驚いた様子の周りを無視して、

「春菜先生、受診終わりました。田中先生は大丈夫だろうと言ってます。彼女も落ち着いてま

す。薬頂いてきました」

そして、その古風な瓜実顔《うりざね》を、まるで職業軍人のようにビシッと、取り押さえられた父親に向けた。目を丸くした父親の口から声が漏れた。

「ときこ――」

小泉さんはふだんと似ても似つかぬ鬼のような形相で断固として遮った。

「こんなとこまで押しかけてきていったいどういうつもりなの？　お父ちゃん！」

5

地球の大気ってマイナス二百十九度以下になると凍るそうだ。その瞬間なら、わたしは「只今の気温はマイナス二百十九度です」ってアナウンスされても信じたかもしれない。

園長がほとんどおそるおそる、という感じで、

「この人は小泉さんのお父さん？」

そう訊くと、小泉さんは、力強く「はいっ」と言い切った。園長は今度はそのお父さんに向けて、

「すると、あなたは望さんを取り返しに来たわけでは――」

「望っていうのはいったい誰だい」

小泉さんの父親はわけがわからないという表情で訊き返した。

「あなた――小泉さんのお父さんは、『子どもに会わせろ』って散々言ってたんじゃありませんか」

「だからときこは俺の子どもだって言ってるだろ。幾つになったって俺の子に変わりはねえ。こんな山奥の辺鄙《へんぴ》な施設にいるのをせっかくやっと捜し当てて会いに来たのに、門前払いは冷たすぎるじゃねえの」

確かにこの人は望の名前は一度も出さなかった。そしてわたしの方は目の前にいる少女が捜している娘だとわかったら大変だ、と、この騒ぎの間一度も名を呼ばなかったのだ。

それにしても辺鄙で悪かったわね。

わたしが口を開く前に、火を吹くような勢いでしゃべり出したのは小泉さんだった。

「寝ぼけたこと言ってんじゃないわよ。あんたみたいなろくでなしのくせ押し付けがましい人にいつまでもぐだぐだ親父面されたくないから、さっさと就職してうちからうんと離れたくてここに来たのに、お母ちゃんだってそれがいいってちゃんと認めてくれてんのに、こんなとこまでのこのこやってきてしかも酒呑んでどうせろくに説明もしないで娘をすぐ出せなんて凄んだんでしょバカじゃないの全くあんたみたいなのを本当のバカ親っていうのよ。いったいどこまであたしに恥かかせれば気が済むのよ――」

今まで彼女の口から聞いた全部の言葉より多くマシンガンのようにまくしたてる小泉さんの話をまとめるとどうやらこういうことらしい。

お父さんは昔から一人娘の小泉さんを溺愛していたらしく、それだけならまだいいが、そうした父親にありがちなようにとても過干渉だったようだ。

中学生ぐらいまではそれでも一応言うことを聞いていたが、高校生になって、部活の剣道部の合宿に行くのも反対、文化祭で帰りが遅くなる、と言えば学校に迎えに来てしまう、友達の家に泊まるのをようやく認めてくれたと思ったら、本当に行っているかどうか確かめる電話を何度も入れて先方のお母さんを驚かせる、といった調子のお父さんに、小泉さんは断固反旗《はんき》を翻したらしい。

猛烈に勉強して保育短大を卒業した小泉さんは、お父さんが勝手に知り合いに頼んだ就職先に行くようなそぶりを見せておいて、ぎりぎりになって行き先も告げずに家を出た。

そんなことができたのは勿論お母さんが後ろ盾《だて》になっていたからだ。働き者で、周囲からの信頼もお父さんより遥かに厚いお母さんに、お父さんは頭が上がらず、もともと社会的な諸手続きも（勤め先のこと以外は）全てお母さん任せだったので、突然自立した娘をどう捜したらいいのかもわからなかったようだ。

でも娘に会いたいお父さんの執念は半端じゃなかった。小泉さんがお母さんに出した手紙を盗み見て、七海学園を知り、電話をかけてきた。

小泉さんはうんざりしながらも、勤め先はとても厳しいから、入ったばかりの立場で、すぐに帰省などできないし来られても親に会うなどもっての外、と許されない、と少し大げさに言って会わないのも帰らないのも職場のせいにしていたようだ。

それでお父さんは娘が帰ってこないのは横暴な職場のせいだと思い込み、ちょっと脅かしてやるか、と一杯ひっかけてやってきたというわけだ。

小泉さんは炎が燃えてそうな目でお父さんを睨みつけた。

「だいたいあたしの大恩ある春菜先生を脅かそうとするなんてそれだけで万死に値するわ。勿論春菜先生はあんたなんかと天と地ほども差がある腹の据わったお人だから、あんたの見え透いたはったりなんかまるでお見通しで臍《へそ》で茶を沸かすくらいおかしかったに違いないけどね。本当に春菜先生を怒らせたらお父ちゃんなんかこっから七海湾までふっとばされるぐらい序の口なんだよ」

いいえ、本当に怒らせちゃいけないのはあなたです、小泉さん。

「それはそうとあのカバンの中の――」

おそるおそるわたしは言ってみた。小泉さんは、ああ、とこともなげに、

「この人は図体《ずうたい》ばかりでかくて粋《いき》がってますけど、本当に小心者で、チンピラの三下《さんした》なんです。大きなことばっかり言ってますけど、人さまを傷つけるなんて一度たりともできたことないです」

そう言って立ちすくんだままの山根さんが持っていたカバンに無造作に手を突っ込み、三十センチ大の得物を引き抜くと、さっと抜き放った。

思わず周りの人は一歩下がったが、小泉さんは、

「ご覧下さい。これはただの模擬刀です。こんなもので人は切れません」

そう言いながらびゅんびゅんっと刀を一閃、二閃させると、パチンと鞘に納めた。その太刀

捌きは、たとえ模擬刀でも人を一刀両断にできそうな鮮やかさだった。

「本物なんか持ったら、それだけで緊張して手を滑らして自分の脚に刺しちゃうような人なんですこの人は」

見下《みくだ》したように睨みつける小泉さん。お父さんは娘に全く歯が立たないらしく、ただただかしこまっている。

「春菜先生」

呼ばれてわたしも居住まいをたださなければならないような気になった。

「本当にこんなバカな男のために無駄な時間を費やさせてしまって申し訳ありません。本来なら、わたしが天誅《てんちゅう》を下したいところですが、こんなバカ親でも親は親。どうか今回だけはわたしに免じて許してやって下さい。お叱りは全てわたしが受けますので」

そう言って小泉さんは深々と頭を下げると、お父さんに向かって、何ぼけっとしてんのお父ちゃんが謝んないでどうすんの、と叱りつけ、お父さんはあわてて、どうも誠に申し訳ございません、と平身低頭した。

このままだと二人して土下座しかねないと思ったわたしは、

「まあ、確かに迷惑な話だったけど、こうなったのはときこさんが言ったことにも原因がないわけじゃないし、わたしももっと早く気がつけばよかったんだし（そうそう、とうなずくお父さんを小泉さんはギロッと凄い横目で睨んで黙らせた）、誰もけがしたわけでもないから」

そう言うと小泉さんはほっとしたように、

「春菜先生がそうおっしゃって下さるならわたしも親をたたっ切らないで済みます。本当にありがとうございます」

それまでわたしたちの珍奇な会話を黙って聞いていたお巡りさんの中で一番年配らしい人が、おほん、と咳払いをして、あまり我々の出る幕はなかったようですな、と言った。

「まあ、書類を作るんでお父さんには簡単にお話を聞かせて頂きますが、そちらの先生も」

後半はわたしに向けられた言葉のようだったが、わたしの視線は他にいっていた。

玄関を出た辺りで、宅配屋さんと望ちゃん、それに海王さんが話をしていたのだ。

わたしはお巡りさんと一緒に、通り過ぎかけて、宅配屋さんに頭を下げた。

「本当に、あの時、逃げないでもらって望ちゃんの面倒もみてもらって、子どもに見せたくない場面をわざと避けて下さったんですね。本当にありがとうございました」

「いえ、わたしの方こそ立派なお仕事を見せてもらいました」

宅配屋さんはにこやかに言うと、

「それではわたしはこの辺で」

そう言って望に手を振った。望も笑顔でバイバイ、と言う。

海王さんが「お仕事はまだ?」と訊くと、宅配屋さんは、

「いえ、今日の仕事はもう終わりにさせてもらいます」

わたしは改めてよくお礼を言って宅配屋さんの後ろ姿を見送った。

お巡りさんの聴取が終わってつばめ寮に戻ろうとすると、玄関前で話している人影があった。近づいてみると、それは海王さんと佳音ちゃんと界だった。

「界くん。まだ起きてたの」

声をかけると、界は下を向いた。わたしは思い出して、

「今日はあなたのおかげでほんと助かったよ。ありがとう」

頭を下げると、界はあさっての方向を向いている。

「それにしても手旗信号覚えてくれててほんとよかった」

「覚えてないよ」

「えっ」

「久しぶりだったからなんだったか思い出せなくて、言ってたことも最初あんまり聞きとれなかったから、何か大変な話みたいだな、とか春菜さんせっぱつまった顔してたな、とかは思ったけど、口では来るなって言うし、本当に人呼んじゃっていいのかよくわからなかった。とりあえず玄関を出ようとしたら、暸さんが帰ってきたんで、暸さんこれ知ってる？　ってやってみせたら、それってSOSよ急いで誰か呼んでって言うから、つばめに走ってって、野中《のなか》さんに言って皆呼んでもらったんだ。それだけ。だからお礼は暸さんに言ってね。それじゃお休みなさい、海王さん」

界はさっと身を翻し寮に入っていった。

取り残されたわたしに向かって海王さんは、

「いやいや、彼はずいぶん役に立ってくれたようですよ。つばめに飛び込んで事態を伝えて、男手が揃ったので戻るように言っても彼は、自分も突入に加わると言ってきかないのをようやく納得させましたが、それでも万一不審者が抜け出したら逃がさないと言って管理棟の玄関からはどうしても動きませんでした」

「海王さんはどうして？」

「わたしは園長と同じ会議に出ていたので新七海にいたんです。ちょっと学園に寄らせて頂こうとちょうど二人でタクシーに乗ってきたところだったので、状況を聞いてご一緒しただけです」

「わたしの失敗なのに皆に助けてもらって――まあ本当はそれほど危険ではなかったんですけど」

「いいえ、とても危険な場面でした。あなたにも望ちゃんにも」

そう言われて、ときこさんのお父さんがカバンに手を突っ込んで凄んだ場面では確かに半端じゃなく怖かったにもかかわらず、わたしはちょっと反発したい気持ちになった。

「でも、望には本当は危険はなかったんじゃありませんか。わたしが勘違いして大げさだっただけで、望のお父さんは結局来ていないんだから」

「望ちゃんのお父さんはいましたよ」

海王さんは静かに言った。

「彼は言葉通りのことをしたんです。娘と手をつなぎ、二人で話した。連れ去らなかっただけで」
「それじゃ」
「ええ。あの宅配の配達人を装っていたのが、本当の望ちゃんのお父さんです」

6

「本当の望ちゃんの父親は出所日を実際よりも遅く思わせるような工作をした上で、刑務所を出るとすぐに暴力団関係の知人を頼り、身辺を整えた上でつてのある宅配業者に潜り込みました。自分で用意した彼女宛のプレゼントを自分で配達できるように手配して、まっしぐらに七海学園にやってきた。子どもがきちんと世話をされているか確かめ、疑問を問いただし、様子によってはそのまま連れ去ることも辞さないつもりだったようです。

警戒されていることはわかっていたので、まずは無難に建物の中に入り込み、望ちゃんの名前を出し、居場所の見当をつけた上で自分の正体を明かそうと思っていたのでしょう。ところが自分の目の前で先に『娘を出せ』と凄む人物がいて、これはどうしたことだろう、と彼はまず様子を見ることにした。

話を聞くうちに、もしかするとこれは誤解があるかもしれないと気づいたが、この局面をどう利用しようかと考え、正体を伏せたままにしておいた。彼のつもりとしては、ときこさんのお父さんが、娘に――まさか職員だとは彼も思わなかったようですが――強引に会おうとする動きをもっと早くするだろう、その時の混乱に乗じて望ちゃんを手の内に入れようと思っていたのです。

　思いがけずプレイルームに望ちゃんがいたことを知って彼も驚いたようです」

「すぐに――わかったんですか」

「ひと目でわかったそうです。さすがの彼も感無量でその時はすぐに言葉が出なかったと言っていました。ときこさんのお父さんが望ちゃんを連れていくと言った時、まずあなたの対応を見守っていました。あなたを刺す度胸はないだろうと踏んでいましたが、もしそうなったらなったでいい、と。ただしその上望ちゃんにもし乱暴なことをしそうな気配がわずかでもあればすぐにあの男は片づけて、自分も刺されそうになったので『正当防衛』だった、と称しつつ、望ちゃんを守った人物として皆の前に姿を現すつもりだった、と」

　片づける、というあっさりした表現にわたしはぞっとした。そんな事態にならなくて本当によかった。

「手旗信号のことなどはわからなかったが、北沢《きたざわ》さんが何らかの形で外部に助けを求めているらしいことはわかり、その時が近づいたのを感じて、彼は望ちゃんを外に連れ出した。彼にとってもいいタイミングだったのです。彼にとってやや誤算だったのは、思いの外《ほか》たくさんの人が既に集まっていたことでした。わたしは彼に、何気なくもうそこまで警察官が来ている、と伝えました」

「海王さんはあの人が本当の望ちゃんのお父さんだってどうして」

「あやすのに愛称を使っていたようですね」

わたしが名前を呼ばないように気をつけていたのに、彼は入園前から使われていた愛称をなにげなく使ったのだった。

「ときこさんのお父さんは、のぞみ号の名前が出た時も反応がありませんでしたが、望ちゃんと宅配屋さんは共犯者のように楽しげに笑っていて、名前の意味をわかっているのかなと思いました」

「じゃあ小泉さんの名前が新幹線っていうのは――」

「上越新幹線の『とき』のようですね。田舎は新潟《にいがた》らしいです。

当初考えたほどの危険はないかも、とは思いましたが、あなたのことが心配だったので、わたしも突入組に入れてもらうことにしました。あっさりときこさんのお父さんが観念したので、わたしは再び彼と話すことにしました」

「その……危険な人なんじゃ？」

「話は聞こえないけれど見える距離に警察官がいましたからね。彼も懐《ふところ》に凶器を忍ばせていたようですから、発見されるわけには行きませんでした。それに、愛娘と手をつないでいた。他のことではともかく、彼が娘を心配し思う気持ちは本物のようでした。望ちゃんの前で争う姿は彼としても見せたくはなかったのです。

わたしたちは少し話をし、わたしは学園生活についての彼のいくつかの質問に答えました。彼は一応満足したようで、今日は大人しく立ち去ることにする、と言いました。園長とだけでも名乗って話していってはどうか、とも勧めましたが拒まれました。刑務所を出てから何か犯罪を犯しているわけではないので、警察に引き渡す理由もありません。無理は言えないと思い、他の皆さんには事後報告にさせて頂きました」

「何事もなく帰ってくれただけで十分だったと思います。海王さんがよほどうまく話して下さったんですね。ありがとうございます」

「いいえ、北沢さんですよ」

わたしは当惑した。

「わたし、あの人に特に何も言ってませんけど」

「彼は、学園や児相に強い不信を持ってやってきました。思いがけない展開に驚きながらも、彼は北沢さんの対応に注目していたのです。それは納得できるものだったようです」

「……」

「学園のやっていることにはいろいろ不満足なこともあるが、少なくともうちの娘を命がけで守る、という覚悟のある職員がいることはわかった。望にも話を聞いたが、あの先生のことをとても慕っているようだし、学園はとても楽しい、と言っていたんで少し安心した。あの先生が言ってることにはなかなかもっともなこともあった。自分も出てきたばかりで、すぐに安心な生活はさせてやれない。まずは自分の生活をそれなりに作ってから出直してくるつもりだ、彼はそう言っていました」

それでは、わたしの勘違いによるお説教も、全く無意味ではなかったわけだ。相手は違ったけれど、本当に聞いてほしい人の耳には届いていた、そう思うとちょっと嬉しい。

何となくにやけたわたしの顔に気づいたのか海王さんは少し厳しい顔になった。

「北沢さん、今夜あなたは本当に立派でした。しかし、危険すぎた」

わたしは少ししゅんとなり、でも少し反発したい気持ちもあって、

「わたし、無謀な上にバカだったかもしれないですけど、でも結果がよければいいんじゃないですか。ときこさんのお父さんだって、望のお父さんだって結局いい人だったし」

海王さんは首を横に振った。

「悪い人に見えていた人によいところをみつけると、その意外さからかわたしたちはその人が実はとてもいい人だったように思います。知る順序が逆だったら、ずいぶんひどい人に思えるのに。その人自体が変わったわけではありません。酒に呑まれると何をするかわからないときこさんのお父さんも、娘の幸せのためには他人のことなど眼中にない望ちゃんのお父さんも、とても危険なところを持った人であることに変わりはないと思います。今日はたまたま結果がよかった。しかし一つ何かが違ったらその結果も違ったかもしれない。今度同じようにうまくいくとは限らない。あなたは子どもたちのことを思うばかりにだんだん危険を顧《かえり》みなくなっていませんか」

佳音ちゃんがはらはらした様子でわたしを見ていた。うつむいて唇を噛んだわたしの顔を見て、海王さんは表情を和《やわ》らげた。

「すみません。ちょっと言い方がきつすぎたかもしれませんね。今夜はときこさん親子にとっ

ても望ちゃん親子にとっても、また佐奈加さんにとっても、北沢さんのおかげでよい結果になったことは確かだと思いますよ」

ぐったり疲れたわたしが事務室に入ると、待ちかねていたらしい佐奈加がそっと戸を開けて入ってきた。

「春菜さん——大丈夫だよね」

「わからないけど、先生がそう言ったんでしょう？　後は明日の薬も忘れずに呑んで、祈るしかないのよ。先生に怒られたでしょう」

「うん。散々絞られた」

「モーニングアフターピルって聞いたことなかった？」

「ピル、ならあるけど前もって呑まないと意味ないって思ってた」

「普通のはね」

モーニングアフターピルは後から呑む緊急避妊薬だ。レイプされてしまった時など、どうしても避けなければならない妊娠を防ぐため、受精卵の着床を止める。ただしその行為から七十二時間以内に最初の錠剤を呑まなければならない。

絶対確実というわけではない。安易に頼るべきものでもない。でも他にどうしようもない時、少女たちを守るために、わたしたち施設職員が必ず知っておかなければならない知識だ。

佐奈加はわたしの肩にもたれてしばらく黙っていたが、急に小さな声で、春菜さん？　と言った。

「何？」

「ごめんね」

「わたしに謝ることはないよ。自分を大事にしてほしいだけ」

「自分を大事に？」

佐奈加は当惑したように目を見開いてしばらく黙って言葉を探しているようだったが、やがて口を開いた。

「長いこと学園で暮らしてるとさ、毎日は特に心配なこととかないんだけどね、ご飯とかちゃんと出てくるし──でも何か怖いんだよね」

「怖い？」

「うーん、怖いっていうんでもないんだけど、何か落ち着かないっていうか──」

「不安？」

「そう、不安っていうのかな。毎日が同じように過ぎていって一週間が終わってまた次の週もおんなじで──もちろん本当はいろんなことがあるんだけど、でも何となく時間が流れてないような気がして、今日って何曜日だっけ、とか今年って何年だっけ、とかわかんなくなっちゃって。それなのにいつのまにかちょっとずつ学年が上がっていって、もう高校二年生とかなっちゃって、小学校の時はあんなに長い気がしたのに、いつか、っていうか再来年だけど、いつかは出ていかなくちゃいけなくて、そんなのも怖くなって、誰かにあなたはここにいるってつなぎ止めてほしいような気がして——あの時もそんな気持ちだったのかもしれない」

「そうだったんだ」

「学園を出たら、独りになる。学園の人たちだってあたしみたいにぱっとしない子のことなんて何年かしたら忘れちゃうんじゃないかな。怖いの。忘れられてしまうことも」

「忘れないよ。大丈夫よ」

わたしがゆっくり、言い聞かせるように繰り返すと佐奈加は少し安心したようだった。

「さっき話した『友達』のことなんだけど」

「うん」

「瞭なの」

わたしは心のうちの動揺を抑えた。衝撃のようでもあり、半ば予想していたようでもあった。最近瞭が自分に冷たいような気がして不安になっていた佐奈加は瞭をつかまえて、自分に何か腹を立てているのか、と訊いたのだという。

瞭は困ったように、別にそんなことはないけど、と言った。じゃあ今日はつきあって、と佐奈加は言った。いいけど、どこに行くの？　反問されて佐奈加はふとヴァーミリオン・サンズに連れてってよ、と口にしていた。

瞭が同じクラスの子と一緒に時々そのカフェにいることは伝え聞いていた。皆がうらやむ特別席に座っている二人がとても絵になることも。得体の知れない黒い思いが胸にこみあげて、佐奈加はその席に座りたいと言った。

無理な頼みなのかも、と思ったが、瞭は少し黙ってから、いいよ、と無表情なまま答えた。

前にも一度見たことのあるオーナーの女性はやはり貴婦人のようなオーラに包まれており、佐奈加は気圧《けお》された。いささかの気後れもなさそうに彼女と話している瞭に対してもコンプレックスを感じた。オーナーが初めてちらりとこちらを見やった時、なぜかひやりとしたけれど、瞭と話し終わると、オーナーはとても優しい笑みを佐奈加にも向けてくれたので、さっきのは錯覚だったのかな、と思った。

　特別席は落ち着かなかった。豪華なデザートも味がわからなかった。瞭は心ここにあらずといった様子で、時々鏡をぼんやりと眺めていた。

　店を出る時、お金を払おうとした佐奈加を止めて、瞭はこの席はタダなの、と言った。驚いている佐奈加を置いて瞭はさっさとドアを開けて出ていこうとするので佐奈加はあわてて後を追った。裏口から出ると、小さな庭園の中を遊歩道が続いている。ちょうど表の通りに出る頃、瞭と佐奈加は二人組の若い男性に声をかけられたのだった。


「そう……。よく教えてくれたね」

「なんか、友達を売るみたいで、嫌だったんだけど、瞭、あたしのこと友達って思ってない気がするし。それに瞭だってあんなことしてたら危ないんだよね？」

「友達が危ないことをしてたら止めるのが友達。自分が止められなければ止める方法を知っている人に話すのが友達よ」

「春菜さんは止められる？」

「わからない。でも瞭だって自分のことを大事にしなきゃいけないの」

「どうしたら自分のこと大事にできるんだろう」

「自分の身体と、気持ちがどうなってるか、よく感じて、それを大切にするの」

「簡単そうで、難しそうだけど。春菜さんは自分の身体と気持ち大切にしてるんだね」

「大切にしようとしてるよ」

わたしは当然のようにそう答え、そして少し動揺する自分に気づく。本当に、わたしは、わたしの気持ちを大切にできているだろうか。

7

「ときこさんとお父さんの関係は何とかなったみたいなの？」

と佳音ちゃんが訊いた。

「もう学園には来ないってことでお父さんも納得したみたい。その代わりときこさんの方から月に一度はお父さんに連絡するって」

わたしは答えた。あの夜から十日あまりが過ぎ、わたしと佳音ちゃんは七海駅から山側に五分ばかりのお馴染みのカフェ「マリーナ」に来ていた。

「彼女もカミングアウトしてのびのびできてるのかな」

「ううん、それが前とあんまり変わらなくて、よく失敗してはちっちゃくなってるの。この間のことも凄く恥ずかしがってて、園長にも『わたしは福祉の世界にふさわしくない品位のない人間なのでクビにされても仕方ありません』なんて言ってね。お父さんのことも自分がそういう世界で育ってきたことも彼女には大きなコンプレックスだったのね」

「春菜ちゃんが子どもたちを怒鳴りつけてるとこ見たら安心するのにね」

「それはちょっと……。でも無理せずあなたらしさを自然に出していいのよって言ったら、最近は少しほぐれてきたみたい。あまりほぐれすぎても怖いから、今ぐらいでいいのかも」

「本当に怖い方のお父さんはその後来ないの？」

「うん。児童相談所に手紙が来てね。不満はいろいろあるが学園で最低限のことは娘にしていると確認できたので、当面はお任せする。生活を再建したらすぐに連絡をするのでそれまで待っているように、と相変わらず尊大な内容だったみたいだけど」

「とにかく何もなくてよかったね」

「まあね。海王さんには叱られちゃったけど」

「海王さんは春菜ちゃんのことが心配だったんだよ」

「うん、わかってる。わたしって本当は小心者なのに、急に大胆なことをしてしまう傾向があるみたいなんだよね。とりわけ七海の子どもたちに関わることだと特に。ときこさんのお父さんにももっと下手に出て落ち着かせるようにするとか、子どもを連れてきますと言ってプレイルームに入って内側から鍵をかけて窓から逃げ出すとか、熱いカップ麺をふうふう言って食べてる間に、なにげなく望の手を引いてダッシュで部屋を飛び出すとか、よく考えれば何か別のやり方もあったのかもしれないし」

本当は、あの時なんだか少し悲しかった。わたしたちを悩ませるどんな子どもたちのことも「本当にいい子ですね」といつも言ってくれる海王さん、皆のよさをみつけ出し、力を信じてくれる海王さんの言葉だからなおさら、大人の責任に対するシビアな認識が重く感じられた。

そんなわたしの思いを知ってか知らずか佳音ちゃんは、

「わたしあの日いったいどうなっちゃうんだろうって心配で心配で、でも自分ではどうしようもなくて、もしあなたに何か――」

続きを言葉にするのをためらったらしく、彼女は口調を変えた。

「やっぱり春菜ちゃんは凄いよ。本当に勇気がある人だと思う」

「やめてよ。全然そんなことない。あの時だって、本当は――」

わたしは口を閉じた。

あの修羅場だった一夜の翌日、わたしは高村くんに電話して、ようやく会う約束ができた。

ちょっと勢いがついていたので、

「凄く恐ろしい目に遭って、でもあなたのこと思い出したら乗り切れたんだよ」と言おう、と会う直前までは思っていたが、実際会ってみるとそんな恥ずかしいことは全く言えず、代わりに、

「子どもを取り返しに来た親と間違えて同僚の親に凄んじゃったんだよね全くバカなんだよわ

たしって失敗ばっかりでさあまあ昔からそうだったけどねあっはっは」と気がついたら口が勝手にしゃべっていたのだった。

でも詳しい経過も話さないのに、何となく結構危険な出来事だったことが透《す》けて見えてしまったらしい。彼がとても心配してくれたので、わたしはかえって恐縮した。

「北沢は何にでも真剣にぶつかっていくからな。凄い奴だなって高校の時も俺はちょっと尊敬してたよ」

「尊敬とか言われると何か落ち着かないし、いい女とか、可愛い女とか言ってほしいよね」

冗談めかして言うわたしに彼は真面目な顔で、

「凄いって思えるところがない子のことをいい女なんて思えない」

それってどういう意味？　名探偵に憧れる北沢春菜としては論理的に考えなくちゃ。

「凄いって思えるところがない子はいい女ではない」この命題の対偶は「いい女は凄いと思えるところがある」だ。やった！　いや待って。逆は必ずしも真ではなかった。凄いと思えるところがある子すなわちいい女、と証明はできない、残念。でも文脈ってのがあるよね。何でこんな話をしてるかっていうとやっぱりわたしのことを褒めてくれてる、なかなかいい女だと認めてるってことじゃないかな、でなきゃだいたいこんなこと言わないよね（以上約一秒）。

そういうことで一秒の間にわたしは論理学への忠誠を捨て、情緒に身を任せることにしたのだった。

少しいい気分になったわたしが、やっぱりちょっと恥ずかしいことも言っちゃおうかな、と

思った時、高村くんは、

「俺たちの仕事の中でも、できる奴は男も女も変わらないよ。ましてこれから海外で向こうの人間とやりとりしていくとなれば、あっちは女でも超一流のやり手が一杯いるからな」

なんだ仕事モードに話が行くのか、と思ったわたしは何気なしに、

「高村くん海外に雄飛《ゆうひ》するの？」

と訊いた。彼はうなずいて、

「うん、もしかしたら俺は来年から海外勤務になるかもしれないんだ」

「へ？」

「行ったら三年は戻ってこないと思う」

わたしの頭の中は矢継ぎ早の新情報にオーバーフローを起こし混乱していた。それがよかったのかもしれない。高村くんは目を丸くしたまんま固まっているわたしを見て、これ以上何かをインプットしてもだめだと思ったのか、口調を変えてからりと、

「いや、まだ全然わからないことなんだ。上からはそんな話もあるってだけで。また決まったら知らせるよ」

その後のわたしは妙にハイテンションだったような気もする。気もする、というのはよく覚えていないからだが、ビールの大ジョッキをがんがん空《あ》けて、「高村君、海外遠征おめでとー。お土産《みやげ》一杯買ってきてよ」とか何とか大声で叫んで、彼の肩をぽんぽん叩いたような。店を出てからの別れ際、呑んでも全然変わらない彼は、また今度ゆっくり話そうか、と微笑《ほほえ》み、わた

しは周りの人が驚いて振り向くような声で「バイバーイ！」とぶんぶん手を振っていたような。

一つだけはっきり覚えてる。彼は途中一度わたしの胸元に目をやって、

「今日は――それなんだ？」

と言った。それはどうやらわたしのブローチを指しているようだった。自分の持っている中では一番値の張るものをつけてきたつもりだったが、何となく彼の口調に少しがっかり感があったような気がして、わたしはうろたえて、話をそらしてしまい、彼もそれ以上その話題には触れなかったが。

そう、わたしが高村くんに、会う度にいつもつけていたブローチ、瞭にあげてしまったブローチは、昔彼にもらったものだ。といってもいわゆるプレゼントじゃない。

部活の後打ち合わせをして遅くなったある日、帰り道でちょうど縁日に行き当たった。近くの神社の秋のお祭りで、浴衣を着た大人子どもで賑わい、両脇にたくさんの露店が並ぶ細い道をわたしたちは並んで歩いた。おいしそうなたこ焼きやら焼き鳥やらの匂いが漂って、夕食をコンビニのおにぎりで済ましてしまったのは失敗だったねとわたしたちは笑った。

ちょうど射的の店の前で高村くんは立ち止まり、

「北沢、景品何がいい？」

と訊いてきた。

「ええっ、いいよ」

のだ。

びっくりして遠慮していたわたしが、何度も言われてやっと選んだハナミズキのブローチを、彼は最後の一発で当てた。露店のおじさんが兄ちゃんいい腕だね、と高村くんを褒め、彼女によく似合うよ、と景品を渡してくれた。「彼女」という響きが微《かす》かに心地よく胸に残って、まるで夢の中の出来事のようだった。そのブローチが彼からわたしがもらったたった一つのものだ。

瞭にそれをあげてしまったことは残念ではあるけど、悔やんではいない。それは必要なことだったのだ。わたしも過去に生きてはいられない。そして明日がどうなっていくかなんて誰にもわからないじゃない？　何も口にしないままあきらめてしまうなら、何も始まるはずがないじゃない？

「春菜ちゃん？」

佳音ちゃんに言われて、わたしは我に返った。どうやら独り物思いにふけってしまったらしい。これじゃわたしの方がぼんやりさんだ。

「あ、秋も深まってきたからかな」

あわててごまかそうとしたが、

「高村くんのこと考えてたんでしょう？」

元祖ぼんやりさんは要らぬところで鋭い。

「違うわよ――瞭のことが」

これも嘘じゃないよ。

「瞭？」

佳音ちゃんも憂《うれ》い顔になった。

「春菜ちゃんあの後彼女と話できた？」

「ううん、あなたと一緒のあの時以来話してないよ」

大隈《おおくま》さんがひばり寮で面接した時も、たまたま二人でいる時ナンパされただけ。別れ別れになってすぐに、自分はもう一人の男も置いて一人で帰った。佐奈加のことは知らない。それは彼女の問題。佐奈加が聞いたら血が凍るような感情のこもらない返事をし、後は何も語ろうとしなかったという。

わたしは何とか自分なりに彼女との間に糸口をみつけたかったが、瞭をつかまえるのは至難の業《わざ》だった。

一度早番の勤務が明けた後に、代休の佳音ちゃんと一緒にヴァーミリオン・サンズで瞭をみつけたことがあった。

いつものあの予約席で彼女は静かに独り座っていた。目はテーブルの上に置かれたノートパソコンのディスプレイに向けられているようだった。改めてまじまじと見ることがないうちに、瞭はまた一段と痩せていた。

ガラスの扉を開けると、オーディオからはシンプルなバンドサウンドに乗せて、静かで沈鬱な男声ヴォーカルが聞こえている。アルバムのケースがテーブルに置いたままになっていた。

ジョイ・ディヴィジョン『クローサー』。

瞭はこちらに目を向け、わたしの姿を認めると、それまでのものうい表情は苛立たしげに変わった。

「どうしていつも邪魔しに来るの？」

「邪魔？」

「そうよ。わたしが気分よく過ごしてるところにいつも余計な口出しをしに来るでしょう」

わたしはまずこの間の手旗信号の件で感謝の気持ちを伝えようと思っていた。しかしいつもに輪をかけて険のある瞭の物言いに、ついむかっとしてしまった。

「あなたの世界って居心地いいのかもしれないけど、自分に気持ちいいものだけに囲まれて、それでいいの？　いつまでもそうしていられるはずないじゃない。自分と違った、自分と少しずれていて、よくわからないものたちと出逢って新しい何かを感じていく、それが生きるってことじゃないの？」

ああ、また正面からぶちあたるようなことを言ってしまった。しかもえらそうで大上段から見下ろすような言い方、ってこの子が思いそうな。言ってるそばから後悔しているわたしだったが、瞭は反発することも嘲笑うこともなく、ただふっと薄い笑みを浮かべた。

「いいのよ。わたしはそれでいいの。もう」

そしてすっと立ち上がると、後はわたしたちのことを一瞥《いちべつ》もせず、歩き去っていった。

後を追おうとしかけた時、ウェイターが困り顔でお客様、ご注文の品物が、と呼びかけてきた。ちょうどわたしたちの席に注文していたお茶が届いたところだった。

タイミングをはずされたわたしたちは顔を見合わせた。

もう一度予約席の周りを眺めてみる。ラックはまた少し入れ替わっているようだ。『金子《かねこ》みすゞ詩集』、『女と女の世の中』鈴木《すずき》いづみ、『海流の中の島々』ヘミングウェイ、『輝くもの天より墜ち』ジェイムズ・ティプトリーJr.といったあたりがこの前はなかった本か。

わたしは空のCDのケースが椅子の上に置きっぱなしになっているのに気づいた。PCのキーボードに触れるとスリープ状態が解除される。ソフトは何も開かれていなかったが、ドライブにCDが入っているのがわかった。取り出そうとして開けたドライブをひと目見てそのディスクが何だかわかる。一見裏返して入れたとしか思えない一面銀色のディスク。莉央《りお》の写真の入ったCD－Rだ。置き忘れてしまったのだろうか。

わたしは少しためらってからCD－Rを再び入れ、開いた。中には日付の入ったフォルダが幾つかあった。わたしはフォルダの日付順に写真を見てみることにした。

最初に瞭が撮った海の中に立つ莉央の写真があった。しばらく海の近くで撮った写真が続く。断崖の上から撮ったとおぼしき写真が多い。崖の中腹らしき所に作られた海鳥の巣が近くから撮影されている。

フォルダが変わるとやがて莉央が言っていたという七海大橋を上から撮った写真が現れる。海鳥を撮った写真も多い。だんだん町中の写真が多くなるようだ。ビルの屋上や、谷間の殺風景な所。最後のフォルダは七海西《にし》高校のようだ。屋上。遠くに海が見える。一枚、莉央が写った写真がある。誰かに撮ってもらったのではない。空中にぐっと腕を伸ばして見下ろすように自らを撮ったようだ。しかし足下に何もないように見える。そんなはずはないけど。下は中庭だし。

わたしはぼんやり見てて、急に背筋が寒くなった。莉央が立っているのは屋上のコンクリートの上ではない。フェンスだ。屋上を囲むフェンスの縁、ちょうど角の所に両足を置いてフェンスの上に立って伸び上がるような格好で空中に突き出したカメラで自分を撮ったのだ。わずかでもバランスを崩したらフェンスの外のわずかなスペースにはひっかからず、そのまま地面まで真っ逆さまだろう。わたしは寒気がした。

最後の一枚はフェンスの外からの遠景だった。G※※312というその番号を覚えてわたしはCDを取り出した。不吉な予感がしていた。

レーベル面に書き殴られた〝mope【more】〟の文字——もっと憂鬱《ゆううつ》に。

「彼女はやっぱり難しいよね。関わられることを拒んでいるもの。見守るしかないのかな」

佳音ちゃんがそう言った。

「ううん。やっぱり放ってはおけない。瞭は何かを抱えてる。そうして何かが彼女を追いつめてる。何とか瞭と話さなきゃ」

わたしは答えた。それは瞭のためだけじゃない。仕事のためだけでもない。そこを乗り越えなければ、きっとわたし自身も先に進めないのだ。

瞭と向き合わなきゃ。わたしが自分の中に芽生えて、でも気づかないふりをしていた大事な思いを大切にするつもりなら。わたしにとって大事な人の前でわたしが胸を張っていたいと思うなら。

「海王さんに相談してみた方がいいんじゃないかな」

佳音ちゃんは遠慮がちに言った。

「ううん。瞭のことは海王さんの仕事じゃないし、なんでも頼っちゃいけないと思う」

本当は、わたしの仕事とも言えないかもしれない。そして海王さんもたぶんそのことを気にかけているのだ。

数日前、わたしの留守中に海王さんから電話があった。用件は言わず、電話があったことだけお伝え下さい、との伝言だった。ふだんのわたしなら即かけ直すはずだった。

しかしわたしはそうしなかった。海王さんが担当している葉子《ようこ》の件で急いで話し合わなければならないことはないはずだ。わたしと瞭との関わりについてのこと、根拠はないがなぜかそんな気がした。何かのついでがあればかければいい。どうしても急ぐことならまた電話があるだろう、わたしは自分をそう納得させていた。

佳音ちゃんはもっと何か言いたかったようだが口を閉じた。

「もうすぐ高校の文化祭がある。あなたも見に行くよね？　瞭が参加するかどうかわからないけど、振替の休みもあるから、つかまえるチャンスも増えると思うの。それに、それまでにわたし幾つかやっておきたいことがある」

わたしはカレンダーに目を向けた。
十一月二十三日。それが文化祭の日だった。

冬の章　Ⅴ（十二月十五日　土曜日）

1

翌朝、アパートの扉の前にいたわたしは、北沢《きたざわ》さん、北沢さんですよね？　と大きな声で呼ばれているのに気がついた。

「あ、はい――」

わたしはあわてて振り向いた。どうも何度も呼ばれていたらしい。大家さんの家族らしい女の人が、あっちの郵便受けがあふれて落っこってたんで、と郵便物をまとめて渡してくれた。

「どうもすみません。ちゃんと見てなくて」

謝るわたしに、そんなことといいですよ、気にしないで、と言いおいて去っていく。手の中のものを整えようとして、一枚のはがきが目についた。

差出人は永川俊樹《えがわとしき》と美香《みか》の連名になっている。二人は七海《ななみ》学園の卒園生で、この三月に結婚したのだ。

上の方に純白のウェディングドレスを着て微笑《ほほえ》む花嫁と正装して緊張した表情の花婿の写真。その下にどこか南の島らしき海辺でこちらは満面の笑みを浮かべた二人がアップになっているもう一枚。余白は所狭しと色とりどりのサインペンの文字に埋まっている。

「ハロー春菜《はるな》ちゃんお元気ですか♡　わたしたちはもうバリンバリンに元気イッパイです！　結婚式でお金がなくなり新婚旅行がとんでもなく遅くなってしまい、お礼状もこんなに遅くなってしまってスイマセン。わたしたちが今日あるのもほとんど約八割くらい春菜ちゃんのおかげと思って感謝してます。もう足向けて寝れないって感じですが、七海はどっちの方角だかよくわからないので向いちゃったらゴメン。帰ったら遊びに行くよ～じゃなくてお立ち寄り下さいだった間違えた……」

片隅のわずかなスペースにきっちりとした俊樹のボールペンの文字が記されている。

「その節は大変お世話になりました。おかげさまで幸せな日々を過ごしています。春菜さんのご多幸を二人して祈念しております」

俊樹らしい生真面目な文面にも順調な新婚生活が続いていることが十分窺《うかが》われた。はがきに視線を落としているとなぜだか胸がきゅんとした。

我知らずその場に佇《たたず》んでしまっていたのか人の気配を感じてわたしは顔を上げた。大家の趣味で鉢植えやら庭木が一杯のアパートの入り口に見慣れた青年が立っている。

「高村《たかむら》くん！」

わたしは跳び上がった。あわてて表情をとりつくろい、平静を装って声を出す。

「どうしたの、こんな所まで」

「例のCD——『閉ざされた町』持ってきた。今日はこっちだって北沢のお母さんに聞いたんで。ああ、中に入ってもいいもんかな」

わたしは首を横に振った。家の中は割と綺麗に片づけてあるけど、そういう問題じゃない。

「だめよ」

彼は気にした様子もなかった。

「じゃあ、どこかで話せるかな」

「ええ」

わたしはうなずいた。彼は車で来ていたので、わたしは助手席に乗り込んだ。彼の車に乗るのは初めての体験だった。

県道を新七海方向に少し行ったトンネルの手前のファミレスに入ることにした。

二人とも珈琲を頼み、ＣＤを受け取る。ウェブ上で『崩壊の前日』は耳にしていたので、もうそんなに必要ではないのだけど、というわたしの気持ちを見透かしたように、どれもいい曲だから全部聴いてほしいかな、と彼は言った。『振り子のない時計』『火の鳥』そして『閉ざされた町』。曲のタイトル自体、確かにちょっと気になって、わたしは聴いてみると約束した。

珈琲は出がらしらしく、ヴァーミリオン・サンズの百倍まずかったが、わたしに不満はなかった。高村くんは味に頓着ないらしく、ああうまい、と言って息をつくと、わたしを正面から見た。

「で、その後何かわかった？」

「うん。わかったというほどでもないけど、少しね」

わたしは曖昧に言った。

「俺にももっと何か手伝わせてくれないか」

そう彼は言った。彼がそう言ってくることは何となく予感があった。

ありがとう、とわたしは言った。そういうのも変だったが。

「気持ちはありがたいけど、関係があるのは学校と――それから七海学園そのものなのよ。手伝ってもらうといっても」

今度は彼はあきらめなかった。強い口調で繰り返した。

「何でもいい。手伝わせてほしい。北沢の――春菜のために何かしたいんだ」

わたしはいくらか困っていたが、彼の気持ちにも応えたかった。そして突然思いついた。

「高村くん、場所を変えましょう」

「え？　いいけどどこへ？」

「カフェ・ヴァーミリオン・サンズよ」

なぜ？　とは一切言わず、彼は勘定を済ますとすぐに運転モードに入った。まもなく白亜の洋館が見えてきた。

駐車場に車を止めて、カフェの玄関に近づこうとする彼に、わたしは早口で、

「悪いけど一人で入ってくれる？　わたし外で待ってるから。それで男性の予約席に座りたいって伝えて」

高村くんは不思議そうな顔をしたが、何も訊かず、店に入っていった。

五分ほどしてわたしの携帯電話が鳴った。

「予約席はやっぱりだめだって。近くに座ってる」

「わかった。店のオーナーは今日いる？　三十代くらいにみえる綺麗な女の人で、初めての客には必ず挨拶に出るの」

「それらしい人はいなかったな」

「じゃ、今からわたし行くから」

携帯電話を切って、わたしはカフェに入った。迎えに出た青年の店員に、待ち合わせしてるんです、男の人の席の方にいると思います、と一方的に言うと、つかつかと偏光ガラスで仕切られ中がよく見えないエリアの前まで歩いていき、ガラスのドアを開けた。やや薄暗い中にいずれも一人の客が一人用テーブルを使い、ノートパソコンを開いていたり、ぼんやりと珈琲を啜《すす》っていたりしているのは他の店と特に変わったところはない。予約席はやはり奥の方で他の席から段差を二段上がった、壁を隔《へだ》ててちょうど女性の予約席の裏辺りにあった。こちらもやや東屋風に、疑似的な屋根をつけ、少し他とは仕切ってあるが、女性の予約席ほど際立った違いはない。壁にはやはり鏡が設置してあり、こちらもややナルシスティックな人々を案内しているのかと思わされる。その下辺りの席に高村くんが座っていてこちらを見て手を挙げている。彼の前に行ったところで、さっきの店員が早足で追いかけてきて、お二人さまでしたら、お手数ですがこちらにお越し下さい、すぐに席をご用意しますので、と言った。

いいじゃないか、ここでも、空《あ》いてるんだから、と言いかけた高村くんを制して、わたしは、わかりました案内して下さい、と答えた。

2

道路側の芝生に面したテラス席に案内されてわたしたちは改めてオーダーすると、ニホンズイセンやサザンカの咲く庭を眺めた。こちらの席はそれぞれの話に夢中なカップルばかりのようだ。

高村くんが、それで？　というような表情でわたしを見たので、わたしは少し説明した。

「その子は援助交際、というか売春してたみたいなんだけど、よくこのカフェに来てたの。彼女の行動を読み解く手がかりがないかなと思って」

「立派で綺麗ではあるけど、特に変な店って感じはしないけどな」

高村くんは答えた。

「背景もそうだけど、当日何が起きたのか考えるのが近道なんじゃないのか」

それは簡単なことではなかったが、この際自分自身の思考を少し整理したいという気もした。

「今さら何か新しいことがみつかるかどうかわからないけど、もう一度一緒に考えてくれる？　当日屋上を通ったのがわかった子たちは他に三人。同じクラスの男の子A、同じく女の子B、一学年上の男の子Cの名が名簿に残ってた」

「七海学園の子もいるのかい？」

「ええ。まず瞭が――」

わたしは口をすべらしたことに気づいた。高村くんは笑って、

「聞かなかったことにしとくよ。せっかくだからRとでもしておこうか」

「うん、じゃあRとCが学園の子。それから他に途中で受付を交替したDが屋上の手前で机を出して座ってたんだけど、この子も学園の子よ」

わたしは園長に話したよりさらに簡略に概要を伝えた。

「当日のRの様子は？」

「普通の白いブラウスに紺のブレザーとスカートを穿いて、胸にブローチをつけていた」

「もともと春菜のブローチだったやつだろ？」

「そう。ハナミズキの形のよ――ふだんとそんなに極端に変わっていたわけじゃなかったみたい。といってもこのところますます口をきかなくなっていて表情がなかったけれど」

「その子や関係者はその日どんな行動をとっていたのかな」

「自分でもなかなか頭が整理できないの」

「結構ややこしいんだね。時間に沿って書いてみたら？」

彼はテーブルの上の紙をひっくり返してボールペンを取り出し、わたしに皆から聞き取った当日の経過を繰り返させると、タイムテーブルを書き出した。

これがそうだ。

七時三十分　R　学園を出発
七時四十五分〜五十分頃　他の七海西《にし》高校生出発
八時二十分　R　七海西高校に登校
八時三十〜四十分　ホームルーム

その後生徒は各自の持ち場へ
Rは美術室には行かず、動きは不明。ただし、
十時二十分頃中庭で北沢・野中《のなか》と顔を合わせる。Rは人を避ける様子あり、姿を消してしまう。人が既に多くなっており、見失う

十時三十分　学園祭開始。Rは西校舎屋上手前の西階段踊り場で待機していたDと交替し、受付に座る

十一時頃　Aが受付をして屋上へ。北側のフェンスの外へ
十一時五分頃　Bが西階段から受付をして屋上へ。東階段から三階二年三組教室へ
十分頃Bはミニアンプを持って再度屋上に登場。南側のフェンス内で喫煙
十二、三分頃？　Bは西階段からRの前を通り、一階へ（この時点で確認はされていな

い）中庭を通って北校舎へ移動
十五分頃　Cが西階段から受付をして屋上へ。南側で喫煙。
二十分頃　Cは東階段を下り、図書室へ
二十五分頃　Aが東階段を下り、空き教室へ
三十分　Dが受付交替。Rは屋上へ
Cが空き教室にいるAを見かける　Aは気づかず
十二時頃　東階段の屋上ドアが開いた模様
ほぼ同時刻　中庭を歩いていた小学生Eが屋上のRを目撃。誰かが一緒にいた？
十二時二分

事件の起こった時刻まで辿り着いて、高村くんは、

「待てよ、春菜の動きを入れないと」

「時間は正確にわからないけど、東校舎→北校舎→西校舎と移動した。ずっと二人一緒だったけど、西校舎の一階に降りてきたところではぐれたの。東校舎前の屋外ステージでライブ演奏が始まりそうだったので、そちらが気になってるうちに。十二時七〜八分前くらいだと思う。でも思い直した。何となく嫌な予感がして、行ってなかった西校舎の屋上に足が向いた。階段を上る途中でそういえばライブが始まってた」

「すると春菜が西階段から屋上に上がったのは」

「十二時にとても近い時刻なのは間違いない」

高村くんのペンは迷って空中で弧を描いた。

「他に屋上に上がった人間がいる可能性は？」

「かなり薄いと思う。Rの受付中に別の人が上がったっていうのは、名簿の記載からも、ＡＢＣの証言を突きあわせた感じからも時間的に無理があって考えにくいし、十一時三十分に受付を替わってから誰か全く別の人が通ったとして、Ｄがそれを隠し通せるとは思えないの」

「もっと前から誰かが屋上に隠れていたっていうのは考えられないか？」

「まさか。隠れ場所というほどのものもないし、屋上の扉の施錠が先生に解かれたのは、Ｄが受付に行ったのとほぼ同時。十時三十分ちょっと前よ。その後すぐＲがやってきた。もしそれより前から屋上にいたなら、一晩中そこで過ごしたことになる。全くの不可能事ではないかもしれないけど、吹きさらしでこのところ寒くなってきてるしね。そもそも屋上が一種の閉鎖空間になったのは偶然なんだから、そんなことをしなければならない理由がないんじゃないかな」

「うーん。そうすると未知の人物が関わってくる余地はないのかな」

タイムテーブルを見ながら高村くんはうなって、

「これで見ると、十二時過ぎに東階段の屋上出口を開けたのはＡかＣのどっちかだろうね。二人のいずれかが再度上がってきたとしか考えられない。その人物と話しているＲを小学生Ｅが目撃する、やはりこの順番だ」

「でもBが十一時十二、三分頃に西階段を下りていったというのは本人の証言でしかないのよ。Aは Bが屋上を出るのを見たわけじゃない。彼女はずっと事件発生まで目撃されてないの。だとしたらBも東階段から下りて三階東側のどこかにいた、とも考えられるでしょう?」

「だとしたら、三階から東階段を下りていく姿を誰かが見ているんじゃないかな」

「そうか。それはラッキーすぎるかな。

じゃあ、実際にはずっと屋上にいたけど、一度扉をただ開け閉めしてその時来たように見せかけて、騒ぎになってから逃げ出した——うーんこれも変だね。誰が注意を払っているかもわからないのに、そんな手間をかけるなんてありそうもない。だいたい二階にいたお化け屋敷の女の子が屋上のドアの開け閉めを把握してたことを、あらかじめ計算に入れてるなんて考えられないもの」

「うーん。待てよ」

高村くんは何か思いついた表情になった。

「十二時過ぎに誰かが屋上の東階段のドアを開けた。この人物が事件に関わっている可能性が高い。これまでそれを前提に考えてきたけど、ドアは本当にその時開いたんだろうか」

「どういうこと?」

「下にいた女の子は窓の振動から屋上のドアが開閉したと推測した。でも窓が振動するのはその時だけじゃない。屋外の強力な音響によっても窓が揺れているのを見たんだろう?」

「音響って——あ、バンド演奏!」

そうだ。香澄美《かすみ》に会った日、学校で『崩壊の前日』の冒頭のフォルテッシモとベースギターのソロは確かに窓を揺さぶっていた。そして文化祭当日、演奏がスタートしたのは十二時ジャストだったのだ。

「東階段のドアが開かなかったとしたら、ＡＢＣは事件と関係ないかもしれない」

「でもそうするとどうなるの？」

「君はＤの証言を鵜呑みにしてるみたいだけど、どうだろう。Ｄが実際には受付に座ってなくて、屋上に上がって犯行を行ってから、何食わぬ顔でテーブルに戻ってたってこともあり得るんじゃないか？」

「それはあり得ないのよ。わたしがＤの前を通り過ぎて屋上に上がったその時に彼女は落ちたんだから」

「そこに何かのトリックか錯覚があったとしたら？　例えば突き落としたのはその時よりもっと前だった。悲鳴は何か前もって録音されたものだった、とか？」

「そんな屋上から響き渡るような都合のいい仕掛けを用意できたとして、Ｄに回収できたはずはない。それにそれだけ時間差があったら、わたしが上から覗き込んだ時、もう人が集まっていたはず。わたしが見たのはやっぱり事件の直後だったと思う」

「そうか」

彼はまた考えて、

「それじゃ、彼女が落ちた時犯人がその場にいなかったとしたら？」

「どういう意味？」

「Dは、彼女を何らかの方法で眠らせていた」

「何らかの？」

「例えば睡眠薬。飲み物か何かに仕込まれていて、屋上で話しているうちに眠ってしまったのかもしれない。Dは屋上の端ぎりぎりに身体を引きずっておいて逃げた。ぼうっとしたまま目が覚めて身体を動かすとバランスが崩れる。自分がどこにいるのか気づいた時には転落は避けられなくなっている」

わたしは彼が提起した恐ろしい犯行方法に戦慄した。しかし、よく考えてみるといろいろ辻褄の合わないところもある。

「Rは事件の直前に屋上で誰かと話しているのを目撃されているの。時間的にはやはり無理があると思う。それに屋上ぎりぎりまで引っ張るって言っても引っ張る側の方がもっと危険じゃない？」

「引くんじゃなく押すのでも――」

高村くんは言いかけたが、ふっと笑った。

「現実味は乏《とぼ》しいかな。まあ俺もそうじゃないと思いたいよ。となると、後はAとCが口裏を合わせてる、か」

「どういうこと？」

「Aが空き教室にいたというのは本人以外はCの証言で裏打ちされている。これが嘘だったら？　Aはドアを開け閉めして下に下りたようにみせかけたが実際はずっと屋上にいた」

わたしは首を横に振った。

「AとCが組んでるっていうのはちょっと考えられないと思う。互いへの態度が演技とは思えなかった。それにBについて考えたのと同じように、二階にいる女の子の証言を当てにしてドアの開け閉めをしたなんて考えにくい。

それにね、考えてみればバンド演奏があったからドアは開かなかったとも決められないのよ。バンドの轟音と同時にドアが閉まった可能性もあるし」

「十二時ジャストに屋上に上がって、ほとんど時間差なく、屋上のフェンスの外でRと話しているところを中庭のEが見たことになるね。それも自分の姿だけは見られずに。どうも不自然というかうまくいきすぎてるような気がするな」

「うん。でもあり得なくはないでしょう？」

それを否定したら、もう他に可能性はなくなってしまう、そんな思いがわたしの語調をわずかに強めた。高村くんも感じ取ったのだろう。

「そうだな。不可能ってわけじゃない。振り出しに戻るかな。それより」

わずかに彼の語調も変わっていた。

「何でこんなことになったんだ。彼女にそれほどの恨みを持つ人間がいたのか」

テーブルの上に置かれた握りこぶしに力が籠《こも》っていた。

曖昧に返事をしたわたしの中で何かひっかかるものがあった。つい今しがた自分たちが話した言葉の何かに違和感があってすっきりしない。

「あ、わたしアパートに戻らなきゃ。今日は凄く助かった」

唐突だったので高村くんはちょっとびっくりしたようだったが、うなずいて、

「じゃあ、送ろうか。家でも駅でも」

「ううん。ちょっと歩きながら考えたいの」

わたしは言った。

駐車場は道の反対側だったので、出口で高村くんと別れたわたしは庭園を歩きながら、何が気になっているのか突き止めようとした。気持ちが焦っていた。もう残された日は明日しかないのだ。秘密を抱えたままの佐奈加《さなか》と茜《あかね》はきっと辛いだろう。高校生の佐奈加はまだしも、しっかりしているとはいえ茜はまだ小学生なのだ。銀縁眼鏡をかけてこちらをみつめる表情は本当に大人びているけれど、もっと子どもらしくのびのびさせてあげた方がいいのかもしれない。

そこでわたしは香澄美が茜について言った言葉を思い出した。そして違和感の一つに気づいた。

「目が大きくて意志の強そうな」「眼鏡してるんだ、勿体ない」

そう、茜は文化祭の日に眼鏡をかけていなかったのだ。

あまり夢中になっていたので目の前に人が佇んでいるのにも気づかずそのど真ん中に突き進

みぶつかってしまった。

あわてて謝りながら見ると、それはあまり感じのよくない二人の若い男だった。先方もびっくりしたようだったが、すぐにわたしの全身に目を走らせると互いに目配せをかわしあった。

「どういたしまして。お姉さんそんなに思い詰めた顔して、何か悩みごとがあるみたいだね。俺たちが相談に乗ってあげるよ」

自分の思考の中に深く埋没していたわたしは何を言われているのかしばらくわからず、両側から寄り添われても、咄嗟《とっさ》に身体が反応できないまま固まっていた。

「おい、そこで何やってるんだ」

背後から大きな声がして、男たちはわたしから離れた。今しがた別れたばかりの高村くんだった。彼は状況を一瞬で察したようで、つかつかとやってくると、わたしの腕を摑んで男たちの間から無造作に引っ張り出した。

「何を――」

男の一人が言いかけるのに構わず高村くんは、

「どうもすみません。こいつはちょっとぼーっとしてるんで。帰りはそっちじゃないって言っただろう?」

場違いに明るい朗々とした声が辺りに響き渡る。後半がわたしに向けられた言葉だと気がついて、

「――あ、はい。ごめんなさい」

高村くんの脇に寄り添った。

面白くなさそうに何か言おうとする男に、高村くんはかぶせるように、

「他に何か？」

と訊ねた。その声は今度は低くドスがきいていた。男たちは、頭一つ背の高い高村くんの広い肩幅や、筋肉の引き締まった太い腕を見やり、顔を見合わせると、いや別に、とか何とかぶつぶつ言いながら早足でその場を去っていった。

高村くんは手ぶりでついてくるよう合図した。わたしは黙って従った。駐車場に着いて人気《ひとけ》がないのを確かめ、彼は口を開いた。

「悪かったね、乱暴に扱って。身内みたいに振る舞った方がいいかなと思ったんだ。痛かった？」

「いいえ、全然」

わたしは首を横に振った。実際は腕がまだじんじん痛んでいたが、不快な痛みではなかった。それからお礼を言ってないことに気づき、あわてて言葉を探した。

「――とんでもない。ありがとう。ごめんなさい」

彼はにこりと笑うと、送るよ、と言った。わたしも今度は素直に乗せてもらうことにした。

運転する彼の横顔を見るのが気恥ずかしくて、わたしは暗くなってきた窓の外に目をやった。日中は混むことのない下り方面の道もこの時間帯は渋滞気味のようで、七海に抜けるトンネルに向かって車が連なっているのを見極めて、高村くんは県道を左に逸れ、踏切で線路を渡り、

ヘアピンカーブの多い海寄りの道を通って山を越えていった。傾斜地に張り付くように建った、油断したら海まで転がり落ちてしまいそうな家々が一杯の住宅地を抜けると、七海の街が見えてきた。夕暮れの街には、部活帰りの女子中学生たちや、買い物を済ませこれから夕食の支度にかかるのだろう母子が家路を辿り、高校生や早帰りの通勤客を満載した赤茶色の私鉄電車が、終点の七海駅に滑り込もうとしていた。駅周辺の商店街と港町方面の古い家並み、小さな工場群の向こうには既に暗い海が横たわっていたが、その時わたしが見ていたのは、街の風景でも海のうねりでもなかった。

高村くんに再会した日、風は少し強く、並んで歩く友の手がさりげなく伸びてわたしの後ろ髪にくっついた木の葉をとってくれた。亜紀と談笑する彼に近づいていくわたしたちの頭上に夏空はとても高く、雲の一つも見えなかった。

病院の前で出会った時、事故や自殺のはずがない、と言ったわたしに同意した彼の力強いうなずき。

春菜のために、と言った彼の声。

凄く上手ではないけれど大きくて読みやすい字を綴《つづ》っていく彼の指。彼にさっき握られた腕の痛みはもうとっくに消えているはずなのに少し痺《しび》れた感覚が残っていた。

自分がとても無力になった気がした。さっきのヴァーミリオン・サンズの庭での出来事のせいもあっただろう。危機回避能力には自信を持っていたのに、虚を衝《つ》かれ為《な》す術《すべ》もなかった自分が、とても小さく弱くなったようで、でも今この車の中では、とても安心して守られている気がした。その心地良さがいつまでも続いてほしい気持ちと、ここにずっといてはいけない、早く目的地に到着してほしい気持ちとの間でわたしは揺れていた。

七海駅の近くで、少しだけ県道に戻り、人々が列を作るバスターミナルをちらりと横目に見て、山側の細い道に入る。両岸に桜並木のある川を渡る橋、灰色の県営住宅の群、ところどころ畑のある昔ながらの住宅地。

アパートの前で車を止め、先に降りた彼は反対側に廻って助手席のドアを開けてくれた。わたしは何となく呆然としたまま地面に降り立った。音を立ててドアを閉め、振り返った彼と目が合った。

その瞬間なら、彼は言葉一つでわたしをどんなふうにも動かせただろう。しかし、高村くんは笑顔で、未練気もなくお休みの挨拶をした。

「ああ……うん……」

さよなら、お休みなさい、今日はありがとう、ふさわしい言葉を何一つ口に出せず、わたしは一瞬棒立ちになっていた。何か他にもっと言い足りないことがあるような気がして、でもそれはやはり口にしてはいけないことのような気もして、わたしはただ立ち尽くしていた。

彼は、わたしの沈黙の意味を勘違いしたのか、あまり考えすぎないで、何かわかったらすぐ教えてよ、と言った。

「うんわかった」

わたしはやっとうなずいた。

走り去る車を見送って、今度こそアパートの中に入る。窓を開けて空気を入れ替え、郵便物を決まった場所に置いてから、わたしはノートパソコンを開いた。

メールが溜まっているようだが開かず、高村くんから借りたCDをセットする。

ソフトが起動し、やがて一曲目『イントロダクション』が始まる。

静かに不協和音を交えてリズムを刻むエレキギター。そこに重なってくる、聞き覚えのあるキーボードのフレーズ。あれ？　と思っているうちに、そのままヘビーなディストーションギターとドラムが入り、轟音の中、ベースギターが同じテーマのフレーズを奏でる。『崩壊の前日』。

わたしは思い出す。重低音で震える校舎。マキの叫び声とともに曲はアップテンポに変わる。ヴォーカルが入る前に、しかしわたしの意識は音楽そのものからは離れていた。

『イントロダクション』は独立した曲というより『崩壊の前日』に休みなく続く文字通りのイントロで、そのメロディーは『崩壊の前日』のテーマと同じ。演奏時間は二分四秒。そしてあの日もバンドはイントロダクションから演奏していたのだ。意識がそちらに向いていなかったから、フォルテッシモでリズムセクションが入るまで、気に留めていなかった。後から高校に出向いてバンドの練習を耳にした時、時間の都合か何かで、このゆっくりした『イントロダクション』を省略していきなり『崩壊の前日』から始まっていたので、わたしの意識の中ではその部分の存在が忘れ去られていたのだ。

たくさんの矛盾とたくさんの符合。バラバラになっていたものが頭の中で結びついていく。

わたしは心にかかることを思いつくままに並べてみる。
学園のプレイルームの大きなワンウェイミラー。
カフェの予約席に飾られた百合の花。
エレキベースの重低音が揺さぶる校舎の窓。
「わたし、あなたの瞭じゃないのに」という言葉。

でもまだ何かが足りない。もう少しで全体が見えてきそうなのに。自分が歯がゆく、焦ってしまう。あと一日。約束の期限までには明日しかないのだ。
わたしの目の前には四冊のノートがあった。春から秋にかけての四つの小さな事件の顚末を書き綴ったノート。あえてずっと触れずにいたそのノートを、わたしはそっと開き読み始めた。

冬の章　Ⅵ（十二月十六日　日曜日）

1

四冊のノートを何度も読み返し、ほとんど寝られないまま朝を迎えた。自分なりに春から秋にかけての様々な出来事は頭に入っているつもりでいながら、見落としていたことや気づかずにいたことが実はたくさんあったのだとようやくわかった。

外に出てみると街路樹はすっかり枯れて、本格的な冬の気配が迫っていた。

思ったより肌寒く、上着の前を合わせて早足に目的地へと向かいながら、わたしは昨夜高村くんとの電話で話した推論を反芻《はんすう》していた。

西校舎の、封鎖されて本来入れないはずの三階東側にいた芦田《あしだ》やショーヘイは、東側の屋上出口を利用した。そして十二時頃、ちょうど茜《あかね》に目撃される少し前に、再び階段を上り、屋上に再度出た可能性をわたしたちは検討した。

しかし、十二時過ぎの東階段の窓の震え、それはやっぱりバンドによるものだ。ベースとエレキギター、ドラムの轟音。もしかしたらその音にまぎれて、誰かがドアを開け閉めしたのかもしれない。だが、その可能性を消したのは、高村くんが教えてくれた『イントロダクション』の存在だった。ギターとキーボードだけで始まる静かで長いこの部分は、練習ではしばしば省略されていた。しかし本番では『イントロダクション』はきちんと演奏されたのだ。

轟音がドアの閉まる音をかき消すには、イントロが十二時スタートでは遅すぎる。最初の激しいフォルテッシモが炸裂した時は十二時二分。その時間から屋上に入ったのでは、犯行には間に合わない。茜による瞭《りょう》の目撃が先、東階段の窓の震えが後。その時非常扉は開かなかった。

東階段から屋上に入った者はいない、と考えるのが妥当だろう。だとしたら。

2

わたしは約束の場所――七海《ななみ》西《にし》高校西校舎の屋上に着いた。

相手は既に待っていた。階段室を出た所に。どう上手な理由をつけたのか、事務室から借り出した屋上の鍵を手に、いつものように姿勢よく、背筋を伸ばして。美しいロングヘアが軽く揺れた。

「おはようございます」

西野《にしの》香澄美《かすみ》が礼儀正しく挨拶した。

「お話って何ですか？」

相変わらずのポーカーフェイスで香澄美が訊く。

「瞭が不眠で心療内科に通って睡眠薬を服用していたのはあなたも知ってるよね」

「ええ。聞いてました」

「九月に大量服薬して病院に緊急搬送されたことも知ってるでしょう？」

「いえ」

「じゃあ、不特定の男の人と売春――お金をもらっていたかどうかわからないから、そう言えないかもしれないけれど、性関係を持っていたことは？」

「知りません」

「驚いた顔もしないのね」

「そんなことがあっても不思議じゃないかなと思って」

「どうやって出会ってたと思う？」

「わかりません。どうしてそんなことわたしに訊くんですか」

「もちろん、あなたが方法を瞭に教えたからよ」

　香澄美は少し迷っているようだった。心外だ、という表情を作って怒ってみせるのがいいか、トーンを変えずに淡々と話を聞いた方がいいのか、どっちにするか、揺れているように見えた。結局、彼女は後者を選んだようだ。急に何もかも面倒になってしまったようにも見えた。

「何でそんなことを言われるのかわかりません。方法って何ですか」

「最近、あちこちで『出会いカフェ』とか『出会い喫茶』と呼ばれる会員制のお店が増えているようね。そこは一見普通の店のようだけれど、女の子たちは無料で入れて、飲食も無料で何時間でもいられる。ただし彼女たちの席の片側はワンウェイミラーになっていて、裏側には男性たちの席がある。女の子からはただの鏡だけど、男たちからは女の子たちの立ち居振る舞いが丸見え。そして男が店を通して女の子を指名すると、二人で話すスペースが用意され、そこで商談が成立となれば店外でデート。それがどこまでの関係になるかは店の知るところではないってわけ」

「わたしがそんないかがわしい店に出入りしてるって言うんですか。そんな証拠があるんですか」

「あなたがいわゆる出会い喫茶に行ってるとはわたしも思ってない。あなたがその代わりに使っているのはカフェ・ヴァーミリオン・サンズよ」

香澄美の身体に一瞬力が入ったのがわかった。

「詳しいシステムはわたしにもわからないけれど、ヴァーミリオン・サンズは、男女の間を取り持つような動きは一切していないんでしょう？　店の大半は普通の、センスのいいカフェに過ぎない。ただ、特別席って呼ばれるスペースだけは予約の札がいつも載っていて、普通の客は入れない。一般の客からは、半個室のＶＩＰ待遇に見えるけれど、ちょうど鏡の裏側には、目立たないけど男性の特別席があって、同様に、いえ、もっと厳密に通す人を決めているんでしょう。鏡は勿論ワンウェイミラーなのよ。

最初に特別席に案内されるのは多くの場合、既に常連となった友達の紹介であり、その時は鏡の秘密を知らされずにいるんだと思う。男性の目を意識せずに振る舞う女の子の姿を見たい人もいるでしょう。後で声をかけられた時、ミラー越しに見てとった情報をもとに話しかけられれば、中には『初めて会ったのにこの人はなんでこんなことまでわたしのことをわかるんだろう』と勘違いしてしまう子もいるかもしれない。

お店が間に入って、交渉するトークスペースみたいなものも提供していない。男性は女の子を気に入れば、彼女が店を出るのを待って外の遊歩道で声をかける、それだけなのね。お店がやっているのは、ワンウェイミラーを隔てて、その女の子が一番映えるような背景や照明、小道具を用意する演出。彼女たちに一番いい表情をしてもらうために、好みの音楽や本、美しいデザートやドリンクを用意して、少しずつ一人一人違った演出をしているんだと思う」

「もし、仮にそんなことがあるとして、それって犯罪なんですか。だいたいヴァーミリオン・サンズに何か得することがあるんですか」

香澄美は反問した。

「お店のしてることが犯罪にあたるかと言われたら、それは成立しないでしょうね。出会い喫茶は会員制で、男性の入会金とか入店費、女の子を連れ出せた場合もお金を店に払うことになっているみたいで、自治体によっては条例で規制しているようだけど、この場合はきっと連れ出せた時の外出費みたいなものはとってないで、入店するところまでだろうから、具体的に斡旋して対価を得ていることにはならないんじゃないかしら。

それに、お店の中のごくわずかな席を使っているだけだから、もしかなりの入会金とかをとっていたとしても、それだけでペイするとも思えない。正直意図はわからないけど、今言いたいのはお店のことじゃない。あなたたちのしていることよ」

彼女は冷え冷えとした微笑を浮かべた。

「それで、わたしがそこで声をかけられた人と売春しているって言うんですか」

わたしは答えた。

「いいえ、違う」

香澄美の瞳が微《かす》かに揺れた。

「何を言いたいんですか？」

「あなたは暸をあの店に連れていき、ミラー越しに男の目に曝し、結果身を売らせた。たぶん他にも何人もの女の子を。でもあなた自身は売春なんかしない」

「どうしてそんなことが言えるんですか」

「あなたは男の人が嫌いで、女の子しか好きになれないからよ」

「あなたは松平《まつだいら》くんが暸に亡くなった莉央《りお》さんを投影し、暸を好きなんだ、とわたしに示唆した。でもそれは自分の思いを松平くんになすりつけただけ。莉央さんを愛し、その死に打ちのめされていたあなたは転校生の暸に彼女の面影を見て惹かれ始めた。でも暸は全く同性に興味を持たない子だということはあなたにもすぐわかったんでしょう。あなたの求めるものを瞭が婉曲《えんきょく》に拒絶したのかもしれない。賢くてプライドの高いあなたはしつこく迫るようなことはせず、表面的な友情を築いた。

でも受け入れられなかった怒りは燻《くすぶ》っていて消えることはなかった。あなたは違った形で瞭を支配し、自分から逃げられないようにしたかった。それであのカフェに彼女を連れていった。自分を傷つける破滅的な志向をもともと持っていた瞭は、あなたの思ったように、気が向けば男の人についていき、抱かれるようになっていったけれど、そこから救いも慰めも見いだすことはできず、絶望感を深めていっただけだった」

「わたしがあの時屋上で瞭と話してた、と言いたいんですか」

「わたしはそう考えたの」

わたしは『崩壊の前日』のバンド演奏と東階段の屋上ドアの関係を説明した。

「西階段から受付をしていた瞭の前を再び通って下りた、というのはあなた自身の証言でしかなくて瞭が口を開かなければわからない。あなたがずっと屋上に残っていて、わたしが屋上に入った時には階段室の鉄梯子を登って上に伏せ、わたしたちが端に駆け寄る間に非常口の前に飛び降りて西階段から逃げたとしたらさして不思議ではない」

「そうですね」

事件当日の話に進むにつれて、香澄美は落ち着きを取り戻しているようだった。

「瞭が屋上で話していたのはわたし。その通りです。いいじゃないですか。友達同士ですもの。

話したいことがいっぱいあったんです。フェンスの壊れた所から外に出たのはいけなかったかもしれないけど、それだけのことでしょう」

わたしが、居直ったかのような彼女の態度に動かされることはなかった。

「あなたは嘘をついてる」

「嘘？　わたしが彼女を突き落とした犯人だとでも？」

挑むように香澄美は言った。

わたしはゆっくり、言い聞かせるように言った。

「いいえ。あなたは犯人じゃない」

二度目の否定に、香澄美の動揺は増していた。

「なんでそんなことが言えるの？」

彼女は反問した。

「確かめてみましょうか」

わたしは香澄美の腕をとった。香澄美の身体は硬くなった。わたしはそのまま歩き出した。

「どこへ――行くの？」

「彼女が落ちたその場所に。行けばわかるでしょう？」

香澄美はずるずると引きずられるように歩いたが、わたしがフェンスの切れ目の所に手をかけて、

「さあ、出ましょう」

と言うと、その身体には震えが走った。

「ちょっと——待って。こんなことに何の意味があるの」

「出ればわかる」

「待って。わかったから。ちょっと一息つかせて」

香澄美は片手でフェンスを摑んだまま、ポケットから煙草のケースを取り出すと、一本取り出して押し込むように口にくわえた。ケースをしまうと代わりにライターを取り出したが、火をつけようとするその手は小刻みに震えていた。

「あの日もあなたはそんなふうだったのね。ただしこっち側ではなく、反対側、南側のフェンスの切れ目で。そして煙草を外側に取り落としてしまった。

フェンスの内側で自分が守られていると思える時はあなたは平静でいられる。でもフェンスがなかったり、破れていて、自分と外を隔《へだ》てるものがない、と感じた時のあなたはそうじゃない。それを誤摩化そうとする時あなたは煙草を吸わずにはいられない——あなたはここから外に出られないのよ」

「そんなこと——」

「それとも出られるというの？」

わたしは彼女の腕を引いた。彼女は弱い悲鳴をあげると、腰が抜けたようにその場にへたり込んでしまった。顔は真っ青で、視線を外から逸らし、もはや隠しようもなく全身が震えている。

「香澄美さん。あなたは高所恐怖症ね。修学旅行に行けないのをエコノミークラスが嫌なんていう理由をつけていたけど実際は飛行機自体に乗れなかった。ちょっとせり出した見晴らし台に立つのも震えが来て、人にすがったり煙草を吸ったりしないといられない。そんなあなたがフェンスの外に出て人と話すことも、突き落とすことも、できるはずがない。あなたは犯人じゃない」

わたしたちは屋上の真ん中に戻った。

「あなたはなぜヴァーミリオン・サンズに行くようになったの？」

香澄美の顔はまだ白かったが、何かをあきらめたように従順になっていた。

「ヴァーミリオン・サンズはもともとカフェなんかじゃなくて、画廊でした。初めて行った時、わたしと莉央は外の庭園に惹かれて近づいたんです。建物の外には案内も出ていない、ドアの前まで行ってようやく気づくような場所。どうしようと思ったけど、思い切って入ってみることにしました。

そこにあの人――オーナーがいた。突然入ってきたわたしたち二人に驚いたようだったけれど、中を案内してくれた。入ってみると案外広くて、優雅な調度品の間に絵や写真が飾られた外からは想像もつかないような素敵な小空間だった。オーナーがわざわざ淹れてくれた珈琲もこれまで飲んだことがないほどおいしかった。そこは口コミで来るごく限られた人を客にしたオーナーの趣味的な画廊で、一部に有名画家の本物の作品もあったけれど、どちらかといえば無名の画家や写真家の作品でもオーナーが気に入ったものが多かったみたい。彼女は文学や音楽にも精通した教養豊かな人でした。わたしたち二人を気に入ってくれたようで、また来るようにと言ってくれて、わたしたちは何度も足を運ぶようになりました。

画廊の中に他と区切られて個室のようになったテーブルが一つあって、いつも予約席になっていたけど、人が入っているのを見たことはなかった。ある日お店で待ち合わせて、わたしが遅れていったら莉央がみつからないことがあった。わたしが見回しているとオーナーがわたしを仕切りの脇のテーブルに連れていき、壁にかかった絵画をひょいと取り外した。わたしはびっくりしました。そこはガラス張りになっていて、その向こうのテーブルに莉央の姿があったから。静かに少しアンニュイな表情でわたしを待っている莉央はとても美しくて――わたしはその時初めて莉央を友達としてではなく好きなんだと気づきました。

莉央が死んでからしばらく、わたしは茫然自失していました。全くわけがわからないままでした。そんな時、画廊を改装してカフェにしようと思ってる、とオーナーから話がありました。あの日の莉央がオーナーにとっても印象深かったのか、ワンウェイミラーを使った特別席を作りたい、ということは初めからわたしも聞いていました。

『あなた自身のように、絵になるような女の子を連れてきてね』

オーナーはわたしに言いました。誰がその絵を見るのだろう、わたしはあえて訊きませんでした。

カフェができて、わたしは最初の客の一人だったと思います。最初のうち何回か一人で特別席に座りました。御簾《みす》越しに、女の子たちが羨望のまなざしを送っているのはわかりましたが、眼中になかった。好きな飲み物を飲み、好きな音楽を聴きながら、大きな鏡の向こうでたぶん誰かが自分を見ていることに最初は緊張していた。

でもやがてこんな汚いわたしが見られていると思うことに、奇妙な歓びと、全身の毛穴がちりちりするような嫌悪感がないまぜになった陶酔を感じるようになってた。

友達を誘うようになったのはオーナーに言われたというのもあるけれど、自分がそこから抜けられなくなるのが怖かったのもある。私学の女子校に行った中学時代の友達を中心に少しずつ声をかけた。

理由をつけて先に帰ったりした後、そうした子たちがミラーの向こうの男にナンパされて、いろんなことが起こっていることを、わたしはなるべく見ないようにしていた。でも本当はわかってた。

特別席に座らせるかどうか決めるのはオーナー自身でした。彼女はちょっと話せばこの子にはどこまで知らせていいか、あるいは特別席にはふさわしくない口が軽い子か、といったことを見抜けるようだった。でもわたしがたくさんの女の子を送り込んだのは確か」

「あなたもそうせずにはいられないものがあったのよ。きっと苦しかったでしょう」

わたしはなるべく感情を入れないようにさらっと言った。彼女には似つかわしくない「汚いわたし」という言葉。きっと深くて重い何かを心に秘めているに違いない。それを今つつき出すことはわたしのすることではない。そう思っていた。

しかし、彼女は口を開いた。

「小学校五年生くらいから、叔父《おじ》さん――母の弟に」

わたしには彼女の言っていることがすぐにわかった。

「いいのよ、無理に話さなくても」

しかし香澄美はわたしの声が耳に入らなかったように話し続けた。

マンションのフェンスの低い屋上。身体を硬くしてあおむけになった時背中に当たるコンクリートの冷たさ。視界に入る一面の空。口止め。穏やかな口調での脅《おど》し。それが一変して、婚約が決まったから、と手を合わせ、秘密を守ってくれと訴える卑屈な声。押しつけられた札束。

わたしにはその場で見ていたように彼女の言うことがよくわかった。本当は聞かずに済ませたかった。耳を塞ぎたかった。でも聴くことは彼女を追いつめたわたしが背負わなければならないことだった。だから聴き続けなければならなかった。

「もともと高い所は苦手だったけれど、いっそうひどくなった。空と自分を隔てるものがない所では特に。もう過ぎてしまったどうでもいいことだけど」

わたしは話し終わった彼女の顔を見て、首を横に振った。

「あなたはまだ傷ついてる。もっと哀しんでもいいと思う」

香澄美はわたしを見た。

「あなたはあんなことをされた子の気持ちがわかるの？」

「わかるのよ」

わたしはただそれだけ答えた。

「瞭にはひどいことをしたと思ってる。わたし、瞭のことを少し妬《ねた》んでた。莉央はわたしには何も話さず残さずに行ってしまったのに、一度しか会わなかった瞭には何かを伝えようとしたから。

　他の子もそう。皆わたしのことを、何でもできていいよねってうらやんで、でも本当は好きじゃないって知ってるけど、わたしはニコニコして、皆が思う通りのつまらない優等生として生きてる。でも一緒にいると時々皆がまぶしく綺麗に見えて、不意に汚してやりたくなるの。わたしと同じように汚れてしまえばいい、と」

「あなたは汚れてなんかいない」

　わたしは言った。それは自分に言い聞かせる言葉でもあった。

　しばらく黙ってから口を開いた時、香澄美は少しだけやわらかな表情になっていた。

「わたし、もうあの店には行かない」彼女は言った。

「本当は、もうやめようと思ってた。北沢《きたざわ》さんが瞭のことを聞きに来た時、もう終わる時なんだってわかっていたの」

　わたしはうなずいた。

3

わたしは香澄美と別れて高校を出た。

ひどく疲れていた。多くの人の思いが自分の中で渦巻いていた。足が重く、止まりそうになる。

わたしはよくがんばった。もういいじゃない。そんな言葉が頭に浮かぶのを抑えつけて引きずるように足を運んだ。

もう少しだ。もう少しで終わる。


「あれ、今日来る日じゃなかったよね」

つばめ寮の玄関に出てきた界《かい》はわたしを見て驚いた顔になった。

「うん。ちょっと忘れものがあって」

入んなよ、と言う界にわたしは小さい声で、ううん、中はいいの、悪いけどちょっと茜だけ呼んでくれる？　と頼んだ。

界は腑に落ちない顔をしたが、わかった、とすぐに中に引っ込んだ。

少し入り口から離れて佇《たたず》んでいたわたしの所に茜がやってきた。一人呼び出されたことを不思議がる様子もない。事件に関わることだと察しているのだろう。

今日は眼鏡をかけず、香澄美に褒められた大きな瞳がわたしをひたとみつめている。

わたしはたじろぎそうになりながらも、彼女の目を見返し、そして、やっぱりそうなんだ、と思った。

「茜ちゃん、あなたのことでちょっと訊きたいことがあるんだけど」

「あたしの？　なに？」

「あなたって視力が凄く悪いんだよね」

「うん」

「眼鏡の度も結構きつくて、かけてると牛乳瓶の底みたいだよね。わたし、直接見なくて気がつかなかったんだけど、あの文化祭の日は、あなた眼鏡かけてなかったよね」

香澄美がそう言っていたのだ。

「うん、そうだった。あたし――」

茜が言いかけるのを遮《さえぎ》ってわたしは言った。

「実は、疑問に思っていたの。そうだとしたら、何十メートルも離れた所からどうしてあなたは屋上にいるのが瞭だってわかったのかしらって」

「わたし、あれこれ考えちゃった。もしかしてあなたは自分で言ってる通り、西校舎の一番東側の中庭から屋上を見たんじゃなくて、もっと近くから瞭を見たんじゃないかって」

本当はあれこれどころではなかった。茜は東階段を上り、二階と三階の踊り場までやってきたが椅子が積んであって通れなかったと言っていた。見張りの一年生の女の子は、小学生が椅子に乗ったりなんかして大変だったと言っていた。

茜もまた六年生とはいえ小学生に変わりはない。乗り越えることはできなくても他児に紛れ、椅子の脚の下をくぐり抜けて三階に上がることはできなかっただろうか。いや三階まで行ければ屋上まで行くことも容易なのだ。

芦田、香澄美、ショーヘイの三人の他にも屋上に誰かがいた可能性、それをわたしは考えていたのだ。

全くの考え違いだったけれど。

何度も口をはさもうとした茜を抑えてわたしは訊いた。

「もちろんそんなことはなかったのよね。茜、わたしよく知らなかったけど、あなたはコンタクトレンズも使っているんでしょう？　文化祭の日もそうだったのね」

茜は、そうだよ、とうなずいた。

「眼鏡も使うんだけど、あたし両方の視力が極端に違うから。ほら、左側は――」

彼女は左手で拳《こぶし》を握って自分の頬を殴る真似をした。

「眼鏡で両目それぞれに合わせると左右のレンズの厚さに凄く差が出て、ちょっと見た目も使い勝手も悪いんで、本当はコンタクトの方がいいんだって。それで作ってもらったの」

気がついて当然のことだったのだ。それをわたしは――妙に妄想的になっていたのだ。

一つ一つを取り外していかなくては。

「なんでそんなこと今さら？」

茜は不思議そうに訊く。当然のことだろう。

「ううん。大したことじゃないの。でもおかげで助かった」

そう言ってわたしは、

「もう少しだけ待ってね。この間の話。園長先生には話してあるから。もうすぐすっきりできるから」

茜はわたしの目を見ると、うん、とうなずいた。訊きたいことは山のようにあるだろうが、雰囲気を読み、無理押しをしないのは彼女らしい。

わたしはそっと彼女に別れを告げ、歩き出した。

携帯電話が鳴った。この間入れたばかりの着メロ。『イントロダクション』。

それは『崩壊の前日』への序奏だ。

わたしは電話の相手に答えた。

「そこにいるの？　じゃあ、すぐ行くからそこで待ってて」

わたしは園庭を横切り、正門を出た。そこに高村くんが待っていた。

「どうだった？」

彼の口調はいつもと変わらず落ち着いていていた。

「うん。話しておいた通り。香澄美さんはカフェのことを認めた。それから高所恐怖症のことも。彼女も傷を負った人なの」

わたしは多くは説明しなかった。高村くんも突っ込むつもりはないようだった。話が途切れて少し沈黙があった。

彼が話し出そうとする気配を感じ、先手をとってわたしは口を開いた。

「ちょっと訊いておきたいことがあるの」

彼は黙って聞こうとしているようだった。

「高村くん、文化祭の日、あなたは七海西高校に来ていたよね」

＊＊＊

一瞬の沈黙の後、彼は息を吐いて、

「よくわかったね」

と言った。

「……ええ」

やはりそうだった。

「カフェで事件の整理をしていた時、子どもたちの実名を知らないあなたは、彼らをアルファベットで示した。

わたしがうっかりして暸の名を出してしまった時、あなたは笑って、じゃあRにしておこう、と言った。それはちょうど適当なタイミングだったので、わたしは自然に受け入れてしまった。でもよく考えたらそれはおかしい。

あの時の話の流れはRにあたる子に触れていたわけじゃなかった。『暸』は男とも女ともとれる名前だから、その時話題に出ていたＡＢＣの誰であったとしてもおかしくなかったのに、わたしが口にした『瞭』がRという別の子を意味している、と迷わず決められるはずはなかった。あなたは瞭のことを知っていたの」

「その通りだ」

「そして、あなたは瞭が当日ハナミズキのブローチをつけていたことを知っていた」

瞭がつけていたブローチについて、「もともと春菜のブローチ」と彼は指摘した。それはその通りだったけれど、彼は瞭がそのブローチをつけていたのをなぜ知ったのだろう。わたしはあの時そこにひっかかった。彼女がブローチを手に入れてから、実際につけたのはあの日が初めてだった。そのことは佐奈加が口にしていた。高村くんは当日七海西高校でその姿を見た、と考えるのが一番自然だ。

そしてわたしの思考はさらにその先を走っていた。

ブローチはごくありふれた安物だった。二人がたまたま同じものをつけていたとしてもそれほどおかしくはないだろう。ブローチが二人の間でやりとりされた、と彼が思ったのは——。受け渡された場を見たからではないのか。

カフェの特別席の裏側、ワンウェイミラーの反対側に、高村くんは座る資格を認められていた。選ばれた少女たちの肢体を眺め、声をかけるため、オーナーのお墨付きを得て。

わたしがヴァーミリオン・サンズに行きたいと言った時、彼はいささかも迷わずその場所に車を走らせた。まるで行き慣れた場所に行くように。

高村くんは瞭を知っていた。文化祭当日も瞭に会いに来ていたのではないか。彼は瞭の姿を間近で見ている。

勿論、彼に犯行は不可能だ。彼は西校舎の屋上に入ることはできなかった。それができない人間に犯人の資格はない。わたしはずっとそう思っていた。

本当にそうなのか？

西校舎の屋上にいない人間に犯行は不可能か。例えば北校舎だったら？

わたしはラケットを抱えた高村くんの姿を思い描く。正確で強力無比な彼のショット。高さのほぼ同じ北校舎の屋上から、彼が放つサーブ。渾身の力を込めたその一球が西校舎の屋上、フェンス外の不安定な場所に立つ者の胸をめがけ飛んでいく様をわたしは思い描いた。

ボールが命中しても、驚いて避けようと大きく動いても、大きくバランスを崩すに違いない。あの位置ではそれは致命的なこととなる。

彼ならできた。彼にしかできなかった犯罪。

「春菜の顔が見たかったんだ」

わたしの夢想は高村くんの静かな声で破られた。

「春菜に再会した頃、俺は仕事に行き詰まり、悩んでた。自信をなくしていた」

「そんなふうに全然見えなかったし、思いもしなかった。学生時代も常に輝いていた高村くんそのままなのだと」

「俺は確かに高校でスター選手だった。大学では高校ほど運動に打ち込んだわけではないけど、やはり目立っていたと思う。運動能力のことだけでなく、周りも俺のことを頼れる人間だと思ってくれているのがわかっていた。思い上がるつもりはなかったが、自分なりの自負心もあった。

勿論社会人になればそんなことはリセットだ。学生としての些細な成功なんて全て捨ててゼロからスタートし、謙虚に周りから学んでいくつもりで臨んだはずだった。一年、二年はがむしゃらに働き、上司にも先輩にも教えを乞い、多少納得がいかないことも、まずは受け入れてやってみようと思っていた。しかし、三年目にもなると抑え込んできたいろいろな疑問が頭をもたげてきた。うちの社のめざす方向自体を疑ってはいない。しかし、仕事のディテールにはおかしな慣習もある。関連会社に無理を押しつけることもある。もっとよりよいやり方があるんじゃないか、と提案しても黙殺されたり、理不尽な理由で立ち消えになってしまうこともある。

いや、実はなんだかんだ言っても俺は脚光を浴びていて自分の思いを通せていた時代を懐かしんでいて、ただの若造として扱われていることを受け入れられてなかったんだ。

わかっていながら、自信を取り戻したくて、かつての仲間に会いたくなっていた。

春菜が七海学園という施設で働いていることは聞いていたけど、直接の連絡先も知らないし、昔の連中に訊いていけば辿れるのはわかってたが、そこまでして連絡をとるというのも気恥ずかしさがあった。今思えば自分のイメージにこだわって格好つけてただけだった。

あのカフェに入ったのは偶然だった。座ったのも普通の席だった。たまたま近くに高校生らしい女の子二人組がいた。聞くともなしに聞いていた会話の中に『七海学園』という言葉があった。俺はつい話しかけてしまった。七海学園の子たちなの？　北沢先生って人がいるよね？と。

一人の子がもう一人に目をやり頼るように、瞭？　と言い、相手の子はちょっと考えてから、『わたしは七海学園にいます。北沢さんに何か用事ですか』と答えた。こちらの整理のつかない気持ちを見通すようにそう言われて俺は少したじろいだ。

『いや、高校が一緒だったんだ。たまたまこの辺に来たんで』

『何かお伝えすることがあれば伝えますけど』

その子は俺をじっと見て、クールに、静かにそう言った。

『いや、別にいいんだ。必要な時は直接連絡するから』

そう答えると彼女はもうこちらに関心を失ったように背を向けた。しかし彼女たちが立ち上がって出ていく時に瞭でない方の子が、『あなた、県南スタジアムには行くの？　サッカー大会の日？』と訊いたのは耳に入っていた。瞭は素《そ》っ気《け》なく『行かない』と答えていたが、その時口にされた日付を俺は頭に入れた。ちょうどスタジアムに関わる仕事の日程調整をすることになっていた。俺は日にちをそこに合わせた。もしかしたらその日春菜も来るのかもしれないと思った。外れてもともと、と思ってたけど」

それではあの日の再会は全くの偶然ではなかったのだ。

「女々《めめ》しい奴だと思われたくなくて、そんないきさつも、仕事に対する屈折も、口にはせずにいた。でもそんなことはまるでつまらないこだわりだったってわかった。春菜は何も変わってなかった。少なくとも俺に見えるところではってことだけど。社会に出て、部活より、俺の仕事なんかよりずっと大変な経験ばかりなのに、変わらない真直ぐな気持ちで、いつだって体当たりでぶつかっているんだ、と」

「そんなこと話してた?」

言わなくてもわかるさ、長いつきあいだから、と高村くんは言った。

「俺はなんてつまらない人間だろう、いつまでも過去の栄光みたいなものにこだわって、いい格好をしようとして、そう思った。だけど、情けないことばかり言ってたんじゃせっかく会った甲斐《かい》もないからな。とりあえず目の前のことからやってくしかないってちょっと気持ちが切り替わった。春菜のおかげだと思ってる」

高村くん。あなたは情けない人間じゃない。あなたが変わらないと思った相手も、そんなあなただから、あなたを思って勇気を奮い起こしたんだよ。わたしはそう言いたかったけれど、口にはしなかった。今になってそれに何の意味があるというのだろう。

「あの日、春菜に『やっぱりどうしても文化祭に行かないと。気になる子どもがいるから』って言われて、予定がぽっかり空《あ》いた。テニスの練習に行くつもりだったけど、ついでだからちょっと覗いて、みつかったら挨拶だけでもしておくか、って思った。みつけた時には、ちょうど中庭であの子に声をかけてて。でも向こうが素早く人ごみに紛れ込んで、春菜は困った様子だった。真剣に仕事してる最中なのに遊びで顔を出すなんて、と思ってもう声はかけずに引き揚げてしまったけど」

「そう言えばよかったのに」

「すぐ言うつもりだったけれど、あんなことになってしまって言いそびれた。後から話すと何か怪しげで。でも何でも正直に言っておくべきだった。隠しておくと後がやりにくいのはもうわかってたはずなのに」

彼の声は悔恨で沈んでいた。

「最後にもう一度春菜を捜そうと思って、見晴らしのいい所へ行こうとしたが、どうやらどこも入場制限されていて、屋上には行けなかった」

そう。屋上には行けなかった。西校舎西階段以外は全て。

最初に警察から聞いたではないか。西校舎以外は屋上は全て施錠されており、出られなくなっていた。

北校舎にせよどこにせよ屋上に出て、そこからボールを西校舎に打ち込むなんて不可能だったのだ。勿論屋上以外の教室の窓からではそんなことはもっと不可能だ。窓の大きさは言うまでもなく、下から見上げるように打ってボールを目的物にぶつけるなど無理としか言いようがない。

だいたい、もし彼女にボールが命中していたらひどい痣《あざ》が残っただろうし、当たっても外れてもボールは大きく弾んで中庭に落ち、人目を惹いただろう。もし誰も見なかったとしたらそれは僥倖に過ぎない。

「俺が春菜にやったブローチをいつもつけてくれているのは気づいてた。それがある時から急になくなった。学園祭であの女の子が同じものをつけていて春菜と揉めてるらしいのを見て、あれがそうなんだとわかった。

もしかしてあの子が春菜から盗って、それで揉めてるんじゃないかとさえ思った。それは考えすぎだったようだけど。あんなものいくらでも買ってやるのに」

高村くんは特別席には行っていない。彼はただ北沢春菜を本当によくみてくれていたのだ。それをわたしは疑ってかかるなんて——。

「それで、どうする?」

彼が言った。

「これから会いに行く。もう他に道はないの」

「一緒に行こうか」

0・1秒くらい迷って、わたしは首を横に振った。

「それはできないの。ここはわたしの場所。これはわたしがしなければならないことなの」

高村くんは何か言いたそうだったが、結局うなずいた。

「無理するなよ。何かあったらすぐ知らせて」

「わかった。大丈夫だから」

わたしは背中を向けて歩いていく高村くんを見送ってから、深呼吸し、再び学園の敷地に足を踏み入れた。

管理棟は人気《ひとけ》がなかった。暗い廊下を歩いていくと、奥に田後《たご》佐奈加が立っていた。彼女は無言のままわたしの顔を見た。反抗するように、訴えるように、口を開こうとして言葉の出ない彼女に、わたしは言った。

「あなたが守ろうとしていること、わかってる。でもあなたは大事なことってなんなのか、もう知っているはず。これは必要なことなの」

彼女は一杯に目を見開いてわたしをみつめた。

「あなたは部屋に戻っていて」

そう告げると彼女は何も言わずに小さくうなずき、その場を離れた。

佐奈加の後ろ姿が見えなくなるまで待ち、それから、彼女の背後にあった扉をそっと開けた。

捜していた相手は布団をかぶって向こうを向いていたが、目覚めているのがわかった。わたしはベッドの前まで行くと、立ったまま話しかけた。

「ずっと待っていたの。あなたと話せるのを」

返事はなかった。わたしは続けた。

「七海西高校の文化祭の日、西校舎の屋上には一人しかいなかった、そういうことになっていた。警察は自殺か事故として処理しようとしていた。わたしは納得がいかなくて佐奈加を追及して、三人が屋上に上ったこと、警察には提出されなかったけど、三人がサインした受付簿の一枚が残っていることを知った」

相手が一瞬息を止めたのがわかった。

「わたしは三人に話を聞いた。三人とも屋上で瞭と話したことは否定した。皆それぞれ隠したかった秘密を持っていたようだけどね。でも結局二人は東階段から三階に下りた後、戻ってくることができなかった。一人は高所恐怖症があるため、そもそもフェンスの外に出ることが不可能だった。三人は除外されたの。

わたしはさらに考えた。でも別の人間がその場にこっそり潜り込むこともできなかった。そして、離れた場所から彼女を落とす可能性も否定された。自殺や事故でもないとすれば残った可能性は一つしかない」

「それで来たのね」

相手は寝たふりを装うのはやめたようだった。静養室のベッドの上に起き直ると、怒りの籠《こも》ったまなざしでわたしを見返した。

「あなた随分探偵みたいなことをあちこちでやってたみたいね。わたしが犯人だと告発するためなんでしょう。あなたなんか職員でもないくせに！」

「あなたは間違ってる」

わたしが静かに言うと彼女の顔はいっそう青ざめた。

「誰がやったかなんて、そんなことは初めからわかってた。そうでないように、と願って、いろいろ確かめたけれど、結論を覆すことはできなかった。わたしが本当に知りたかったのはそんなことじゃない。それは初めからあなたにずっと訊きたかった、たった一つの質問への答えよ。

瞭。あなたはいったいなぜ春菜ちゃんを突き落としたの？」

4

死のような沈黙。

今や真っ白になった少女の顔。

わたしはそこから目を離さないままで、あの日のことを思い出していた。

わたしたちは校内を廻りながら瞭の姿を捜していた。野外ステージの開幕が近づき、わたしはそちらに気をとられているうちに春菜ちゃんを見失った。

春菜ちゃんは最後に残された場所——西校舎の屋上に行ったのだ。一度は佐奈加が否定したその場所に。

彼女はフェンスの外に出ている瞭をみつけ、近づいていったに違いない。

わたしは春菜ちゃんを捜し、彼女と同じ結論に達して、佐奈加の所に再度やってきた。気持ちが焦って、署名などせず、階段を駆け上がったけれど、間に合わなかった。

地上に倒れて動かない春菜ちゃんの姿を見たその時から、わたしは瞭を疑っていた。

瞭が姿を消したのは、当初香澄美について考えたのと同じ方法だ。展示物の陰に一瞬隠れて、わたしをやり過ごし、西側の階段室の壁面についた鉄梯子をよじのぼって上に伏せてわたしの動きを見ていた。続いて出てきた佐奈加が、おっかなびっくり非常口のドアから離れてわたしに近づいていくのを見計らって瞭は再び梯子を降り、佐奈加の背後から階段室に入って階段を駆け下りた。それだけのことだが高所恐怖症の香澄美には決してできなかったことだ。もしかしたら佐奈加は走り去る瞭の気配を感じ取っていたかもしれない。

しかし彼女はその時それを口にしなかった。その結果、屋上に行ったのは、春菜ちゃん自身と、それを発見したわたしの二人だけ、(後から佐奈加が来たけれど)ということになった。勿論ごく一時のことだったが。

帰園してすぐ発熱し倒れてしまった瞭は静養室対応となり、そのまま不登校状態になっていた。

初めは学園の職員が転落して重体という大事件に、衝撃を受け立ち上がることもできないんだ、と理解された。しかし日が経ってもいっこうによくならない瞭を見て、もしや彼女自身が何か関わっているのではないか、と園長始め職員は心配しつつ、どこまで切り込むべきか、と躊躇していたのだ。

それは他の子どもたちを思ってのことでもある。学園の職員が被害者となっただけでなく、学園の入所児童が犯人、となれば他児のショックはいかばかりか、と考えると、確信もないまま、安易に踏み込むことは難しくなる。

わたしはいわば部外者。学園に対しても、子どもたちに対しても、責任を負っているわけではない。だからこそ自由に行動できる部分があった。そして茜と佐奈加から話を聞いた月曜の夜、ちょうど一度は体調が回復しかけた瞭が再び発熱してしまい、すぐに直接彼女と話すことができなかったから、まず周辺から当たり、固めていくしかなかったのだ。

新聞に名前こそ載らなかったが、転落したのが春菜ちゃんだということは意外なほど広く知られていた。どこへ行っても北沢春菜の名を出せば、ああ、あの事件、と話が通じ、七海学園の一ボランティアに過ぎないわたしのことを当然職員だと思い込んでくれた。子どもたちが、学校で会う時もわたしを「先生」と呼んでいたせいもある。

でもわたしの思いと行動は様々に矛盾し分裂していた。真実をどうしても明らかにしたいと思いながら、一方で春菜ちゃんが四階分の高さから落ちて明日をも知れぬ命であることは直視するのも辛くて、言葉にすることさえなるべく避けていた。そして春菜ちゃんがあんなにも思い入れていた彼女が犯人なんかじゃないと証明されることを、わたしは本当に願っていたのだ。「芦田くん、香澄美さん、松平くん、屋上であなたと話していたのがそのうちの誰かならいいと思っていた。それならアリバイが成立する可能性がある。春菜ちゃんを突き落としたのは別の人だということになる。でもあなたと話したという人はいなかった。そして三人とも問題の時間には屋上にいられず、犯人でもないことが明らかになった。

『わたし、あなたの瞭じゃないのに』とあなたが言うのを佐奈加は聞いたと言っていた。それは彼女があなたに煩わしがられているんじゃないか、という不安の現れだった。もしかしたら『瞭』でなく『莉央』だったんじゃないか、とわたしたちは惑わされた。本当はもっともっと単純なことだった。

あなたが学園で所属しているのはひばり寮。春菜ちゃんはつばめ寮の職員。あなたはただ

『わたしはあなたの寮の子じゃないのに』と言いたかっただけ。

起こった事実はおおよそ明らかだった。でもあなたの気持ちはやっぱりわからなかった。あなたは香澄美さんに誘われて、ヴァーミリオン・サンズで特別席に座り、声をかけてくる男たちと援助交際という名の売春を繰り返していた。でもそのことはあなたの心の慰めには全くならなかった。大量服薬で七海中央病院に運ばれた後も、あなたの行動は変わらなかった。春菜ちゃんはあなたが再び死に引き寄せられ、取り憑かれていると言っていた。何とか引き戻さなきゃ、と。だからあの日もあなたを捜し続けて——それで屋上に辿り着いたのよ。なのに、いったいなぜ」

少女——鷺宮《さぎのみや》瞭の顔は相変わらず蒼白だったが、さっきまでと比べると何か覚悟したように表情は落ち着いて見えた。

「なぜこんなことになったのかって訊くのね」

彼女は独り言のように言った。

「わたしにもわからない。わたしは——誰にも関わらずにいなくなるはずだったのに。お母さんにケガをさせて警察に捕まった時、わたしはほっとしてた。ああやって無理に止められなければわたしはお母さんを殺してたかもしれなかった。そう、お母さんは確かに異常に過干渉だった。でも本当に恐ろしかったのはお母さんの正しさだった」

「正しさ?」

「お母さんは頭がよくて、確かにわたしのことをよく見ていて、指示は後で考えると決して的外れじゃなかったりした。いっそ間違ってくれてたらいいのに。めちゃくちゃだったらいいのに。いやいやでもお母さんの言うことに従うと、結果は悪くなかったりした。でもそこから得られるはずの歓びを感じる力をもうわたしは無くしてた。

お母さんは何もかもわたしの先廻りをした。その正しさで逃げる所がなくなるまでわたしを追いつめて、わたしが折れるまで。ふだんのわたしはお母さんと対等に言い合うことなんてできなかった。逆上して叫んでいる時だけ。わたしが殴ったり蹴ったりすると、確かにその時だけはお母さんは怯《ひる》んでた。でもお母さんを傷つけても傷つけてもすっきりすることなんかなくて、まるで、自分を殴っているみたいで、厭《いや》などんよりした気持ちがますます胸の中に溜まっていった。そしてお母さんはまた同じなの。何度倒しても立ち上がってくるサイボーグみたいに、変わらないの。あなたはこうすべきだって。あなたの幸せはわたしがよく知っているって。

七海学園に送られて、家から遠く離されて、わたしはようやく生きていけると思った。自分の個室もないし、高校も全然綺麗じゃないし無名だけどのんびりしてた。友達もよくしてくれて。でもお母さんから連絡が入るようになって、またたまらない気持ちになった。児相のケースワーカーにもお母さんに会ってみるように言われた。立ち会ってあげるから、言いたいことを言っていいから、と。逃げていては何も解決しない、と。わたしはうまく反論できなかった。言いたいことを言えるくらいなら、苦労はないのに。言いたいことを言える人間なら、まずあなたに言うはずなのに。あなたに言いたいことだってうまく言えないのにって、おかしいよね。今なら言いたかったことが自分でわかる気がする。もう遅いのに。

わたしはこの学園のことをそんなに嫌いじゃなかった。何て頭悪い子たちなの？　とか何でこんなことも知らないの？　とか思うことはあったけど。職員だってうるさいと思うことはあってもわたしのお母さんやお父さんよりは百倍まともだし。

佐奈加のことわたしが鬱陶《うっとう》しがってるって思われてたみたいだけど、実際はそんなに嫌《いや》ってわけでもなかった。ただわたしはどんな顔をしてつきあったらいいのかわからなくて、優しくすることもできなかった。

本当は他の子たちのことを少しうらやんでいた。親がいない子や、いても全然会いに来ない子たちのことを。ひどい暴力をふるわれて学園に来た子のことさえ、『あなたは何も間違ってない』って言ってもらえるじゃないって。でも勿論そんなことは口に出せなかった。あなたは親がいて、お金も住む所も文句を言わなければあるのにって。親がいろいろ言うのもあなたのことを思ってくれてるからでしょうって言われそうで」

「誰かがそんなふうに言ったの？」

わたしは訊いた。

「ううん。少なくともこの学園ではそんなことを面と向かって言われたことはない。でも、きっとそう思われてるに違いないって気がしてた。わたしだって大変、わたしだって苦しかった、そんなことは言えない。他の人に比べたら贅沢な悩みに違いない。そう思うと、わたしはここにも居場所がない、いてはいけない人間のような気がしてたんだ。たぶん」

「あなたが自分で自分にそう言っていたのね」

「結局はそうだった。反発している時は自分ってものがあるような気がしてたけど、いざ一人で突き放されるとどうしていいかまるでわからない。これまでもそう。結局はお母さんの言うことにすがってた。今回も、『間違ってここに来たけど、本当はそんな資格もない。わたしのすることはすべて間違ってる。お母さんに謝って、許してもらって家に戻ればそれで万事治まる』そんな声が頭の中で聞こえてくる気がしてた」

クールな美しさを保ち、いつも超然として見えた少女は、慢性的な無力感に苛まれ、それを表出することさえできず無表情でいただけなのだ。士朗《しろう》や香澄美はそのことを感じ取っていたのだろう。

「それはお母さんの言葉なのよ。あなたを支配しようとする。それが自分の声のように、天の声みたいに、錯覚してしまうだけなのよ」

「そうね、きっと。今になってみると、いろんなことがとてもすっきりわかる気がする。もう、遅すぎるけど。

香澄美はわたしに無理やり深く入ってこようとはしなかったから楽だった。彼女が男の人を好きになれない人だということ、自殺した莉央をわたしと重ねていることは初めから薄々感じてたけど、ある時彼女自身がレイプされた過去があることと一緒に告白された。わたしは自分がどうなってもよかったんだから、香澄美のいいように自分を合わせてもよかったのかもしれないけど、どうしてか、そうできなくて、突き放すような言い方をしてしまった」

母親の強い支配から逃げ出そうとあがいていた瞭に、同性からの求愛は、たとえプラトニックなものであっても受け入れがたいものだったかもしれない、とわたしは思った。

「香澄美は内心傷ついたかもしれないけれど、平気そうに見えた。すぐに自分の言葉を撤回し『そんな深刻なことじゃないから、あまり重く受け取らないでね』と言っていた。それから少しして、わたしはヴァーミリオン・サンズに誘われた。

香澄美に何かの意図があるのは感じてたけど、彼女のいいようにすればいいと思ってた。最初の男に声をかけられた時の話の内容から、ミラーのことも察しがついたけど、別にどうでもいいことだった。自分がどうなっても構わない。むしろ何かが変わればいい。自分の中に異物が入って、自分を汚して、泥まみれにして、何か違った生き物に生まれ変われたらいいと思った。

そんなことできるわけないのにね」

瞭はくすっと少し笑った。わたしが瞭の笑顔を見たのはそれが初めてだった。それは奇妙なほど無邪気に清らかに美しく見えて、わたしはただ哀しかった。

「よほど第一印象が悪い人でなければ、わたしは誰にでもついていった。そして結局やることはいつも同じだった。初めからしたい人と、恋愛ごっこみたいなことをやってからでないとできないらしい人の違いはあったけど。それって食事の時一番好きなものを最初にとるか、最後にとっておくかの違いみたいなものなのかな。わたしはどっちかというと最初からの人の方がよかった。あれこれ嘘くさいことを言われてそれに答えなきゃいけないのが面倒だったし、恋愛とか言う人ってお金もあんまり払わないから。お金は別にどうでもよかったから、くれるって言う人からはもらってたし、そうでない人に文句も言わなかったけど、帰りが遅くなるとタクシー代ぐらいはあった方がいいものね。

たくさんの人がいろんなやり方でわたしの身体を使っていった。わたしはたいがいのことは相手に言われた通りにしてやった。いろいろな趣味があるんだなとか、こんなことして何が面白いのかなとか不思議には思ったけど。

でも皆最初は何かよくわからないけど盛り上がってるのに、最後には何かがっかりした顔になるの。凄く高くて豪華なデザートを注文したつもりで食べてみたら、スーパーの特売で売ってる三個八十円の安っぽくてまずいやつと同じ味だった、みたいな顔よ。

それでわたし、やっぱり自分が間違った値札のついた欠陥商品だって気がしてきた。どんなお客さんも満足させられない品物は、発売中止だものね。

お母さんから電話があった時、わたしそういうことを皆話してやった。わたしはお母さんの望んでいるような、そんな娘じゃないって伝えたかった。お母さんが動揺して怒鳴り散らしたり、あんたなんかもう娘じゃないって言ってくれたらそれでもいいと思った。

でも、お母さんは全然そんな反応をしなかった。怒ってはいたけど、氷みたいに冷ややかに、わたしの話は全て無視した」

「無視？」

「いろいろつまらないことは学園なんていう所にいるから起こる。やはり親としてきちんとあなたをしつけ、素晴らしい女性に成長させなければいけないって確信したわって。わたしはお母さんを傷つけたくて、男の人たちがわたしにした汚い行為もわざと強調して伝えたのに、お母さんはそんなことで傷ついたりしなかった。ただそんなことはあるはずのないことだから、なかったことにした。過去のことは忘れて未来を見ていきたいって児相の人にも言ったらしい。いかにも理解があるみたいに。お母さんはわたしのことなんて何もわかってはいないのに——いいえ違う。お母さんはわたしを理解する必要なんて全然感じてなかった。お母さんにとって娘はこうあるべきだっていう形は初めから決まってて考え直す余地なんて少しもなかった。後はわたしがのろのろと這いずっていってその形に自分を当てはめていけばいいだけのことだった」

「誰か相談できる人はいなかったの？」

「香澄美には何も話さなかったけれど、読む本や聴く音楽も暗いものばかりになっていたから何か感じてはいたと思う。彼女はあまり干渉してくる人じゃないから突っ込んで訊いてくることはなかった。それでも秋頃は何か言いたげな素振りをしていることが何度かあった。こんなわたしの状態は自分が引き起こしたって言う気持ちもあったのかもしれない。別に彼女の責任でもない、わたしが好き好んでしていることだったから気にすることはなかったんだけど、わざわざそう言ってあげるほどわたしも親切じゃなかった——わたしの話を一番よく聴いてくれていたのはヴァーミリオン・サンズのオーナーだったかもしれない」

「オーナーは、あなたのこれまでのことや、思っていたことをみんな知ってたの？」

「わからない。わたしは具体的なことはほとんど話さなかった。初めて男の人に声をかけられた次の時に、彼女はこの店がよい出逢いを作る手伝いをする場になればいいと思ってる、と言ってた。素敵で美しい女の子が、ふさわしい男の人と出逢える場所に、って。でも時々話していると、彼女は何でもわかっているんじゃないかって気がした。わたしの気持ちを見通せるような不思議な人よ。いつもその時のわたしの心にぴったりの席を準備してくれていた。テーブルクロスの色、飾ってある花、壁に掛けてある絵や写真。BGM。ラックに用意してある本やCD。

彼女はあまり多く話さずに、いつもわたしの話を聞いていた」

「どんなことを言われたの？」

「あなたはとても素敵な子よ、ってよく言われた。それでもわたしはやっぱり自分がそんな大したものだとは思わなかった。ただここまでがんばってみても自分が周りとまるでずれた存在だっていうことは思うようになった。ずれを修正しよう、とも」

「いつ頃から死ぬことを考え始めたの？」

「薬をたくさん呑んであなたと春菜さんにみつかった時は、実はそこまではっきりした気持ちではなかったけど。

いつだったか、やっぱりヴァーミリオン・サンズにいる時だったけど、不意に思ったの。これからってもう下り続けるだけなんだって。あなたは汚れなく美しいってオーナーは言ってくれたけど、いつまでもそんな幻を自分でさえ抱いていられないって。その頃からその場所と時を探し始めてたような気がする。

莉央が『モーリ』と呼ばれていたことに名前以上の意味があったことは、その前から何となく感じてた。香澄美に突っ込んで訊いたら、彼女はためらっていたけど、結局教えてくれた。Memento moriという言葉を。それでわかった。莉央がわたしの旧姓も知らないのにわたしのこと『モーリ』って呼んだことには意味がある。彼女はわたしに死を引き継いだんだ、と。

春菜さんが莉央のCDの見方を教えてくれたから、わたしはヴァーミリオン・サンズのパソコンで繰り返し彼女の写真を眺めた。まるで宙に浮いているみたいな莉央の写真を見ると時々目眩《めまい》がした。いつも生と死の間を綱渡りしていた彼女は、結局向こうへ行ってしまったんだ。わたしもまた、糸の上を渡っていくような気持ちになって、撮影されたらしい場所を自分でも歩いた。海沿いの崖や高い橋やビル。最後の写真が高校の屋上で撮ったものだった。わたしはそこに導かれているって思った。莉央がわたしをここに招いているって。

文化祭の日はその気持ちが特に強くなっていた。それは今日かもしれない。わたしは朝から思い続けてた」

「でも反対の気持ちもあったんでしょう——あのブローチもきっと」

「ああ」

瞭は何かを思い出した顔になった。

「春菜さんに意地悪をしてもらったブローチだから、もらったはいいけど、つける気にもならなかった。あの日、もしかしたら戻ってこないかもと思いながら学園を出かかって、なぜだか引き返してわたしはあのブローチをつけたの。いったいどうしてなのか、自分でもよくわからなかった。

　春菜さんは他の人とは違ってた。お母さんにはその手に捕まったら最後生きながら死んでいくような、そんな恐怖心を感じてたけど、春菜さんにわたしがよく感じてたのは苛立ちだった。わたしは皆から遠ざかって、何も感じないでただ日々をやり過ごしているだけだった。春菜さんはそんなわたしに近づいてこようとしてた。わたしはたくさんの悪意を彼女にぶつけ、彼女は一杯傷ついたはずなのに、懲《こ》りなかった。うざい女だと正直思った。でも何人もの子が彼女と出逢って、変わってきているんだ、ということも脇で見ててわかった。バカな子たちって思いながら、わたしはだんだん春菜さんのことを無視できなくなってた。もしわたしが彼女の寮だったら、彼女がわたしの担当だったら、きっとわたしは反発し、大変になるだろう。でもその先どうなるだろう。そんならちもないことを考えている自分にふと気づくことがあった。一緒にされたくないって思ってたのに、うざい女に乗せられるバカな子だとしたらどうしていけないのだろう、と思う気持ちをあわてて打ち消した。これ以上揺さぶられないようにってなるべく彼女のことを避けた。

　フェンスの隙間をすり抜けて、西校舎の屋上の角に腰掛けた時、わたしはこれまでにないくらい死に近づいていた。好きなもので満たされたわたしの世界。もうそっちの世界に行けると思うと心が落ち着く気がした。

　その時彼女がわたしの名を呼んだの。

　わたしは恐ろしかった。お母さんのようにわたしをとらえてがんじがらめにされる、という怖さじゃなかった。わたしはただ現実に追いつかれてしまった、と思った。幻想の中に逃げていることはもうできない、と。

わたしは立ち上がった。

『近づかないで。わたしはここでおしまいにするの。放っておいて』

春菜さんは近づいてはこなかった。ただ静かにそこに立ってわたしをみつめていた。

それから、口を開いた。

『あなたがいいと言うまで近づかないよ。でも放ってはおかない』

小さな、低い声なのに、その言葉はとても強くて、わたしの中に真直ぐ入ってきた。

『なんでよ。関係ないじゃない。あなたなんかわたしに』

そう言いながら、わたしは春菜さんの顔を見ていた。ずっと。そしてわたしは自分が彼女の言葉を待っているのに気づいた。もう誰の言葉も待つ必要なんかないはずなのに。

『関係は、あるの』

春菜さんはただそう言った。

『何それ。全然わかんない――そう、あなたの好きな、仕事だからでしょう?』

わたしはなお抵抗した。『なぜわたしを? わたし、あなたの寮じゃないのに』

『仕事であってもなくても、あなたがわたしの寮の子でなくても、わたしの世界にもうあなたはいる。わたしはあなたを失いたくないの』

春菜さんは顔を上げてもう一度わたしを見た。

『瞭、あなたの所に行っていい？』

わたしはなぜかうなずいてしまっていた。どうして？　戸惑っているうちに春菜さんはゆっくりと、でも滑らかな動きでわたしのそばに来て、手をさしのべた。わたしはその手をとった。わたしの心は抵抗しながらも、どこかでこうなるのを待っていた気もした。彼女のもう一方の手がわたしの腕を摑んだ時もその強さにおののきながら、でも逆らいはしなかった。

屋上の縁から少しだけ離れて、でもわたしの足は止まった。春菜さんは無理に引きずっていこうとはせず、手を離した。わたしの心は揺れていた。裏切られることのない幻想と美の世界に身を委《ゆだ》ねるか、現実の世界で這いずって生きるのか。

春菜さんはヴァーミリオン・サンズでわたしのしてきたことはみんな知ってると言っていた。いいよそれで。瞭、もう一回わたしと一緒に歩いてみようよ。春菜さんはそう言った。全てが嘘で固められてるってあなた見極めたわけじゃないでしょう？　それが証明されるまでの間でもいい。わたし、現実の中にも美しいものはあると思う。それをあなたに見せたいの。

わたしは春菜さんの言葉に吸い寄せられるように彼女を見ていた。彼女がいてくれるなら、わたしにもできるだろうか。やり直せるだろうか。

でも急にわたしは怖くなった。信じることが。信じるから裏切られる。何度も何度もそうだったじゃない。全てあなたのために、と言いながら、わたしが本当にわかってほしいことは決して聞こうとしない、意に反する道を選ぼうとすると冷たい目でわたしを突き放すお母さん。可愛い可愛いと言いながら、お母さんに逆らうことは結局できなくて、わたしを捨てて、別の人の娘を可愛がっているお父さん。その場限りのわたしのイメージを押しつけて、そこからわずかでも外れると手のひらを返したみたいに残酷なことを平気でするかつてのクラスメイトたち。もう嫌なんだ。裏切られることは。

迷いながらわたしは固まっていた。あなたを信じていいの？　わたしは胸につけたブローチ、春菜さんから半ば強引にもらったブローチをぎゅっと握りしめているのに気づき、それをみつめた。

『そのブローチ、あなたにあげてよかった』

春菜さんは言った。

『正直言うと前に渡した時はちょっと——だいぶ惜しい気がしてたんだけど、今はあなたがもらってくれてよかったと思ってる。

言ったっけ。わたしハナミズキって好きなの。五月になると、学園の前の通りに綺麗に咲くの。あなたも学園に来てすぐの時見た？　また一緒に見ようよ』

『お母さん、ハナミズキが好きだったの』

『え？』

『花なんか何の関心もない人なのに、ハナミズキだけは好きで、季節になるとわたしの机に飾られてた。わたし、その時はわからなかった』

『わからなかったって何を？』

『花言葉』

『ああ――わたしの気持ちにもぴったり』

　春菜さんは納得した顔になって微笑《ほほえ》んだ。

『そういえばお母さんとお話した時、お母さんも言ってたよ――』

『お母さんと話したの？』

　わたしの口調が変わっていたのに春菜さんはやっと気づいたようだった。

　なぜ春菜さんがお母さんと話すの？　なぜ二人ともハナミズキが好きなの？　春菜さんも花言葉知ってるのね。

『わたしの思いを受けて下さい』わたしの気づかないうちにあの人は花でまでわたしを縛ろうとしてたんだ。このブローチをわたしにくれたのももしかしてお母さんの思惑通りなの？　春菜さんはお母さんとつながって、お母さんの思いをわたしに押しつけようとしてるだけなの？

　今までわたしをどこかにつなぎとめようとしてくれたはずのブローチが急におぞましいものに見えた。落ち着いて考えれば春菜さんのブローチをわたしが奪ったことにお母さんが関係あるわけないのに、その時は、全てが仕組まれてたんだって――。

　わたしは急に吹き上がってきた思いを振り払おうとして、そして現実にも腕を振り回しているのに気づいた。

『危ないよ、瞭』

　春菜さんはわたしを止めようとした。

　でもわたしは自分を止められなかった。信じない。わたしを支配しようとする全てのもの、信じさせて裏切り見捨てるもの全て。わたしに近づくな！

わたしは春菜さんを突き飛ばした。

強い春菜さんの存在感と裏腹に、春菜さんの身体は思ったよりずっと軽くて、信じられないほど簡単に宙に浮いて、それから落ちていった。

何が起きたのか自分でもわからなかった。

ううん、そんなの嘘。わたしにはわかってた。何かの間違いじゃない。わたしはその瞬間悪意と憎しみで一杯で、自分の意志で春菜さんを突き飛ばしたんだ。

ただあまりに恐ろしいその結果を、自分で受け止められなかっただけ。

植え込みでバウンドして、コンクリートの地面に投げ出され、ぴくりとも動かない春菜さんを見て、さっきまで飛び降りようとしていた自分が信じられなかった。屋上からの高さが途方もないものに思えた。自殺マニアの上、人殺しのくせに、なんて卑怯者なの？　って思うだろうけど、その時のわたしには後を追って死ぬという考えはまるで浮かばなかった。ただこの心の中の混乱が落ち着くまでどこかへ逃げることしか考えてなかった。

わたしは階段室の梯子を昇り佐奈加をかわして逃げ出した。その後どこをどう行ったのかは覚えてない。戻ってからも何日も高熱が出て朦朧《もうろう》としてたから、ことの顛末がどうなったかわかっていなかった。少し落ち着いてから職員に話を聞いて、そしてわたしが屋上に出たことが知られていないと気づいた。佐奈加が黙っているのだとわかった。しらを切り通せるなんて思っていなかった。ただ、何をする力もこれまでなかっただけ」

瞭は力なく笑った。わたしは詰めていた息を長くゆっくりと吐いた。そして言った。

「瞭。物事には一つの解釈しかないわけじゃない。児相の人が言ってた。同じ事実からでも別の見方で見た時、違った物語が見えてくることもあるって」

「どういう意味？」

「花言葉って本によって何通りもある。ハナミズキもそう。『わたしの思いを受けて下さい』は確かにその一つだけど、よく使われるのはそれだけじゃない」

「何なの？」

「『返礼』よ」

わたしは言った。

「大正時代の初め頃、日本がアメリカに桜を贈った時に、アメリカはハナミズキをお礼に贈ってくれた。それが日本にハナミズキがやってきた始まりよ。『返礼』という花言葉はそこから来てる。

あなたはカフェで花言葉の本を読んで、そこに書いてあるものが全てであるように思ってた。でも春菜ちゃんにとっては、ハナミズキは『返礼』だった。あなたがエリカちゃんのしたことや気持ちをわかる手がかりをくれたから。あなたが界《かい》くんに、忘れそうになってた手旗信号の文字を思い出させてくれたから。彼女はわたしにそう言っていたの」

「――」

「あなたのお母さんがどんなつもりでハナミズキを飾っていたかはわからない。あなたが思うようなことだったかもしれない。お母さんはたいがい一方的に自分の言いたいことを言って学園を非難するので、なかなかこちらから聞きたいことは訊けなかった。ただ、春菜ちゃんはお母さんからの電話を受けて責められながら、食い下がって、ちょっとトーンが下がったタイミングを見て、あなたの生まれた時のことを聞けたことがあるって言ってた。

お母さんは子どもが生まれにくい体質で、何度も流産を繰り返してようやくあなたを身ごもった。とても難産で一時は母子とも命が危なくて、お母さんは神様を信じてもいないのに、その時はわたしが死んでもいいからこの子を助けて下さいって朦朧とする頭の中で祈ったそうよ。だからあなたが無事に生まれてきたことを本当に本当に感謝した、と。その時のダメージでそれきりもう子どもを産めない身体になったことも大きかったかもしれない。その時は生きててくれるだけで有り難いと思ったけど、親って欲深いものですよね、と珍しく感慨深そうに口にしていたって。まあその後はがらっと変わっていつも通り、無事育ったからには、子の幸せを考えるのが親の仕事です。みすみす躓《つまず》くとわかっていることを放っておくのを無責任と言うんです、と始まってひとしきり怒られちゃったって言ってたけど」

「だから何？」

「もしかしたら、お母さんもハナミズキの意味を『返礼』って思ってたかもしれない。春菜ちゃんとお母さんがハナミズキについてどこまで何を話したかわたしは知らない。でもきっと春菜ちゃんはそう考え、そのことをあなたに話したかったんだと思う。

たとえそうだったとしても、お母さんがあなたを追いつめ、苦しめ続けていることに変わりはないだろうし、あなたがお母さんを受け入れるべきだなんて春菜ちゃんもわたしも思ってない。むしろ憎み続けてたって構わないと思う。ただ――」

「ただ？」

「ただ、真っ暗な闇の中にもちっちゃな光はあったのかもしれない。あなたの昨日はすべてが邪悪な一色に塗りつぶされてるわけじゃないかもしれないって、ただそれだけ」

「そんなこと――」

瞭は下を向いて呟いた。

「春菜ちゃんは他にもたくさんのことをあなたに話したがっていた。文化祭の前に彼女は駆け廻っていろんなことを調べ、考えをめぐらしていたのよ。香澄美さんにも会いに行ってた。莉央さんのことも」

「莉央がどうしたの？」

「莉央さんは自殺した。そしてあのCD‐Rを通してあなたも死に誘っている。あなたはそう考えた。でも春菜ちゃんの考えは違ってた」

「どこが違うの？」

「あのCDには幾つものフォルダがあって、少しずつ写真が入っていた。あなたは莉央さんが撮った順番にフォルダが並んでいると思った。普通はそうだけど、でも必ずしもそうとは限らない。作業を一度に済ませたとは限らないから。莉央さんはまずあなたに撮ってもらった写真をCDに取り込んだ。それからあなたが他の写真もって言っていたのを思い出し、でもたくさんのライブラリがあるから、少しずつ記憶に新しい方からフォルダを作っていった。そういうことだってあり得るのよ」

「そんなのわからないじゃない」

「親にみつかるのを嫌がって、パソコンに長く保存することをできるだけ避けていたために作業が断続的になった、というのはそんなに不自然じゃない。それに、少なくとも屋上の写真は、あなたが思ってるように、最後に撮ったものじゃない。なぜかって言えば、デジタルカメラが違うからよ」

「え？」

「写真の番号はあなたも見たでしょう？　学校の写真は番号がG※※312とかって、海の写真よりずっと大きな数字だったから、最後のように見えた。でも、あなたが撮った写真はGで始まる番号ではなかった。莉央さんはあなたに会った時、新しいカメラに替えたって言っていたんでしょう？　それから莉央さんが死ぬまでのそれほど長くもない期間に彼女がまたカメラを替えたっていうのはあまりありそうなことじゃない。莉央さんは後から、古いカメラのデータを入れたのよ。

　彼女が崖でロープを結んでいたことだって、別に首つりのためって考える理由はない。彼女は崖の中腹にある鳥の巣を気にしてた。伝って下りていけそうにないと思って、身体を縛ってぶら下がるつもりだったとしたら？　普通の人がするようなことじゃないけど、莉央さんならありそうなことじゃない？」

「じゃあ、彼女はなぜわたしを『モーリ』って呼んだの？　あのマジックの文字は？　『もっと憂鬱《ゆううつ》に』って」

「瞭。あの文字をあなたもわたしたちも英語だと思った。Mopeという単語がたまたまあったから。でもたぶん違うの」

「何が違うのよ」

「あれは英語じゃない。ロシア語よ。アルファベットのｐにみえるのはロシア文字では『エル』。Ｒに当たる文字よ」

「なんでそんなことわかるのよ」

「ケースに書いてあった文字」

「あのRNIdT……て奴？」

「わたしたちは表からそう読んだ。でも莉央さんはそれをケースの内側から書いていた。鏡文字を書いてるってずっと思ってた。ＣＤを裏返しに入れることの暗示だって。でもそうじゃない。あれはあのままで読むものだったの」

　Ты и я とわたしは手近なメモ用紙に書きつけた。

「トゥイー・イ・ヤー。Ｎを裏返しにしたのはロシア語の&。Ｒを裏返したように見えるのは、ロシア語のヤー。『わたし』よ。You & I『あなたとわたし』。あなたが彼女を写した写真の入ったＣＤのケースに彼女はそう書いた」

「じゃあ——」

「M、O、P、Eはロシア語で『モーリエ』。『海』よ。後に続くかっこつきのmoreはモアじゃなくてその発音記号なの」

「そんな――」

「莉央さんは『モーリ』とあなたを呼んだわけじゃない。あなたが作品にタイトルはあるの？と訊いたので『モーリエ』だと答えた。CDに綴りも書いた」

あなたは北の、深い海に似てる。

莉央の写真のあちこちに写っていた海。

「自分のあだ名と偶然よく似たロシア語のその言葉を莉央は好きだったから、彼女はそう言った。彼女の中でもあだ名の意味は置き換わっていったのかもしれない。『死』から『海』へと」

ある時から莉央は『モーリ』と呼ばれることにむしろ積極的になっていたことは、香澄美の話にもあった。

「莉央さんはあなたを死に誘ったりするつもりはなかった。でもたぶんあなた自身が死に惹き付けられていることを直感していた。それをストレートに指摘したり、止めようとしたりする彼女ではなかったけれど、莉央さんなりに、もってまわった謎かけの形であのCD-Rをあなたに贈った。紛らわしい言葉と先入観で思い込んでしまったけれど、あのCDは死ではなく、彼女なりの生の形を表現していた。

彼女自身も死ぬつもりじゃなかったと思うって春菜ちゃんは言っていた。春菜ちゃんは立入禁止の有刺鉄線を跨《また》ぎ越えて莉央さんが落ちた崖の端まで行って覗き込んだの。海から風が強く吹き上げていたそうよ。春菜ちゃんは言ってた。莉央さんは崖っぷちから大きく身を乗り出して、鳥の巣を、もしかしたら飛び立とうとするひな鳥を、撮ろうとしてたんじゃないかなって。バランスを崩した彼女を強い風がさらった」

「それは――あの人の空想でしょう？」

「そう。でも新しいカメラを買うなんて死にたがっている人らしくないとは思わない？　確かに中学生の時の莉央さんは、死にこだわっていたのかもしれない。でも高校生になってからもそうだったとは限らない。人は変わるものよ。かつては親を驚かすための道具だったかもしれない写真に、莉央さんはだんだん惹き付けられていったんじゃないかしら。親にこれみよがしに写真を置きっぱなしにしなくなってからも彼女は撮り続けた。パソコンをチェックされてることに気づいて、あんなふうにＣＤ‐Ｒに写真を隠すようになったこと自体が、彼女にとって撮る行為の意味が変わっていったことの証じゃないか。春菜ちゃんはそう考えたの。

春菜ちゃんは莉央さんのお母さんにも会いに行った。亡くなる数日前に、久しぶりにお母さんは莉央さんと一緒に食事をしたんだって。その時の彼女は珍しく上機嫌で、しばらく見る機会がなかった彼女が撮った写真を見せてくれた。空を飛ぶ鳥の写真だったそうよ。その時彼女はいつかアルバトロスの棲息地に行って、写真を撮りたいって言ってたんだって。お母さんは彼女が自暴自棄みたいな気持ちから抜け出してくれたって思ってとても嬉しかったって。

莉央さんの死は不幸な事故だったんだと思う。本当に。でもね、それこそわたしの空想でしかないかもしれないけれど、その時、ほんの一瞬、気流に乗って、彼女はアルバトロスのように空を飛んだと感じたかもしれない。わたしはそんな気がして仕方がないの」

「アルバトロス――」

瞭の目は宙を彷徨《さまよ》った。中空に、白く大きな鳥の幻を見ているようだった。

「莉央は言ったのよ。アルバトロスは羽ばたかない、って。彼らは飛ぶために崖から身を投げて、そして羽ばたくことなく遠くまで行くんだ、って」

「春菜ちゃんはアルバトロスの生態の本を調べてた。図書館でＤＶＤまで借りてきてたのよ。彼女昂奮してわたしの所に来て『アルバトロスって時には地球を半周以上、二万六千キロも飛んでいくんだって。凄いよね。日本の鳥島で生まれた鳥も、夏はベーリング海までも渡っていくのよ』って」

ベーリング海。太平洋の北の果て。北極に近い、ロシアの東の海。

モーリエ。

「彼女はこんなことも言ってた。『彼らは生涯一夫一妻制を守って相手を替えないの。夏は別別の海で過ごすけど、冬には必ず同じ所に戻ってきて一度に一羽だけのひなを夫婦が協力して育てるんだって。

でもいちばん凄いのはね、彼らが羽ばたかないって話、それは空では確かにそうなんだけど、あの重い身体を宙に浮かせて飛び立つためには凄い助走と浮く力が必要だから、地上や、水面では、バタバタやって走ってるの。もう格好悪いくらい必死で走って、羽を動かして、それでやっとのことで飛び立てるの。佳音《かのん》ちゃん、アルバトロスだって羽ばたくのよ。もう凄く凄く必死で羽ばたくの――瞭に教えてあげよう』って」

「何よ――そんなこと当たり前じゃない！」

声を失くしたようにただ呆然と目を見開いていた瞭はわたしを遮《さえぎ》って叫んだ。これ以上聞くことにもう耐えられない、そんな顔だった。

「そんなこと一所懸命調べてわたしに教えようとしてたの？　バカみたい。何でそんな、いろんなこと調べたり、考えたり、そんなことしたってしょうがないのに。わたしのことでそんな一所懸命になったって、無駄なのに。意味ないのに――わたしのことなんて。わたしなんて――」

昂《たかぶ》った声はだんだん小さくなり消えていった。瞭はわたしから顔をそむけたけれど、固く握った両手は微《かす》かに震えていた。

彼女はそれから長いこと黙っていた。激情を抑え込もうとするように。手の震えがようやく収まると、ため息を一つついた。そして言った。

「あなたが来てくれてよかった。そうでなかったらまだまだぐずぐずしちゃうところだった。無意味に何日も費やしてしまった。まあ無意味な人生に数日付け足してもゼロ足すゼロはゼロだものね」

「あなた、どうしようっていうの？」

「どうしようって、わかってるでしょう？　あの人に、皆にとっても、あなたにとってもあんなに大事な人にとりかえしのつかないことをして、この上生きていられると思う？　こんなこ

となら お前が早く死ねばよかったって思われ続けて」

わたしは小さく息を吸った。無限に短いその一瞬、今こそわたしの言葉に力を宿らせて下さい、と、名も知らず信じたこともない誰かに祈り、それから口を開いた。

「今まで話してきたことの結論がそれだってあなたが本気で言っているなら——瞭、あなたはバカよ」

わたしは、ぴくりと身を震わせた瞭の目を正面から見た。少女は吸い寄せられるようにわたしを見返した。

「そして——いい？　春菜ちゃんは生きてるのよ。今も、この瞬間も。彼女はきっと元気になる」

「だって——」

瞭の目には一瞬希望のようなものが宿り、それからその目はあちこちへ泳いだ。不意に稚い表情になった彼女はすがるようにわたしを見た。

「でも、全然意識が回復しないんでしょう？　もう一ヶ月近くも。もし春菜さんが——」

「春菜ちゃんは大丈夫、死んだりしない」

わたしにとっては次の言葉を口に出すのも重荷だった。

「もしも、万一、春菜ちゃんが死ぬようなことがあったとして」

わたしは瞭をみつめた。

「もしそれであなたが死んだら、春菜ちゃんは何のために逝ったことになるの？　春菜ちゃんはあなたを助けるためにあのフェンスの外に出たのよ。　彼女のしたことを無にするつもり？　そんなことわたしは絶対に許さない」

瞭はのろのろと懐《ふところ》に手を入れた。ゆっくりと引き出した手にはあの白いハナミズキのブローチが握られていた。彼女はそれに目を落とし、それからわたしの顔を見上げた。その目には涙が一杯溜まっていた。

「あなたにはもう自ら死ぬ資格なんかないの。誰に責められても、どんな思いをしても、生き続けるの。それがあなたの罰なのよ」

わたしは瞭に、そして自分に言い聞かせ、胸に焼き付けるように一言一言口にした。

それは許しなのだろうか。それともいっそ呪いなのかもしれなかった。

瞭が強く握りしめたブローチから、もともと傷んでいたのだろう、花びらのかけらがぽろりと落ちた。わたしはそれを拾い上げてから続けた。

「たとえ春菜ちゃんがいなくなっても、あなたはもう彼女から離れることはできないのよ。あなたは春菜ちゃんと出逢ってしまったのだから」

そしてすすり泣き始めた瞭に向かって、わたしは最後のメッセージを口にした。

「生きるのよ、瞭」

5

わたしは園長の所に瞭を連れていき、経過を説明した。わたしたちが待っている間、出勤している職員だけで緊急に短時間の打ち合わせがされた後、園長と大隈《おおくま》さんで瞭を連れて七海警察に出頭することになった。一応自殺のおそれがあることは伝えて用心してもらうよう頼んでいたが、瞭は今や全く素直で、周りの判断に身を委ねる姿勢になっていた。

運転手役の駒田《こまだ》さんを入れた四人が駐車場に出ていくのを見送って、学園でやるべきことは終わったと判断したわたしはそっとその場を離れた。職員とも、子どもとも今はこれ以上話したくなかった。

疲れ果てて、ボロボロで、もうその辺の橋の下に潜り込んで寝てしまいたいほど弱っていて、でもわたしはまだ家に帰れなかった。

東に突き出た岬を廻るバス。海を見下ろす斜面に立つ瀟洒《しょうしゃ》な白い家。見上げるような高さのステンドグラス。冬の白い薔薇。捨て去った名前。優しく甘い囁き。達筆な文字で書かれた携帯電話の番号のメモ。そして割れたブローチのかけら。

まるで幾つもの世界をわたり、彷徨い歩いていたようで、気がつくと夜中になっていた。長い長い夢から醒めたような気がした。

でも、わたしはこれからいったいどこに向かって歩いていけばいいのだろう。

朧《おぼろ》げに見覚えのある街並みを、とぼとぼと迷子のように歩き出すと、通りの角に海王《かいおう》さんが待っていた。

これはわたしのするべきことだから。そう言い続けたわたしを、海王さんはずっと待っていてくれたのだ。

今日のことを説明しようと思ったけれど、言葉が出てこなかった。

理不尽な暴力を受け続けた頃も、家を飛び出して飢えたまま橋の下や廃屋で眠った日々も、平穏な時を得てからも、わたしは一度も泣いたことがなかった。

でも大きな海王さんを見上げると、涙が自然とあふれてきて、わたしはその胸に頭を預けた。

海王さんは無言でまるで小さい子どもにするようにわたしの頭を撫でてくれた。

わたしは声をあげて、ただ、ただ泣いた。

エピローグ

それから二ヶ月余りが過ぎた。

瞭《りょう》はいったん少年鑑別所に収容された後、家庭裁判所の審判で中等少年院送致となった。親は抗告《こうこく》したかったようだが、本人が望まなかったため、審判は確定し、本人は即日県外の施設に移送された。審判に出席した園長の話では、瞭は同じく審判に呼ばれた母親の問いかけにはほとんど答えず、ただ強く静かな目で見返していた。一方裁判官の質問にはしっかり受け答えをし、自分は殺意を持って北沢《きたざわ》さんを突き落とした、罪に見合った最も厳しい処分を望んでいる、と話したという。学園にいた時の無表情とは違い、どこかすっきりした顔に見えたそうだ。

瞭を警察に連れていった夜、学園では、年長児、年少児に分けて、緊急集会が招集され、園長からそれぞれに合わせた言葉・説明できる範囲でのいきさつが話されたそうだ。子どもたちにとってはさらに大きな衝撃だったかもしれないが、必要なことだったろう。年齢の高い何人かの子たちは薄々察していたはずだ。特に動揺の大きな子には児相の児童福祉司か心理司が学園の担当と協力しながらカウンセリング的な面接を行っているらしい。

七海《ななみ》学園にも一応は日常生活が戻ってきた。子どもたちも一見何事もなかったように日々を過ごしている。最もダメージを受けた一人である佐奈加《さなか》も何とか気を落ち着けて高校生活を続けている。

アルバイトの保育士さんが採用され、戸惑いながらも河合《かわい》さんや駒田《こまだ》さんら寮の職員に仕事を教わりながら勤務しているようだ。彼女が不慣れなところは、小泉《こいずみ》さんががんばってカバーしている。彼女もだいぶ構えずに自分らしさを徐々に出せているようだ。

子どもたちの動揺を受け止めようと懸命にやってきた職員はほっとするとともに、今になってそれぞれ自らの痛みを噛みしめているように見える。いつも変わらずにこやかな園長もふと、最近職員室が静かになりましたね、と呟いていた。

そして大ベテランの大隈《おおくま》さんが、一際辛さを感じているようだった。春菜《はるな》ちゃんは新採用の時から大隈さんに始終叱られていると言っていたが、それはきっと期待の表れでもあったのだろう。結果として暸のことについて多くを春菜ちゃんに背負《せお》わせてしまい、こうした事態につながったことをとても悔やんでいる。そしてそんな思いを持っているのは七海学園の人たちだけではない。

海王《かいおう》さんもその一人だ。担当児相も違っていたから、本人のことはそれほど知らなかったけれど、暸が、また春菜ちゃんの暸への関わりが危うさを孕《はら》んでいることを感じていながら、止められなかったという思いが海王さんを苦しめているようにみえる。

ではどうなればよかったのか、誰かに何かできることがあったのか、それはわからない。でもたぶん、海王さんでも大隈さんでも、春菜ちゃんを止めることはできなかったんだという気がする。

わたしは前と同じように月水金の夜に学習ボランティアに通っている。中三の子たちをなんとか高校に合格させなければならない。受からないと彼らは七海学園にもいられなくなり、働かなければならなくなるのだから。ちょっと焦っているわたしの気持ちも知らず、当人たちは結構脱線している。

中でもほとんど常に脱線したまま走行している電車のような亜紀《あき》が、この間、

「知ってる？　ヴァーミリオン・サンズって突然閉店しちゃったんだよ」

と教えてくれた。

わたしは気になって見に行ってみた。こっそり物陰から覗いて、と思っていたが、近くに行ってみると、既に取り壊しは終わっており、わずかな期間のうちに外国の風景のようだったあのカフェも庭園も跡形もなく消え去って更地になっていた。庭園からわずかに突き出していたあの展望スペースだけが残ってカフェの記憶を呼び覚まそうとする。

春菜ちゃんの意識は未《いま》だに戻らない。医師の話では、リハビリには時間がかかるが、身体的な障害は残らないだろうということだった。自力呼吸もできていて、意識を取り戻してもおかしくない状態なのだという。しかし彼女が目を覚ます気配はみられない。

わたしは週に一度病院に通っている。時々春菜ちゃんのお母さんに会うと、よく来てくれた、と何度もお礼を言われる。元気で短気なお母さんはすっかり年をとった感じに見えて本当のと

ころ顔を合わせるのが少し辛い。

お見舞いが一人だけの時、眠っている春菜ちゃんのそばに腰掛けて、わたしは暸のこと、学園の子どもたちのことを報告する。そして少し済まない気持ちになって春菜ちゃんに話せてなかった小さな秘密を告白する。

わたしはあの夏のスタジアムで偶然会う前から高村《たかむら》くんを知っていた。

堅実な仕事に就いて自立することが両親への恩返しと思ったわたしは商社の一般職として就職した。与えられた仕事を確実にこなすことしか考えていなかったわたしだが、急に辞めてしまった総合職社員の穴埋めをしたりしたせいだろうか、なぜかむやみに評価されて、大きなプロジェクト・チームの一員に入れられてしまったのだ。おかげで通常なら応接室でお茶を出す時にしか顔を見ないような他社のエース級の社員と会議の席上で議論をかわすような機会も生じ、そんな会議の一つでわたしは高村くんの姿を見、言葉をかわしていた。

直接のやりとりは多くなかったが、優秀で自分の仕事に情熱を注いでいることがわかる印象的な人だったから、スタジアムで会った時わたしはすぐに彼を思い出した。

彼の方も同じ会議でのやりとりをやはり記憶に残しており、わたしにどことなく見覚えはあったものの仕事の場面と咄嗟《とっさ》に結びつかず、何よりも春菜ちゃんに再会したことが大きすぎて、その場では思い出せなかったようだ。

彼は春菜ちゃんのことを深く信頼していた。そして春菜ちゃんは、彼の話題になると最初ポーカーフェイスを装うものの、いったん語り出すと彼についてのエピソードは次々飛び出し終わる気配もなくて、春菜ちゃんが高校時代にどれだけ彼のことをよく見てきたかということが伝わってきた。

だから、わたしも高村くんも何となく言いそびれてしまったのだ。こういうことは最初に言っておかないともっと不自然になる。それ以上のことは何もないあまりにもささやかな隠し事なのに、それはわたし（たち？）の心に小さなトゲを刺していた。

あんな事件が起きてしまい、伝えようにも伝えられなくなって、だからよりいっそう、高村くんは彼女のために何かしたいという思いを強めたのだろう。

それでわたしたちは共同戦線を張り、真実を明らかにしようとした。

そして戦いは終わり、もうわたしたちが会う理由はない。わたしは瞭の出頭から少年院送致に至る経過を伝えるため高村くんに会った日、さりげなくそのことを伝えた。

それともわたしたちにはそれ以外の理由があっただろうか。

いいえ、それはもう考えても意味のないこと。もしそうだったとしても、わたしたちそれぞれにとって春菜ちゃんは遙かに大きな存在なのだから。

高村くんはわたしの言葉にうなずいた。いつも通り誠実な態度で。

わたしはあらゆる可能性を探すつもりであらゆる人を疑ってきた。そんな高村くんまでも。共に努力していながら、もう一方で彼が自己中心的で悪意に満ちた語り手である可能性も排除することがなかなかできなかった。

つづら折りのように屈折したわたしと似ても似つかない、彼は本当に真っ当な人間だった。

高校生の高村くんと春菜ちゃんが並んで部活の先頭に立っている姿をわたしは見たこともないのに思い浮かべることができる。きっと今だって本当は春菜ちゃんの隣に立つのが似つかわしい人なのに。

彼はその日、海外への赴任が決まったと教えてくれた。以前からの希望が叶ったのだという。おめでとうを言ったわたしに、

「春菜は――もし口がきけたとしたら、の話だけど――どう言うかな」

珍しくためらうような素振りでそう言った。

なんて答えたらいいのだろう。春菜ちゃんのために、わたしは何を言えばいいのだろう。わたしは一瞬戸惑った。しかし、結局わたしはわたしの知っている春菜ちゃんなら言うだろうと思えることをそのまま答えるしかなかった。

「『よかったね』って、『夢を実現するために、思い切りがんばってきなよ』って言うと思う」

もう一つ、彼女がきっと言うだろうことはあえて口にしなかった。

わたしのことは気にしないで、とは。

「そうだな。俺もきっと――」

高村くんは途中で言葉を切ってただうなずいた。自分を納得させるように。

じゃあこれで、と手を軽く上げていつも通りの爽やかな笑顔を見せた彼はそのまま振り向かずに去っていった。わたしはその後ろ姿が見えなくなるまで見送った。目に焼き付けて、いつか春菜ちゃんに伝えるために。

本当のところ、わたしは探偵役なんかにふさわしい人間ではない。

病院での付き添いやらで何かと忙しい彼女のお母さんに代わって合鍵を借り、時々春菜ちゃんの部屋の空気の入れ替えをしたり、お掃除したりを引き受けていたわたしは、春から秋にかけてのエピソードを綴《つづ》った春菜ちゃんのノートの存在に気づいていた。いよいよの時になってからそれを読んで、ようやく理解できたことが幾つもあった。

わたしは茜《あかね》が学園祭当日に眼鏡をかけていなかったことをとても重要視し、近視のひどい彼女が離れた所から屋上の暸を目撃したことを疑問視して、的外れな推理をしていた。実際には茜はコンタクトレンズを使っていたので何もおかしなことはなかったわけだが、生活を共にして指導している職員集団の一人である春菜ちゃんは勿論茜のコンタクト使用について知っていたはずで、現に、五月の七見峠《ななみとうげ》でのピクニックの際、眼鏡をかけていない茜が展望台から遙か遠方のものを視界にとらえていることを彼女は記している。

そして勿論、あのブローチはそもそも高村くんが春菜ちゃんにあげたものであり、それを(暸にあげてしまったので)つけなくなっていることを知っていれば、暸がつけているのがそれだと彼にわかったのは「カフェでの受け渡しを目撃したから」などと複雑に考えることもなかっただろう。

ノートを通しても、春菜ちゃんはわたしを導いてくれた。もともと日々の中でそうだったように。

転がるボールを拾いあげ渡してくれた、うっかり自動車の前に出ていきかけたわたしを引き戻してくれた、ペットボトルを握りしめたわたしの代わりにさりげなく後ろ髪に伸びて葉っぱを払ってくれた、春菜ちゃんの手。

事件の全てが終わって、日常が戻り、わたしもまた以前のように日々を過ごし、以前のように時々ぼんやりしている。でもそれを叱ってくれる彼女はいない。

今思うと、彼女はわたしが思っていた以上にいろいろなことに気づいていたのかもしれない。でもその全てを賢しげにひけらかす人ではなかった。

わたしは生活の中で時々、気がつくとぼーっとしていることがある。それは性格といえばそれまでだが、時に度がすぎることがあって、それはもしかしたらいくらか解離状態に入っているのかもしれない。辛かった子ども時代の記憶があまりにもわたしを苦しめる時に、働く防衛機制ではないかと思う。

春菜ちゃんは薄々それを感じていたような気もする。ただ、それをことさらに指摘することがわたしに負担かもしれないと思い、適宜助けてくれながら、日常はその重さに気づかないふりをしていたんじゃないだろうか。それでわざわざその状態を「ぼんやりさん」と名付けてくれたのかもしれない。

他にもいろいろいろいろ思い当たることがあって、とわたしは海王さんに話した。

海王さんはわたしの話にうなずきながら、

「そうかもしれませんね。でも、あまりあれもこれも北沢さんにはわかってたんだ、と思いすぎない方がいいですよ」

「どうしてですか？」

わたしは訊いた。

「あまり凄い北沢さんの像を思い描いていると、彼女が帰ってきた時、かえって話しにくくなるでしょう？」

海王さんは言った。

さりげないその言葉には春菜ちゃんが戻ってくることを確信するような勁《つよ》さがあった。

いいえ、これはいくら海王さんにでも確信などできないこと。ただこの人は、今は信じて待つしかないことがわかっているのだ。

わたしもそんなふうでいようと思い、自分の生活の中でやるべきことに誠意を尽くそうと思うけれど、ふと気づくと心はあの日のまま冬枯れの中に立ち尽くしている。そんな時お見舞いの後に行く、峠の広場。桜並木のある川沿いの道。岬に区切られた海沿いのサイクリングロード。七海の街のそこここで、わたしは彼女のことを思う。

清くて、明るくて、どこまでも真直ぐな春菜ちゃん。春に咲き出す花々のように、初夏に育ちゆく草木の翠《みどり》のように、確かに大地に根を張った揺るぎなきものを思わせるあなたに、根なし草みたいなわたしはいつだって憧れていました。

そしてあの子たちもきっと。

「ねえねえはるのん聞いて聞いて」

とつばめ寮の事務室に駆け込んできては、

「全身に神経一本もないのかこのバカ女」

と葉子《ようこ》ちゃんに罵倒されてもまるでめげずに同じあやまちを繰り返す亜紀ちゃん。

わたしが少しの間重荷を背負わせてしまった茜ちゃんは、後で少しだけ他の子が聞いたより詳しく瞭のことを伝えた時、言葉もなく、でもさめざめと涙を流し続けていたよ。

そんな茜ちゃんと妙にウマが合う界《かい》くん、あなたを一番素直に慕っている界くんはとても明るく活発で、すっかり少年らしくなりました。春菜さんの所にまたお見舞いに連れていけ、とうるさく言って河合さんや小泉さんを悩ませています。一月の施設対抗駅伝大会では選手に選ばれて走ったの。

駅伝といえばウランちゃんは今年五人抜きを達成して区間賞を獲りました。彼女にしては珍しくかなり気合を入れて初めから狙ってたみたい。その記念品をウランちゃんは事務室のあなたの机に置かせてほしいって言いに来たんだって。学園に帰ったら真っ先に見てやってね。

小さな望《のぞみ》ちゃんが「春菜ちゃんは今日もお休み?」と始終訊くので、大人はよくハラハラしますが、ふだん気短な子どもたちがイライラもせずに、そうだよ、しばらくお休みするけどまた来るからね、と言い聞かせている姿に、彼らの意外な優しさを知らされています。

エリカちゃんと樹里亜《じゅりあ》ちゃんは相変わらず仲が悪いのですが、ケンカのたびに、

「あんたそんなクソ意地悪なことしてるとはるのんに言いつけるからね」

「ふふん、春菜さんはあたしの気持ちよくわかってくれるもん、いじめられて悪口言われる可哀想な女の子の気持ち」

などと言い合っています。

そうそう、高三の子たちは皆無事就職が決まりました。ふだん口をきかない明《あきら》くんとショーヘイくんがぼそぼそしゃべってると思ったら、卒業前にあなたの所に報告に行く相談だそうです。

「道子《みちこ》がうるさいから」

とショーヘイくんがぶつぶつ言い訳していました。

もうすぐあなたが七海に初めてやってきた桜の季節。桜が散っていったら、学園前の道であなたの好きな真っ白のハナミズキが緑の中に咲き始める。

大きな声で話されてはいなくても、春菜ちゃんの存在を、七海学園の皆がいつも心のどこかで感じとっているの。

そして待っているの。あなたの帰りを。

届いて。あの子たちの願い。光より速く、あなたの胸に。

わたしもずっと待っているよ。もしも「望みはない」と言われたとしても。

エンデが言ったように、いつか海王さんが春菜ちゃんに言ったようにきっと、希望は「だから」持つというものでなく、「にもかかわらず」持つものなのだから。

解説

千街晶之

二〇一〇年に刊行された国産ミステリから最高傑作を一冊だけ選べと言われたならば、私は迷うことなく七河迦《ななかわか》南《なん》の『アルバトロスは羽ばたかない』（二〇一〇年七月、東京創元社から書き下ろしで刊行）を選ぶ。

私はこの年、各種の年間ベストテン投票で本書を国内一位に推したが（他に梓《し》崎《ざき》優《ゆう》『叫びと祈り』や麻耶《まや》雄《ゆ》嵩《たか》『隻眼の少女』などが刊行された本格ミステリ大豊作の年だった）、二〇一七年現在でもその意見は変わらない。これが私だけの高評価ではないことの傍証として、本書が『２０１１本格ミステリ・ベスト10』で国内五位、『このミステリーがすごい！２０１１年版』で国内九位にランクインし、第六十四回日本推理作家協会賞長編及び連作短編集部門の候補に選ばれたことを記しておきたい。

ただし――本書は単独で読んでも充分に堪能できる作品に仕上がっているものの、舞台と登場人物が共通する前作『七つの海を照らす星』（二〇〇八年）を先に読んでおくと更に仕掛けが効果を発揮するようになっている、ということはまず言っておきたい。『七つの海を照らす星』を未読の方は、急いで入手していただきたい。

……とはいえ、すぐには『七つの海を照らす星』が手に入らないという読者もいると思われるので、ここで著者の経歴に触れつつ、前作についてやや詳しく紹介しておこう。

著者の七河迦南は、二〇〇八年、『七つの海を照らす星』で第十八回鮎川哲也賞を受賞してデビューした（それ以前に、二階堂黎人《にかいどうれいと》編の公募アンソロジー『新・本格推理』に短篇が二作掲載されている。また、二〇〇六年の第三回ミステリーズ！新人賞では「その漆黒の翼」という作品で最終候補に残っていた）。東京都出身・早稲田大学第一文学部卒という情報のみ公表されている、所謂《いわゆる》覆面作家である。二〇一七年現在、刊行された著書は四冊という寡作タイプだが、いずれも手の込んだ高水準な本格ミステリであり、一作ごとに全霊を籠めるような丁寧な仕事ぶりが想像される。

デビュー作『七つの海を照らす星』は、Y県の南端にある七海《ななみ》市の、海を見下ろす高台にある児童養護施設「七海学園」を舞台にした連作短篇集だ。親の死亡や離婚、あるいは虐待など、家庭で暮らせない事情のある子供たちがここで生活している。

主人公は、勤務二年目になる学園の職員・北沢春菜《きたざわはるな》。理屈で割り切れないことがどうしても気になり、謎があると解き明かしたくなる性格だ。そんな彼女が日常で遭遇したり耳にしたりする、怪談めいた数々の謎。それらの解明を通じて、彼女は児童たちの悩みと向かい合う。

春菜の相談相手であり、作中の実質的な探偵役にあたるのが児童相談所（児相）の児童福祉司、海王《かいおう》だ。児相のお役所仕事的態度に反感を抱いていたため、春菜は最初、彼にもあまり好意的ではなかった。しかし、幾つかの出来事について相談に乗ってもらううちに、彼が深い洞察力の持ち主であることに気づき、信頼を寄せてゆく。

この作品は傾向としては「日常の謎」であり、構成としては最後の一話でそれまでのエピソードがつながる連鎖式の連作短篇集になっている。同様の試みは若竹七海《わかたけななみ》『ぼくのミステリな日常』（一九九一年）や倉知淳《くらちじゅん》『日曜の夜は出たくない』（一九九四年）など、東京創元社から世に出た作家のデビュー作に多いというイメージが強い。その意味で『七つの海を照らす星』のこの趣向自体に目新しさはないけれども、特色として際立っているのは社会派テイストの濃さだ。家庭内での児童虐待など、かなり深刻なテーマが扱われており、暗然とさせられる部分もあるが、登場人物に注がれる温かい視線が作品全体の印象を爽やかなものとしている。

もうひとつ、特色として挙げられるのはどんでん返しの冴えと、それを導き出す伏線配置の見事さだ。伏線とは、それが伏線だと早々に気づかれてしまうと効果が半減してしまうものだが、著者の作品の場合、よほど注意深く読んでいてもそれが伏線だとは気づけないほど巧妙だ。それでいて、「そんな情報、どこに書いてあったっけ？」と読者に首を傾げさせることもないのだから、まさに手練《てだれ》の技である。そして二年後、著者は本書で再び七海学園を主な舞台に選んだ。北沢春菜や海王、そして春菜の大学時代の友人・野中佳音《のなかかのん》といった主要キャラクターも引き続き登場する。

前作が連作短篇集だったのに対し、本書は独立しても読める複数のエピソードを内包しつつ、全体の構成としては一本の長篇に近くなっている。前作の翌年の出来事が描かれるこの物語全体の軸となるのは、その年の冬、七海学園の入所児童も通う県立七海西《にし》高校で、文化祭の最中に起こった事件だ。無人の屋上からの転落事故と思われたが、そこではもうひとりの人物が目撃されていた。そして、誰も出入りしていなかった筈の屋上に、実際には複数の生徒が上っていたらしい。

この事件の解明の鍵となるのが、その年の春から晩秋にかけて起きた、七海学園の児童にまつわる四つの出来事であり、春菜はそれらに深く関わっていた。

その最初を飾る「春の章　——ハナミズキの咲く頃——」は、一之瀬《いちのせ》界《かい》という少年の奇行の背景を探ってゆく物語だ。小学六年生の彼は、四年前に崖の下に倒れているところを発見され、その近くでは母親が死んでいた。激しやすい性格で暴力を振るうこともあった界は、最近はおとなしくなっていたが、ピクニックの最中に急に暴れ出した。彼は春菜に、母親に関するトラウマ的な思い出を語る。

前作でも顕著《けんちょ》だった、著者の伏線巧者ぶりが最も冴え渡っているエピソードだ。連作としては一話目ということもあって、前作未読の読者のためにわざわざ七海学園周辺の地理関係について説明してくれているのか……と思いきや、そこにも重要な伏線が隠されているのだ。その他の一見説明的と思われる箇所も、すべて無駄なく謎解きに奉仕している。

「夏の章　——夏の少年たち《ザ・ボーイズ・オブ・サマー》——」では、児童福祉施設対抗のサッカー大会の試合が終わった直後、あるチームの選手たちが会場から全員姿を消した……という、本書の中で最も大がかりな謎がメインとなっている。

人間消失を扱ったエピソードは、『七つの海を照らす星』にも複数存在していたけれども、今回は消失するのは十一人もの少年だ。人間消失の原理自体はそれほどヴァリエーションが多いわけではないので前作を読んでいれば真相の見当がつきやすいし、一歩間違えれば反則になりかねない解決ではあるが、登場人物の行動に強い心理的必然性が用意されているため結末は腑に落ちるものとなっており、エピソードとしての着地も爽やかで美しい。

「初秋の章　――シルバー――」は、夏休みの終わりに学園に入ってきた中学一年生の樹里亜《じゅりあ》が前の学校でもらった寄せ書きが消えてしまった……という出来事から始まる。盗んだ犯人はすぐに判明したものの、その動機と、寄せ書きの行方がわからない。

この出来事と並行して、春菜はもうひとつの謎に直面することになる。寄せ書き事件の直前、七海西高校の生徒で、この四月に七海学園に入ってきた鷺宮《さぎのみや》瞭《りょう》が大量の睡眠薬を服用するという出来事が起きていた。彼女は、一年前に崖から転落死した莉央《りお》という少女の思い出を春菜に語る。死ぬ数日前の莉央から届けられた謎の贈り物にはどんな意味があったのか、というのが瞭から春菜への問いかけだった。

出来事の表面と、その裏に隠された真実の反転が鮮やかに決まったエピソードだ。寄せ書き事件に関する「木の葉は森に隠せ」という海王のアドバイス自体が、ある種のミスリードにもなっている点にも唸らされる。また、本書全体の鍵を握る人物である瞭の背景を掘り下げた点でも重要な章だ。

「晩秋の章　――それは光より速く――」で描かれるのは些《いささ》か物騒なエピソードだ。七海学園に来て三年目になる五歳の女児・望《のぞみ》には、傷害事件を起こして服役中の父親がいる。望の親権者として、獄中からいろいろ細かい注文をつけてきた彼の出所が、予定より早まったらしい。職員が動揺する中、男が突然学園に押しかけてきた。娘に会わせろと要求する彼はやがて刃物を取り出し、応対していた春菜を人質に取る。

　サスペンス仕立ての展開にサプライズを仕込んだ巧さに感嘆させられるエピソードだ。この事件での春菜の姿勢に対し、海王は珍しく厳しい口調で戒《いまし》める。だが、時には無謀と思える行動も含め、そのひたむきさが春菜というキャラクターの魅力である。誰からも前向きな人間と思われている春菜だが、本書ではそんな彼女の過去が回想され、その性格に立体的な陰影を添えている。本書では海王の出番が前作より少ない点も、彼に頼ることが少なくなった彼女の成長を感じさせる。

　さて、春から晩秋までの四つの章に挟み込まれるように、冒頭で言及された転落事件の謎を探る「冬の章」が進行するのだが、全体の解決篇にあたる「冬の章　Ⅵ」では、意外また意外のどんでん返しが連続し、それまでに鏤《ちりば》められた伏線がすべて回収されてゆく。そして、真相が明らかになる瞬間の衝撃は、ミステリ史に残るレヴェルの破壊力で読者を茫然自失させるだろう。単に驚かされるだけではない。カタルシスにとどまらない痛みさえ感じさせる真相なのだ。ただし、それは残酷ではあるけれども、後味は悪くない。登場人物たちが「希望」を手放さないからだ。その点は前作とも共通するこのシリーズの美点と言える。

　真相を知った時点で本書を最初から再読してみると、この仕掛けを成立させるために著者が会話や心理描写の隅々にまで気を配りつつ、途方もなく難度の高い綱渡りを続けていたことが明らかになり、二度目の驚きを感じる筈だ。そして、既に記した通り、この驚きは前作『七つの海を照らす星』を先に読んでいることで更に効果を発揮するようになっている。いや、驚きだけではない。真相が明らかになる十数ページ前、ある人物の問いに対しての答えであるひらがな五文字のたった一言——その裏にどれほど重い事情が潜んでいるか、前作を読んでいればより理解できる筈だ。その意味で、真相を知った後に本書のみならず、前作をも再び読み返したくなるのではないだろうか。

著者の現時点での作品は四冊と記したが、三冊目にあたる短篇集『空耳の森』（二〇一二年）は、収録作の傾向が多彩であるのみならず、まさに短篇ミステリのお手本と言えるほどそれぞれの完成度は高い。本書の後日譚も含まれているので、併せて読んでいただきたい。

また、最新作である『わたしの隣の王国』（二〇一六年）は、巨大遊園地を訪れたカップルが、ひとりは幻想の世界に紛れ込み、ひとりは現実の世界で犯罪に直面し、それぞれ密室の謎を解く……という、人工性とファンタジー性をともに追求した長篇である。本書同様、極度の意外性を狙った傑作だ。

多作な小説家の場合、どの作品から読めばいいか（あるいは、お薦めすればいいか）迷う場合もあるけれども、著者の場合はまだ四冊しかないのだから迷うことはない。全作品をすぐにでも読む値打ちがあるミステリ作家として、七河迦南の名を強く推しておきたい。

この物語はフィクションであり、登場する人物・団体・場所等はすべて架空のものです。
アルバトロスの生態については、東邦大学メディアネットセンター「アホウドリ復活への軌跡」（http://www.mnc.toho-u.ac.jp/v-lab/ahoudori/index.html）内の「アホウドリＱａｎｄＡ」を参照しました。

本書は二〇一〇年、小社より刊行された作品の文庫化です。

著者紹介　作家。東京都出身。早稲田大学卒業。2008年、『七つの海を照らす星』で第18回鮎川哲也賞を受賞してデビュー。他の作品に『空耳の森』『わたしの隣の王国』がある。

アルバトロスは羽ばたかない

2017年11月30日　初版
2025年 4月11日　再版

著 者　七《なな》 河《かわ》 迦《か》 南《なん》

発行所　（株）東京創元社
代表者　渋谷健太郎

162-0814 東京都新宿区新小川町1-5
電　話　03・3268・8231-営業部
03・3268・8201-代　表
URL　https://www.tsogen.co.jp
フォレスト・本間製本

ISBN978-4-488-42812-9　C0193

〈デフ・ヴォイス〉シリーズ第2弾

DEAF VOICE 2◆Maruyama Masaki

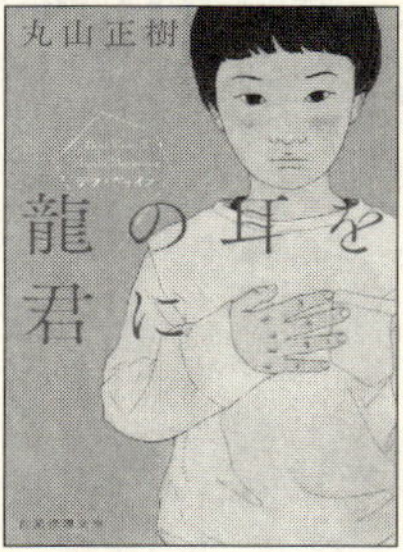

龍の耳を君に

デフ・ヴォイス

丸山正樹

創元推理文庫

◆

荒井尚人は、ろう者の両親から生まれた聴こえる子
——コーダであることに悩みつつも、
ろう者の日常生活のためのコミュニティ通訳や、
法廷・警察での手話通訳を行なっている。

場面緘黙症で話せない少年の手話が、
殺人事件の証言として認められるかなど、
荒井が関わった三つの事件を描いた連作集。
『デフ・ヴォイス』に連なる、
感涙のシリーズ第二弾。

収録作品＝弁護側の証人，風の記憶，龍《りゅう》の耳を君に